KB252143

움직이는 손가락

The Moving Finger

Copyright ⓒ 1975 Agatha Christie Ltd.

Korean translation edition is published by arrangement with Agatha Christie Ltd.,
a Chorion group company.

이 책은 Agatha Christie Ltd., a Chorion group company와 적법한 계약을 통해
출간되었습니다. 저작권법에 의해 한국 내에서 보호를 받는 저작물이므로 무단
전재와 무단 복제를 금합니다.

애거서 크리스티 추리 문학 15

움직이는 손가락

이가형 옮김

해문

■ 옮긴이 이가형

동경제국대학 불문과, 미국 윌리엄스 대학 수학. 전남대학교, 중앙대학교,
국민대학교 교수 역임. 한국영어영문학회, 한국추리작가협회 회장 역임.
국민대학교 대학원장 역임

움직이는 손가락

초판 발행일	1986년 01월 30일
중판 발행일	2010년 06월 30일
지은이	애거서 크리스티
옮긴이	이 가 형
펴낸이	이 경 선
펴낸곳	해문출판사
주 소	서울시 서초구 서초동 1328-11 도씨에빛 2차 1420호
TEL/FAX	325-4721 / 325-4725
출판등록	1978년 1월 28일 (제3-82호)
가격	6,000원
ISBN	978-89-382-0215-4 04800
	978-89-382-0200-0(세트)

차 례

●등 장 인 물●

제리 버튼— 폭격기 조종사. 비행기가 격추당할 때의 입은 부상으로 라임스톡에 요양차 내려와 있다.

조애너 버튼— 제리의 여동생. 미모에 상냥한 마음씨를 지니고 있으나, 남자에게 약하다.

에밀리 바튼— 빅토리아풍의 매력적인 노부인. 버튼 남매가 임대한 리틀 퍼즈 저택의 주인.

리처드 시밍턴— 마르고 냉담한 표정의 변호사.

시밍턴 부인— 자그마한 체구에 빈혈 증세가 있는 잔소리꾼 여자.

오웬 그리피스— 어둡고 침울한 의사.

에이미 그리피스— 오웬의 누나. 크고 건장한 노처녀.

데인 캘드로프— 학자풍이지만 좀 멍청한 표정의 나이 지긋한 교구목사.

캘드로프 부인— 매사에 열성적인 여자.

파아— 살이 통통하게 찐 부유한 예술애호가.

메건 헌터— 시밍턴 변호사의 의붓딸이자 시밍턴 부인의 전남편 소생. 키가 크고 볼품없이 생긴 처녀.

엘시 홀랜드— 완벽한 용모의 금발 미인. 시밍턴네 가정교사.

플로렌스— 에밀리 바튼의 충실한 하녀.

패트리자— 바튼 양이 버튼 남매에게 보내준 하녀.

진차— 코안경에 토끼 같은 뻐드렁니를 가진 볼품없는 노처녀. 시밍턴의 비서.

내쉬— 키가 크고 건장한 군(郡) 총경.

그레이브스— 사복 차림의 키가 크고 뾰족한 턱을 가진 런던경시청 경위.

제인 마플— 온화하고 나이 많은 노처녀.

제1장

편지

나는 가끔 그 익명의 편지를 처음 받던 날 아침을 생각해보곤 한다. 그 편지는 아침식사 때 배달되었는데, 나는 시간이 많은 사람처럼 봉투를 앞뒤로 천천히 뒤집어 보면서 한 자 한 자 꼼꼼히 읽어 나갔다.

겉봉에는 타자기로 주소가 처져 있었다. 나는 익명의 편지를 뜯기 전에 런던 우체국 소인이 찍혀 있는 두 통의 편지를 보았는데, 하나는 청구서였고, 다른 하나는 그보다 더 짜증 나는 사촌의 편지였다.

지금 와서 돌이켜보면 조애너와 내가 그 무엇보다도 편지 받는 것을 즐거워했다는 것은 이상한 일이다. 그 당시 우리는 그 편지가 피와 폭력, 의심과 공포의 흔적이라는 것을 짐작도 하지 못했다.

이곳 라임스톡 사람들과 그런 일은 도무지 연관지어 생각해볼 수도 없었다.

나는 뭔지는 모르지만 무언가 좋지 않게 돼가고 있다는 것을 느낄 수 있었다. 내가 비행기 추락 사고를 겪었을 때, 의사와 간호사들이 괜찮을 거라는 말을 해주긴 했지만, 나는 남은 생애를 어쩔 수 없이 누워서 지내게 되는 것은 아닌가 무척 걱정했었다.

나중에 붕대를 떼어내고 내가 조심스럽게 팔다리를 움직일 수 있게 되었을 때, 내 주치의인 마커스 켄트 박사가 내 어깨를 토닥거리며 모든 것이 다 잘 될 거라고 하면서도, 최소한 6개월 동안은 시골로 내려가 요양하는 것이 좋겠다고 말했다.

"친구들에게서 멀리 떨어진 곳으로 가는 것이 좋을 거요. 힘든 일은 하지 말고 지방 행정에 관심을 기울여 보고, 마을에 떠돌아다니는 소문들에 귀를 기울여 보시오. 맥주도 약간 마시고. 이것이 당신을 위한 처방입니다."

휴식과 안정! 이제 와서 그런 걸 생각한다는 것은 어리석은 일 같았다.

그리고 또한 라임스톡 마을과 리틀 퍼스 저택.

라임스톡은 윌리엄(1066년 영국을 정복한 노르망디공 윌리엄 1세) 정복 시대에는 상당히 중요한 지방이었다. 하지만 20세기에 들어서는 어느 모로 보나 중요한 점이라고는 하나도 없었다. 라임스톡은 간선도로에서 3마일이나 더 들어가야 했고, 뒤로는 끝없이 황무지가 펼쳐진 조그만 시골 읍에 지나지 않았다. 리틀 퍼스 저택은 황무지로 나가는 길가에 있었다. 낡은 녹색의 빅토리아풍 베란다가 달린 깔끔하고 하얀 저택이다.

내 여동생인 조애너는 그 저택을 보자마자 휴양을 취하기에는 아주 이상적인 곳이라는 생각했다. 그 저택의 주인은 집과는 너무나 잘 어울려서, 정말 믿어지지 않을 정도로 빅토리아풍의 매력을 풍기는 조그만 노부인이었다.

"요새는 정말 모든 게 달라졌어요. 끔찍한 세금 때문에 말이에요."

에밀리 바튼 부인은 조애너에게 세금만 아니라면 집을 세놓는다는 건 꿈도 꾸지 않았을 거라고 말했다.

모든 일이 아주 순조롭게 진행되었다. 임대 계약하고 조애너와 내가 도착해서 자리 잡을 때까지, 에밀리 바튼 부인은 그전부터 데리고 있던 하녀('나의 충실한 플로렌스')와 함께 라임스톡에 방을 정했다.

그동안 우리는 바튼 양이 보내 준 하녀 패트리지의 도움을 받았다. 그녀는 무뚝뚝하긴 했지만 매일 오는 파출부와 함께 집안일을 잘 처리해 나갔다.

우리가 자리를 잡기 위해 며칠간을 조용히 보내고 나자마자 곧 라임스톡 사람들은 정중하게 우리를 불러내기 시작했다. 라임스톡의 모든 사람들은 조애너의 표현을 빌리자면 '상당히 행복한 가족들 같은' 딱지가 붙어 있었다.

잔소리꾼 아내와 함께 사는 마르고 냉담한 표정의 변호사 시밍턴 씨, 크고 건장한 누나와 사는 어둡고 침울한 의사 그리피스 박사, 매사에 꽤 열성적인 아내와 사는 학자풍이지만 좀 멍청한 얼굴의 나이가 지긋한 캘드로프 교구목사, 프라이어스 앤드 저택의 부유한 예술애호가인 파이 씨, 그리고 마을의 터줏대감인 노부인 에밀리 바튼 양이 있었다.

조애너는 어쩐지 난처한 듯 카드를 만지작거리고 있었다.

"나는 몰랐어요."

그녀는 억눌린 듯한 목소리로 말했다.

"정말 사람들이 초대할 줄은 몰랐어요. 카드놀이를 하자고 말이에요!"

내가 대답했다.

"그것은 네가 시골에 대해 아무것도 모르고 있었기 때문이야."

조애너는 아주 예쁘고 명랑한 처녀였다. 그녀는 춤과 칵테일파티, 그리고 연애와 자동차를 타고 이리저리 달리는 걸 좋아했다. 조애너는 확실히 도시처녀 타입이었다.

"아무튼 내가 괜찮게 보였나 봐요."

나는 그녀를 자세히 뜯어보고는 그 말에 찬성할 수가 없었다. 조애너는 마이로틴으로 된 스포티한 옷을 입고 있었다. 그 옷은 매력적이기는 했지만, 라임스톡 사람들에게는 다소 충격적인 옷이었다.

"그렇지 않아, 조금도 어울리지 않아. 너는 낡고 빛바랜 트위드 스커트와 거기에 어울리는 멋진 캐시미어 점퍼를 입고, 아마도 그 위에다 헐렁한 카디건 코트를 걸쳐야 할걸. 그리고 펠트 모자를 쓰고 두꺼운 스타킹과 낡고 해진 가죽 구두를 신어야 해. 네 화장도 역시 틀렸어."

"내 화장이 어디가 잘못됐다는 거죠? 나는 줄곧 탠 메이크업 2번을 사용해 왔어요."

"그렇지. 이곳에서 살려면 콧날 세우는 파우더는 조금만 사용해야 하고, 마스카라도 한 4분의 1은 줄여야 해."

조애너는 그만 웃음을 터뜨리며, 시골에서 지낸다는 것은 새로운 경험이니 차차 익숙해질 거라고 말했다.

"나는 네가 몹시 지루해하지 않을까 염려스럽구나."

나는 걱정스럽다는 듯이 말했다.

"아니 그렇지 않을 거예요. 오빠는 내가 폴과의 관계를 완전히 끊었다는 사실을 받아들이려 하지 않을 테지만, 나는 내 주위의 모든 사람들하고 정말로 만남을 끊었어요. 물론 그것을 극복하려면 많은 시간이 걸리겠지만……."

나는 그 문제에 대해서는 회의적이었다. 조애너의 연애 행각은 늘 같은 식이었다. 그녀는 걸핏하면 천재로 잘못 알 수도 있는, 멍청한 청년에게 푹 빠지곤 했다. 그 남자의 끝도 없는 불평을 죄다 들어주며 그를 이해하려 애썼다. 그러다가 그가 보잘것없는 남자에 지나지 않는다는 것을 알게 되면 그녀는 깊은 상처를 입고, 자기 가슴이 갈기갈기 찢어졌다고 한탄하는 것이다. 그 자학은 다른 멍청한 남자가 나타날 때까지 계속되는데, 대략 3주 정도 지속하는 것이 보통이었다.

나는 조애너의 찢어진 가슴에 대해서는 그리 진지하게 생각하지 않았지만, 시골에서의 생활이 내 매력적인 동생에게는 하나의 새로운 게임 같은 것이라는 사실을 알 수 있었다. 그녀에게는 서로 돌아가며 초대하는 게임이 너무나 신이 났던 것이다. 우리가 정식으로 차(茶) 초대나 브리지 게임에 초대를 받고 가게 되면, 다음에는 우리 쪽에서도 초대해야 한다.

우리에게 있어서 그것은 정말 참신하고도 신나는 즉, 새로운 게임이었다. 그리고 아까 언급했듯이 익명의 편지가 날아들었을 때도 처음에는 그것이 나에게는 일종의 신나는 게임 같은 것을 연상하게 해주었다.

잠시 뒤 편지를 뜯어보고 나는 도무지 이해할 수 없어서 멍청히 들여다보기만 했다. 편지는 인쇄된 글자들을 한 자 한 자 오려 내서 종이에 붙인 것이었다. 그 편지는 아주 상스러운 말투로 조애너와 내가 친남매간이 아니라는 내용을 적고 있었다.

조애너가 물었다.

"그게 뭐예요?"

"아주 못돼먹은 익명의 편지란다."

그때까지도 나는 불쾌감을 떨쳐 버리지 못하고 있었다. 라임스톡의 평온한 분위기 속에서 그와 같은 일을 당하리라고는 예기치 못했기 때문이었다.

조애너는 즉시 비상한 관심을 나타냈다.

"뭐라고요? 그게 무슨 말이에요?"

소설에서는 지저분하고 추악한 익명의 편지는 될 수 있는 대로 여성들에게 보여 주지 않는다는 사실을 나는 읽은 적이 있었다. 여성들은 그들의 섬세한 신경에 충격을 줄 수도 있는 편지로부터 보호받을 만한 충분한 가치가 있기 때문이다.

그런데 조애너에게 그 편지를 보여 주지 말아야겠다는 생각이 들지 않았다는 사실은 참으로 유감스러운 일이다. 나는 즉시 그 편지를 조애너에게 넘겨주었다.

그녀는 불쾌한 기색도 없이 오히려 재미있다는 듯한 표정을 지으며 자신의 강인한 성격을 나에게 입증했다.

"어쩌면 이렇게도 추잡한 말을 쓸 수 있을까! 나도 익명의 편지에 대해 늘 들어왔었지만, 실제로 본 적은 한 번도 없었어요. 언제나 이런 식인가 보죠?"

"어떻다고 말할 수가 없구나. 나도 역시 이런 일은 처음 겪어 보았거든."

조애너는 킬킬대기 시작했다.

"내 화장에 대한 오빠 생각이 옳았어요, 제리. 나를 방탕한 여자라고 생각했나 보죠!"

"그건 말이지. 우리 아버지는 큰 키에 피부가 검고 턱이 갸름하고 뾰족한 분이었고, 어머니는 금발에 푸른 눈을 가진 자그마한 분이었다는 것, 그리고 나는 아버지를 닮았고 너는 어머니를 닮았다는 사실과도 들어맞는 것이지."

조애너는 신중하게 고개를 끄덕였다.

"맞아요, 우린 닮은 데가 거의 없어요. 아무도 우리가 남매 사이라고는 생각하지 않을 거예요."

"사람들은 분명히 남매간이라고는 생각하지 않을 거다."

나는 조애너의 말에 공감하며 말했다.

조애너는 너무도 우스운 일이라고 말하고는 편지 한쪽 귀퉁이를 조심스럽게 잡고 달랑거리며 이것을 어떻게 처리해야 할지 물었다.

"가장 빠른 방법은 말이다, '꽤 추잡한 편지로군!' 하고 소리치면서 이것을 불 속에 처넣는 것이지."

나는 그 말을 하면서 동작을 해보였고, 조애너는 박수를 쳤다.

"정말 멋진 연기였어요. 오빠는 배우가 돼야 했는데. 우리가 아직 불을 피우고 있다는 게 다행이에요, 그렇죠?"

"휴지통에다 버리는 정도로는 만족스럽지 못하거든."

나도 동의하며 말했다.

"물론 성냥불로 그어서 편지가 타들어 가는 것을 느긋하게 지켜볼 수도 있지. 천천히 타오르는 것을 말이야."

"오빠 생각만큼 그렇게 천천히 타지는 않아요. 성냥은 금방 타 버리거든요. 아마 오빠는 계속 성냥을 그어대야 할 거예요."

조애너는 일어나 창가로 걸어가서 멈추더니 갑자기 고개를 돌렸다.

"도대체 누가 편지를 보냈을까요?"

"도무지 알 수 있을 것 같지가 않는구나."

내가 대답했다.

"아니요. 나는 그렇게 생각하지 않아요."

그녀는 잠깐 침묵을 지키다가 덧붙였다.

"이렇듯 모든 것이 우습게 되었다고 생각하게 될 줄은 정말 몰랐어요. 오빠도 그렇겠지만, 나는 이곳 사람들이 우리가 이곳에 내려온 것을 환영한다고 생각했거든요."

"물론 우리를 좋아하지." 내가 말했다.

"이건 머리가 반쯤 돌아버린 작자의 소행임이 틀림없어."

"나도 그렇게 생각해요. 아무튼 정말 불쾌한 일이에요!"

그녀가 햇빛 속으로 나가자 나는 그녀의 말이 맞다고 생각하면서 담배를 피워 물었다.

정말 불쾌한 일이었다. 누구인지는 모르지만 우리가 이곳에 온 것이 마음에 들지 않은 모양이었다. 그 사람은 조애너의 밝고 싱싱하고 세련된 아름다움을 시기하고, 그녀에게 상처를 입히려고 했다. 최선의 방법은 아마도 그것을 농담으로 받아들이는 것이리라. 하지만 마음속 깊은 곳에서는 그 편지를 단순한 우스갯거리로 받아들일 수 없는 무엇인가가 있었다.

그날 아침 그리피스 박사가 집에 들렀다. 나는 매주 한 번씩 그에게 정기적으로 진찰을 받기로 했다. 나는 오웬 그리피스를 좋아했다. 그는 움직임이 어색하고 표정이 음침하며 그리 밝은 얼굴은 아니었으나, 환자를 다루는 솜씨만은 무척 부드러웠다.

그러나 그는 발작적이면서도 다소 수줍은 듯한 말투를 썼다. 그는 내 병세가 호전되는 중이라고 말하고는 이렇게 덧붙였다.

"기분이 괜찮은 것 같은데요, 어떻습니까? 내 기분에 그렇게 느끼는 건가요? 아니면 오늘 아침 날씨 탓인가요?"

"사실은 전혀 좋지가 않습니다." 내가 말했다.

"아주 저속하고 불쾌한 익명의 편지가 오늘 아침 커피를 마실 때 날아들었는데, 아직도 불쾌한 맛을 남겨 놓았는걸요."

그리피스 박사는 바닥에 가방을 떨어뜨렸다. 그의 야위고 어두운 안색이 흥분으로 달아올랐다.

"당신도 그런 편지를 받았다는 겁니까?"

나는 관심이 쏠렸다.

"그렇다면 그런 편지가 나돌고 있다는 건가요?"

"그렇습니다. 상당히 오래전부터랍니다."

"오! 그렇군요. 나는 이방인으로서 우리가 환영받지 못하는 것이 아닌가 생각하고 있었지요."

"아니, 그게 아닙니다. 그것과는 전혀 상관없는 거랍니다. 말하자면……."

그는 잠시 멈추었다가 물었다.

"편지에 무슨 말이 쓰여 있었습니까? 아마도……."

그는 얼굴을 붉히며 당황한 어조로 말을 이었다.

"죄송합니다. 내가 물어봐서는 안 되는 걸 물었군요."

"아닙니다, 말씀 드릴 수 있습니다." 내가 말했다.

"나와 내 동생이 친남매가 아니라는 터무니없는 소리를 썼더군요. 전혀 닮지 않았다는 겁니다. 게다가 말로 옮기기 민망할 정도로 저속하게 써 놓았더군요."

그리피스 박사의 얼굴이 분노로 달아올랐다.

"정말 벼락 맞을 녀석이로군! 당신 동생은……, 그녀는 당황하지 않았겠지요, 어떻습니까?"

"조애너는 크리스마스트리 꼭대기에서 떨어져 나온 천사 같지는 않지만, 그래도 아주 현대적이고 심지도 몹시 굳세답니다. 그 애는 그것을 심각하게 받아들이지 않는 모양입니다.”

그리피스 박사가 정감 어린 어조로 말했다.

“그리 대수롭지 않게 받아들였으면 하는데요. 사실…….”

내가 단호하게 말했다.

“사실 그런 것은 대범하게 받아들이는 게 최선의 방책이라고 생각해요. 즉, 어리석은 장난에 지나지 않는다고 말이지요.”

“물론입니다. 단지…….”

오웬 그리피스가 말을 멈추자 내가 재빨리 맞장구를 쳤다.

“그렇고말고요. ‘단지’라는 말밖에는 할 말이 없죠.”

“문제는 이런 종류의 일은, 한번 시작되면 자꾸 확대된다는 겁니다.”

“나 역시 그렇게 생각하고 있습니다.”

“일종의 병적인 거랍니다.”

나는 고개를 끄덕였다.

“그 뒤에는 누군가의 어떤 음모 같은 게 숨어 있는 것은 아닐까요?”

“글쎄요, 그렇지 않기를 바라야겠죠. 뭐 잘 아시겠지만, 익명의 편지는 두 가지 원인 중 하나에 기인하는 법이지요. 하나는 특별한 경우로서 어떤 사람이나 집단에 대해 직접적인, 다시 말하자면 뚜렷한 동기가 있는 것으로, 구체적인 원한을 가진(그런 생각들을 품은) 사람이 그것을 갚기 위해 아주 비열하고 추잡한 방법을 택하는 거지요. 이것은 의도적이고도 추악한 짓이기는 하지만, 미친 자의 소행은 아니어서 일반적으로 편지를 보낸 자를 추적하기가 그런대로 수월한 편입니다. 이를테면 해고당한 하인이라든가, 아니면 질투심 많은 여인, 뭐 그렇고 그런 사람들 말입니다.

그러나 그것이 특별한 경우가 아니라 일반적인 경우라면 문제는 심각합니다. 그런 편지는 대개 무작위로 보내지는데, 욕구불만을 해결하기 위한 수단으로 사용되는 거지요. 아까도 말했듯이 분명히 병적인 겁니다. 물론, 결국에는 그 사람을 찾아낼 수 있겠지만(그게 가끔 전혀 뜻밖의 인물이 되기도 하지요). 지난해 우리 군(郡)을 떠들썩하게 했던 사건이 바로 그런 경우였지요. 어떤 커다란 포목상에서 여자용 모자를 판매하는 부서의 담당자가 저지른 짓으로 밝</p>

혀졌지요. 그녀는 몇 년 동안 착실히 근무해왔던 얌전하고 품위 있는 여성이었답니다.

내가 북쪽 지방에서 개업하고 있었을 때 그와 비슷한 사건이 있었답니다. 하지만 그것은 순전히 개인적인 원한에 의한 것으로 밝혀졌지요. 어쨌든 나도 그 같은 일에 대해 조금은 알고 있긴 하지만, 솔직히 말해서 이번 일은 나를 몹시 놀라게 만들었죠."

"이런 일이 오랫동안 계속됐습니까?"

"그렇지는 않은 것 같습니다. 물론, 그런 편지를 받은 사람들이 그 사실을 동네방네 떠들고 다니지 않기 때문에 뭐라고 말하기가 어렵지만요. 대부분은 그것을 불 속에 던져 버리고 말거든요."

그는 잠시 말을 멈추었다.

"나도 한 번 받았었지요. 시밍턴 변호사도 받았답니다. 내 환자 중에서도 한두 사람이 그런 편지에 대해 내게 말한 적이 있지요."

"모두 같은 종류의 것이었습니까?"

"오, 그렇습니다. 특별한 점은 성(性)적인 문제에 대해 계속 언급하고 있다는 것이지요. 그것이 바로 공통된 특징입니다."

그가 싱긋 웃어 보였다.

"시밍턴에겐 그의 여비서(최소한 마흔은 되었고, 코안경에 토끼 같은 뻐드렁니를 가진 볼품없는) 진치 양과 부정한 관계를 맺고 있다고 했지요. 시밍턴은 그것을 곧바로 경찰에 넘겨주었지요. 나에게 온 편지는 내가 여자 환자를 전문적인 방법으로 능욕하고 있다고 아주 자세하게 묘사했더군요. 그런 편지는 모두 유치하기 짝이 없고 추상적이기는 하지만, 한편으론 소름 끼칠 만큼 악의에 찬 것이기도 하지요."

그의 얼굴이 엄숙한 표정으로 바뀌었다.

"어찌 되었든 간에 나는 정말 걱정이 된답니다. 그러한 것들은 위험한 사태를 가져올 수도 있다는 사실을 당신도 알 겁니다."

"나도 그렇게 생각합니다."

"아시겠지만 비록 그것이 조잡하고 유치한 것이라고 해도 조만간 그러한 편지 중 하나가 그 목적을 달성하게 될 겁니다. 그렇다면 그다음에 무슨 일이 일어날지는 하나님만이 아실 겁니다! 나는 그것이 어리석고 의심 많은 사람에게 어떤 영향을 끼칠지 걱정스럽습니다. 만일 그런 사람들이 거기 적혀 있는 내용을 보게 된다면, 그들은 그것이 사실이라고 믿을 겁니다. 그렇게 되면 온갖 종류의 불화가 야기되겠지요.”

“이 편지는 무식한 사람이 쓴 것 같지는 않습니다.”

나는 신중하게 말했다.

“그렇습니까?”

이렇게 말하고 그리피스 박사는 떠나갔다.

나는 나중에 그 말을 곰곰이 생각해보고, ‘그렇습니까?’라는 말이 상당히 애매모호한 말이라는 것을 깨달았다.

내가 익명의 편지로 아무런 불쾌감도 느끼지 않았다고는 하지 않겠다. 그건 사실 불쾌하기 짝이 없는 일이었다. 하지만 그런 기분은 마음속에서 곧 사라져버렸다. 나는 그것을 그리 심각하게 생각하지 않았다. 그런 일은 이런 한적한 시골구석에서는 흔히 일어날 수도 있는 일이겠거니 하고 여겼던 것이다. 아마도 자기 자신을 극화하려는 다소 히스테릭한 여인이 그런 짓을 한 것이리라. 아무튼 다른 편지들도 내가 받았던 것처럼 그렇게 유치하고 저속한 것이었다면 그다지 해롭지는 않을 것이다.

그다음 사건은(뭐 굳이 그렇게 표현한다면 말이다), 1주일쯤 뒤에 일어났다.

그날, 패트리지가 입술을 꽉 다문 채로 내게 와서는 파출부 비어트리스가 오늘은 오지 않을 것 같다고 알려주었다.

“제가 듣기로는 말이죠, 마음이 좀 혼란스러운 모양이에요.”

나는 패트리지가 무슨 말을 하는지 확실하게 알 수는 없었지만, 직접적으로 말하기에는 좀 곤란한 어떤 복통 같은 것을 그렇게 표현한 거라고 잘못 짐작했다. 그래서 정말 안됐다고 하면서 얼른 나았으면 좋겠다고 대답해주었다.

“그녀는 아픈 데가 전혀 없답니다, 선생님. 마음이 혼란스러운 것뿐이에요.”

“오!” 나는 다소 의심스럽다는 듯이 말했다.

"그녀가 받은 편지 때문이에요." 패트리지가 말을 이었다.

"제 생각엔 그 때문에 그렇게 된 것 같아요."

패트리지의 묘한 눈빛은 그 일이 나와 관계가 있다는 느낌이 들게 했다. 만일 내가 도회지에서 비어트리스를 만났다면, 알아보지 못할 정도로 그녀에 대해 아는 바가 없었기 때문에 나는 은근히 화가 치밀었다. 두 개의 목발에 의지해서 절름거리며 다니는 병자가 시골 처녀들이나 꾀어내는 사기꾼 노릇을 한다는 것은 정말이지 있을 수 없는 일이다.

나는 화를 발칵 내며 말했다.

"무슨 어처구니없는 소리를!"

"아니, 제 말은 그녀의 어머니에게 한 거랍니다."

패트리지가 말했다.

"저는 그녀의 어머니에게 '제가 이 집에 있는 동안은 그런 추잡한 일도 없었거니와 앞으로도 없을 거예요. 비어트리스는 요즘 여자들과는 상당히 달라요. 다른 데서는 결코 말할 수 없는 그런 추잡한 행동도 없었고요.'라고 말해 줬답니다. 그런데 사실은 비어트리스와 남자친구가 차고에서 나오다가 그 추잡한 편지를 발견했대요. 게다가 그녀의 남자친구는 점잖게 행동하지도 않았다고 하던데요."

나는 화가 나서 말했다.

"여태껏 살아오면서 이런 터무니없는 소릴, 한 번도 들어 보지 못했소."

"제 생각에는, 선생님." 패트리지가 대꾸했다.

"그 처녀를 내보내는 게 좋을 것 같아요. 그러니까 정말로 그 애가 부끄러운 데가 없었다면 그렇게 당황하지도 않았을 거라는 말이지요. 아니 땐 굴뚝에서 연기가 날 리가 없다는 것이 바로 제가 하고 싶은 말이에요."

나는 꿈에서도 그런 별난 소리를 듣게 되리라고는 생각해보지 않았었다.

그날 아침, 다소 모험이긴 하지만 나는 걸어서 마을로 내려가 보기로 했다. 태양은 밝게 빛나고 있었고, 대기는 봄의 감미로움을 품고 있어서 상쾌하고 신선했다. 나는 목발을 짚고 함께 가겠다는 조애녀를 뿌리치고 혼자 집을 나섰다. 점심때쯤 그녀가 나를 자동차에 태워 다시 집으로 데려오기로 약속했다.

"마을에 내려가면 라임스톡 사람들과 인사를 나눌 수 있을 거예요."

"나도 그렇게 생각한다. 그렇게 되면 사람들을 사귈 수 있게 되겠지."

마을 하이가(街)에서의 아침 시간은 일종의 쇼핑 하러 나온 사람들의 만남 같은 것으로, 서로 소식을 주고받는 시간이었다. 하지만 나는 누군가의 도움 없이는 마을로 내려갈 수 없었다.

한 200야드쯤 내려갔을 때, 내 뒤에서 자전거 벨 소리가 나더니 브레이크 잡는 소리가 들렸다. 메건 헌터가 자전거에서 뛰어내리며 인사를 건넸다.

"안녕하세요."

그녀는 온통 먼지를 뒤집어쓴 채로 숨을 헐떡이며 말했다.

나는 메건을 상당히 좋아했는데, 그녀에게 늘 묘한 애처로움 같은 것을 느끼곤 했다.

그녀는 시밍턴 변호사의 의붓딸로, 시밍턴 부인의 첫 번째 남편 소생이었다. 그 헌터라는 사람(헌터 대위라고도 부른다)에 대해 상세히 말해주는 사람은 아무도 없었다. 단지 그가 과거 속에 사라지는 것이 최선이라고 여겨지는 인물이라는 것 정도였다. 그는 시밍턴 부인에게 몹시 못되게 굴었던 모양이다. 그녀는 결혼하고 나서 한두 해 만에 남편과 이혼했다.

그녀는 재산을 꽤 가지고 있었는데, '모든 것을 잊으려고' 어린 딸과 라임스톡에 와서 정착했던 것이다. 그러고는 흔히 그렇듯이 이곳에서 독신이었던 리처드 시밍턴과 결혼하게 되었던 것이다. 두 번째 결혼에서 사내아이 둘이 태어났는데, 그들 부부는 그 아이들을 애지중지 키웠으므로 가족들 사이에서 메건은 마치 고용인처럼 느껴졌으리라고 생각된다.

메건은 어머니와 조금도 닮지 않았다. 메건의 어머니는 자그마한 체구에 빈혈증세가 있었으며, 아름다움도 시들어가고, 하인을 꾸짖을 때나 자신의 건강에 대해 이야기할 때는 흐릿하고 우울한 목소리로 말하는 여인이었다.

메건은 키가 크고 볼품없이 생긴 처녀였는데, 실제로는 스무 살이었으나 마치 열여섯 살 여학생처럼 보였다. 그녀는 단정치 못한 갈색 머리를 한데 묶고 있었고, 눈은 개암나무 열매 빛깔이었으며, 한쪽으로 치우친 미소는 무척이나 매력적이었다. 옷차림새는 단정치 못하지만 수수한 편이고, 구멍이 뚫린 무명 스타킹을 신고 있었다.

오늘 아침에 그녀는 사람이라기보다는 오히려 말처럼 보였다. 사실, 그녀는 아직 길들지 않은 훌륭한 말 같은 처녀였다.

그녀는 늘 하는 습관대로 숨을 몰아쉬며 말했다.

"나는 농장에 올라가 있었어요. 저, 래셔의 농장 말이에요. 거기선 오리 알 들도 볼 수 있답니다. 아주 예쁜 새끼 돼지들도 많이 있어요. 정말 아주 예뻐 요! 당신도 돼지를 좋아하세요? 나는 좋아하거든요. 냄새까지도 좋아한답니다."

"잘 기르면 냄새가 나지 않을 텐데." 내가 말했다.

"오, 그런가요? 이곳에서는 아무렇게나 키워요. 그런데 마을로 내려가시는 중인가 보죠? 당신이 혼자 가는 걸 보고 함께 걸어가야겠다고 생각했어요. 내가 너무 지나치게 호들갑을 떨며 브레이크를 잡은 모양이죠?"

"스타킹이 찢어졌군."

메건은 다소 속상한 듯 자신의 왼쪽 다리를 쳐다보았다.

"나도 알고 있어요. 하지만 이미 구멍이 두 군데나 뚫어져 있던 건데요 뭐. 별 상관없어요."

"스타킹을 꿰매서 신지그래, 메건?"

"글쎄요, 어머니가 야단치면 그렇게 하지요. 하지만 어머니는 내가 무엇을 하든 그리 신경 쓰지 않아요. 한편으로는 다행이지요."

"아가씨는 자신이 어른이라는 사실을 깨닫지 못하는 것 같군."

"당신 동생처럼 옷차림에 신경 써야 한다는 말이죠? 그렇게 화려하게 차려 입으란 말인가요?"

나는 조애너에 대해 그렇게 말하는 것이 상당히 거슬렸다.

"그 애는 단정하고 깨끗하게 입지. 그런 것들이 다른 이들을 즐겁게 해주거 든."

"그녀는 정말 무척이나 아름답더군요. 하지만 당신과는 별로 닮지 않은 것 같아요, 그렇죠? 어떻게 그렇죠?"

"형제자매들이라고 해서 모두가 닮는 것은 아니지."

"맞아요. 나도 브라이언이나 콜린과 별로 닮지 않았는걸요. 브라이언과 콜린
도 서로 닮지 않았어요."

그녀는 잠시 멈추었다가 다시 말을 이었다.

"그것은 정말 이상한 일이에요, 그렇지 않아요?"

"무엇이 이상하다는 거지?"

"가족이라는 것 말이에요." 메건은 간단하게 대답했다.

"나도 그렇게 생각해." 나는 조심스럽게 말했다.

나는 그녀 마음속에는 대체 무슨 생각이 들어 있는 걸까 궁금했다.

잠시 말없이 걸어가다가 메건이 다소 수줍은 목소리로 말했다.

"당신, 비행기를 타시죠, 예?"

"그래."

"그래서 부상을 당한 거군요."

"맞아. 비행기가 추락했거든."

"이곳 사람들은 아무도 비행기를 타지 않아요."

"나도 그럴 거라고 생각해." 내가 대꾸했다.

"비행기를 타고 싶은 모양이지, 메건?"

"내가요?" 메건은 놀란 것 같았다.

"아니요. 그렇지 않아요. 비행기를 타면 아마 병이 날걸요. 나는 기차만 타
도 멀미를 하거든요."

그녀는 잠시 뜸을 들였다가 마치 어린애들처럼 직설적으로 물었다.

"당신은 다시 비행기를 탈 수 있게 되나요, 아니면 불구로 남게 되나요?"

"의사는 내가 완전히 회복될 거라고 하더군."

"그렇겠지요. 하지만 거짓말을 할 수도 있잖아요?"

"그렇게 생각하지 않아. 나는 의사를 신뢰하거든. 의사를 믿어."

"그렇다면 잘 되었군요. 하지만 거짓말을 하는 사람들도 상당히 많답니다."

나는 침묵으로 그 말이 의심할 바가 없는 사실이라는 것을 인정했다.

메건은 마치 재판관처럼 냉정한 투로 말했다.

"정말 기뻐요. 당신이 불구로 남게 되어서 그렇게 우울해 보이는 거라고 생

각했거든요. 하지만 원래가 그런 분이라면 그거야 문제가 다르지요."

"나는 우울하지 않은데." 나는 냉담하게 말했다.

"그러세요? 그렇다면 무언가 초조하신가 보군요?"

"옛날처럼 정상적으로 돌아가려고 조바심이 나서 초조해 보이는지도 모르지만, 그런 문제들은 서두른다고 될 일이 아니잖아."

"그렇다면 어째서 그렇게 조바심을 내시는 거예요?"

나는 그만 웃음을 터뜨리고 말았다.

"이봐, 메건은 무슨 일이 일어날까 봐 초조해본 적이 한 번도 없었나?"

"아뇨, 어째서 그래야 하는 거죠? 나는 초조해본 일이라고는 전혀 없었는걸요. 결코 아무런 일도 일어나지 않을 거예요."

난 그 말 속에 비애 같은 게 숨어 있는 것 같다고 느꼈다.

그래서 내가 부드럽게 물었다.

"이곳에서 무슨 일을 하고 있지?"

그녀는 어깨를 으쓱했다.

"무슨 일이라뇨?"

"취미 같은 것은 없나? 뭐, 운동을 즐긴다거나 아니면 친구들과 어울려 돌아다닌다거나 하는 것 말이야."

"나는 운동에는 영 소질이 없어요. 게다가 주위에는 여자애들이 많지 않고, 또 내가 좋아하는 애들도 없어요. 그 애들은 나를 무섭다고 생각하나 봐요."

"말도 안 되는 소리. 왜 그렇게 생각하겠어?"

메건은 머리를 흔들었다. 우리는 막 번화가로 접어들고 있었다.

그때 메건이 날카롭게 말했다.

"저기 그리피스 양이 오는군요. 지긋지긋한 여자예요. 저 여자는 나만 보면 그 끔찍한 소녀단에 가입시키려고 한답니다. 별로 배울 것도 없으면서 무엇 때문에 제복을 입고 배지를 달고 숲 속을 싸돌아다녀야 하는 건지 이유를 모르겠어요. 나는 그게 모두 쓸데없는 짓이라고 생각해요."

나도 메건의 의견에 상당히 공감하는 편이다. 하지만 미처 내 생각을 입 밖으로 꺼내기도 전에 그리피스 양이 우리에게 다가왔다.

에이미라는 전혀 어울리지 않는 자기 이름에 대해서 상당히 만족하는 그녀는 의사인 동생에게는 결핍된 적극적인 자신감으로 가득 차 있었다. 그녀는 남성적으로 보이는 용모와 굵고 낮은 목소리를 지닌 위풍당당한 여인이었다.

"두 분 모두 안녕하세요?"

그녀가 우리에게 짖어 대는 듯이 인사했다.

"멋진 아침이로군요, 그렇죠? 메건, 지금까지 너를 찾고 있었어. 도움이 필요해. 보수당 조합에 보낼 편지 봉투에 주소를 적는 일이란다."

메건은 무언가 알아들을 수 없는 소리를 중얼거리며 자전거를 길가에 세워 두고는 인터내셔널 백화점 안으로 후다닥 뛰어들어 갔다.

"정말 별난 아이예요."

그리피스 양이 그녀의 뒷모습을 쏘아보며 말했다.

"게을러 빠졌어요. 아무 일도 하지 않고 빈둥빈둥 시간만 보내다니……. 저 애의 어머니가 그녀에게 일을 시키려고 무던히도 애쓰고 있다는 것을 나는 잘 알고 있답니다. 속기법을 배우게 한다든지, 왜 그런 거 잘 아시죠? 요리법이나 앙고라 토끼를 키우는 일이라든지 말이에요. 저 애는 사회에 좀더 관심을 기울여야 해요."

그 말이 맞다고 생각하면서도, 내가 만일 메건이었다면 에이미 그리피스의 이런 거친 태도를 받아들이면서 고분고분 그녀의 말을 따를 수 있을까 생각해 보았다.

"나는 게으름을 피우는 것은 정말 보고 있을 수 없답니다. 그리고 게으름은 젊은 사람들에게 확실히 바람직한 일이 못 돼요. 그것은 메건이 예쁘다거나 매력적이라든가 하는 것과는 다른 문제예요. 가끔 나는 저 애가 멍청이는 아닌가 생각한답니다. 그녀의 어머니에게는 정말 안된 일이지만요. 그, 아버지라는 사람은 말이죠."

그녀는 목소리를 약간 낮추어 말했다.

"무척이나 질이 안 좋은 사람이었대요. 저 애가 아버지를 닮은 것은 아닌지 모르겠어요. 그런 사실도 저 애 어머니에게는 고통스러운 일일 거예요. 아, 뭐 세상이란 온갖 종류의 사람들로 이루어진 것이기는 하지만 말이죠."

"다행한 일입니다." 내가 대꾸했다.

에이미 그리피스는 호탕하게 웃어 젖혔다.

"맞는 말이에요. 만일 인간이 모두 똑같이 창조되었다면, 물론 그렇지도 않을 테지만. 아무튼 나는 자기 생활을 진지하게 이끌어 나가려고 하지 않는 사람은 꼴도 보고 싶지 않답니다. 나만 해도 인생을 음미하며 살아가고 있으며, 또한 모든 사람 역시 인생을 즐기게 되기를 바라고 있어요. 사람들은 내가 이런 시골에 파묻혀서 활기 없는 생활을 해나가는 것에 싫증을 느낄 거라고 말한답니다. 하지만 전혀 그렇지 않다고 말할 수 있어요. 나는 항상 바쁘고, 언제나 행복하거든요! 시골에서는 늘 할 일이 생기곤 하지요. 나 자신만 해도 소녀단과 학회, 그리고 여러 위원회에 참여하느라고 사실 오웬을 잘 돌보지 못하고 있답니다."

바로 그때 그리피스 양은 길 건너편에서 아는 사람을 발견하고는 큰소리로 부르며 길을 가로질러 뛰어갔기 때문에, 나는 자유롭게 은행에서 내 일을 볼 수 있었다.

나는 은행에서 만족스럽게 볼일을 마치고, '갤브레이스'와 '갤브레이스 앤드 시밍턴'의 사무실을 찾아갔다. 어느 쪽 갤브레이스가 살아 있는지는 알 수 없다. 그 어느 쪽도 보지 못했기 때문이다. 리처드 시밍턴의 안쪽 사무실은 오래된 법률 사무소에 어울리게 곰팡내가 물씬 풍기고 있었다. 호프 부인, 에버러드 카 경, 윌리엄 예이츠비, 호어스님, 고(故) 아무개 등등의 표찰이 붙은 수많은 서류상자들이 그 지방의 유서 깊은 가문과 오래된 전통에 어울리는 분위기를 자아내고 있었다.

시밍턴이 서류를 들여다보는 동안 나는 그를 주의 깊게 살펴보면서 시밍턴 부인이 첫 번째 결혼에 실패했다면 그녀의 두 번째 결혼은 성공한 것 같다는 생각이 들었다.

리처드 시밍턴은 부인에게 조금도 걱정을 끼치지 않을 지극히 온순하고 고결한 사람이었다. 그는 결후가 크게 튀어나와 있는 긴 목과 약간 창백한 얼굴에 길고 날카로운 콧날을 가지고 있었다. 친절하고 훌륭한 남편이자 아버지라는 것은 의심할 바 없는 사실이지만, 그에게는 미친 듯이 일에 몰두하는 정열은 좀 부족했다. 잠시 뒤 시밍턴이 이야기를 하기 시작했다. 그는 자신의 풍부한 지식과 예리한 안목을 과시하며 천천히, 그리고 분명한 어조로 말했다. 우리는 서로 마음이 통했다.

나는 그만 작별하려고 일어나면서 한마디 덧붙였다.

"좀전에 당신 딸과 함께 언덕에서 걸어 내려왔답니다."

잠시 시밍턴은 마치 자기 딸이 누구인지 알 수 없다는 듯한 표정을 짓고 있다가, 미소를 지으며 말했다.

"아, 예, 메건 말이군요. 그 애는, 그러니까, 잠시 학교를 중단하고 쉬는 중이지요. 그 애는 적당한 일거리를 찾게 될 겁니다. 암, 그렇고 말고요, 무슨 일인가 하게 되겠죠. 하지만 아직 너무 어려서요. 그리고 나이에 비해 좀 모자란다고들 하지요. 그렇습니다. 내게 그렇게들 말한답니다."

나는 그의 방에서 나왔다. 바깥쪽 사무실에는 무엇인가를 열심히 그려도 보고 천천히 쓰기도 하는, 건방진 소년처럼 생긴, 조그맣고 아주 나이 많은 노인과 코안경을 끼고 머리를 꼬불꼬불하게 지진 중년여인이 상당히 빠른 솜씨로 타자기를 두드려 대고 앉아 있었다.

이 여자가 그 '진치'라면 그녀와 고용주 사이의 은밀한 관계라는 게 있을 법한 일이 못 된다는 오웬 그리피스의 의견에 나도 동감이었다.

나는 빵집으로 들어가서 건포도 빵을 샀다. 먼저 나온 것이 마음에 들지 않는다고 하자 '방금 오븐에서 꺼낸 신선한 것'이라는 말과 함께 갓 구운 건포도 빵이 다시 나왔다. 마치 '정말일까?' 의심하는 내 마음을 점잖지 못하다고 꾸짖기라도 하듯이……

나는 그 빵집에서 나와 조애너가 차를 가져왔는지 알아보려고 거리를 둘러보았다. 걷는다는 것은 나를 상당히 피곤하게 만드는 일이었고, 게다가 건포도 빵까지 든 채 지팡이를 짚는다는 것은 정말 꼴불견이었다.

하지만 조애너의 모습은 전혀 보이지가 않았다. 그때 갑자기 내 눈은 기쁨과 믿을 수 없는 놀라움으로 빛나게 되었다. 포장된 길을 따라 나 있는 쪽으로 한 여신이 사뿐사뿐 미끄러져 오고 있었다! 완벽한 용모와 상쾌하게 너울

거리는 금발, 늘씬하고 균형 잡힌 몸매! 마치 여신처럼 그녀는 조금도 힘들이지 않고 수영이라도 하듯이 사뿐사뿐 다가오고 있었다. 정말 너무도 우아하고 믿을 수 없을 정도로 숨 막히게 아름다운 아가씨였다!

긴장 속에서 묘한 흥분이 솟아올랐다. 건포도 빵이 어떻게 해서 그렇게 되었는지는 모르지만, 그만 내 손아귀를 벗어나서 바닥으로 떨어졌다. 나는 그것을 잡으려고 하다가 목발을 놓쳤다. 목발이 소리를 내며 땅에 떨어지면서 거의 넘어질 뻔했다. 그런 나를 붙잡아서 넘어지지 않게 해준 게 바로 그 여신의 팔이었다.

나는 더듬거리며 말했다.

"저, 정말 고맙군요. 저, 정말 죄송하게 되었습니다."

그녀는 건포도 빵을 집어서 목발과 함께 나에게 쥐여 주었다. 그러고는 친절하게 미소를 지으며 유쾌한 어조로 말했다.

"사과는 하지 않으셔도 돼요. 나는 정말 아무렇지도 않답니다."

나를 사로잡은 마술은 단조롭고 매끄러운 목소리에 밀려 완전히 사라져 버렸다. 단지 아름답고 건강해 보이며 몸가짐이 단정한 아가씨, 그 이상은 아무것도 없었다.

나는 신이 트로이의 헬렌(스파르타 왕비로 절세 미녀. 트로이 왕자 파리스에게 유괴당한 것이 원인이 되어 트로이 전쟁이 일어났다)에게 그녀와 똑같이 단조로운 목소리를 주었다면 무슨 일이 일어났을까 잠시 생각해보았다.

입을 다무는 동안에는 인간의 영혼 깊숙한 곳까지도 뒤흔들어 놓다가, 그녀가 입을 여는 순간 그 마력이 언제 있었던가 싶도록 감쪽같이 사라지는 것은 정말로 신기한 일이었다.

그렇지만 나는 그 반대의 경우도 일어날 수 있다는 것을 알고 있었다. 누구라도 두 번 다시 쳐다보지 않을 것 같은 초라하고 처량한 원숭이 몰골을 한 어떤 여인을 본 적이 있었다. 그러나 그녀가 입을 열자 마치 클레오파트라가 다시 태어나기라도 한 듯한 매력이 생생하게 피어나는 것이었다.

내가 미처 알아차리지 못한 사이에 조애너가 바로 내 옆 길가에 차를 멈추고는 나를 끌어당겼다. 그녀는 대체 무슨 일이 있었느냐고 물었다.

나는 정신을 차리며 말했다.

"아무 일도 아니야. 트로이의 헬렌과 그 밖의 일에 대해 잠시 생각하고 있었지."

"정말 우스운 모습을 하고 있었어요." 조애너가 말했다.

"입을 딱 벌리고 가슴에다 건포도 빵을 꼭 껴안은 채 멍청하게 서 있는 모습이라니, 오빠는 정말 괴상한 모습이었다고요."

"나는 충격을 받았던 거야. 갈비뼈를 다시 이식받기라도 한 것처럼 말이지."

그러고는 수영이라도 하듯이 우아하게 멀어져 가는 여자의 뒷모습을 가리키며 덧붙였다.

"저 여자가 누구인지 알고 있니?"

여인을 바라보며 조애너는 시밍턴네 가정교사인 엘시 홀랜드라고 말했다.

"저 여자가 오빠를 그토록 맥도 못 추게 만들었어요?"

조애너가 물었다.

"저 여자는 아름답기는 하지만, 어쩐지 축축한 물고기 같은 느낌이 들어요."

"나도 알고 있어. 아주 훌륭하고 친절한 아가씨더구나. 나는 아프로디테(그리스 신화의 미와 사랑의 여신)가 아닌가 생각할 정도였지."

조애너가 자동차 문을 열자 나는 차에 올라탔다.

"웃기는 일인데요?" 그녀가 말했다.

"사람들은 외모만 중요시하지 성적인 매력은 전혀 볼 줄 몰라요. 그 여자는 그런 것이 없어요. 그 점이 정말 유감스러운 것 같아요."

나는 아마도 그녀가 가정교사이기 때문에 그런 것 같다고 말했다.

그날 오후, 우리는 파이 씨 댁으로 차를 마시러 갔다. 파이 씨는 마치 부인네들처럼 살이 통통하게 찐 조그마한 남자였다. 그는 조그마한 의자들과 드레스덴 도자기, 그리고 고가구 수집에 열중하고 있었다. 그는 종교 개혁 당시 파괴된 옛 수도원의 폐허에 지은 수도원장 사택에서 살고 있었다.

그곳은 정말이지 남자가 사는 집이라고 할 수가 없었다. 커튼과 쿠션들은 최고급의 비단으로 만든 것으로, 파스텔풍의 곱고 아름다운 색조를 띠고 있었다. 자기 애장품들을 보여 주며 설명하고 있을 때 파이 씨의 작고 통통한 손은 흥분으로 떨리고 있었고, 그가 베로나에서 들여 온 이탈리아풍 침대를 사들였던 당시의 흥미진진한 상황에 대해 설명할 때 그의 목소리는 가성까지 띠며 격앙되어 있었다.

골동품에 대해 똑같은 취미를 가진 조애너와 나는 매우 큰 공감을 했다.

"우리들의 작은 사회에서 뜻밖의 귀한 물건을 손에 넣는다는 것은 정말 대단히 기쁜 일이지요. 이곳의 많은 사람은 당신들도 아시겠지만, 전원생활을 끔찍하게 여기고 있어서 결코 시골 사람들이라고 할 수가 없어요. 문명의 파괴자들, 정말 순전히 문명의 파괴자들이지요! 게다가 그들이 꾸며놓은 집의 내부를 봐요. 그것은 아마 당신에게 눈물을 흘리게 할 겁니다. 아가씨, 당신이 눈물을 흘리게 될 거라고 확신합니다. 그렇게 생각하지 않으세요?"

조애너는 아직 그 정도까지는 이르지 않았다고 말했다.

"당신들이 빌린 저택은, 에밀리 바튼 양의 집이지요. 그 저택은 아직도 대단히 매력이 있고, 그녀도 꽤 훌륭한 물건들을 상당히 가지고 있답니다. 상당히 훌륭한 것들이지요. 그것 중에서 한두 개는 정말 일급에 속한답니다. 그리고 그녀도 역시 예리한 감식력을 가졌지요. 아니, 뭐 꼭 그렇다고 확신할 수는 없지만, 가끔 나는 그것이 단순한 감상주의에 지나지 않는 건 아닌지 걱정스럽기도 하답니다. 그녀가 그 물건들을 지니려고 하는 것은 어떤 뚜렷한 동기가 있어서가 아니라(즉 그런 동기로 생겨난 결과물이 아니라), 그녀의 어머니가 가지고 있었기 때문에 그저 습관적으로 그것들을 보존하는 건 아닐까 하는 걱정 말입니다."

그는 나에게 자기 생각을 강조하려고 목소리를 바꾸었다. 그러자 심취된 예술가의 목소리가 천성적인 이야기꾼의 목소리로 바뀌었다.

"당신은 그 가족에 대해 전혀 모르고 있지요? 오, 물론 그렇겠군요. 부동산 대리점을 통해 빌렸을 테니까. 하지만 이것 봐요, 당신은 적어도 그 가족에 대해서만은 알고 있어야 할 겁니다. 내가 이곳에 왔을 때는 아직 그녀의 노모가 살아 있었지요. 그 노모는 불가사의한, 정말 불가사의한 사람이었답니다! 마치 괴물 같았지요. 내가 무슨 말을 하는지 아실지 모르겠습니다만, 확실히 괴물이었어요. 그 완고한 빅토리아풍 노모가 딸들의 젊음을 삼켜 버렸던 것이죠. 그렇습니다. 바로 그것이 그런 결과를 빚어낸 겁니다.

그녀는 기념비적인(내 말뜻을 아시겠죠?) 마치 17세기 기념비와도 같은 존재였고, 다섯 명의 딸들은 모두 그녀 주위에 매달려 있었지요. '이 계집애들!' 그녀는 딸들에게 늘 이런 식으로 얘기했답니다. '계집애들!' 그런데 제일 나이가 많은 딸이 그때 예순은 족히 되었거든요. '저런 미련한 계집애들!' 그 노모는 늘 그렇게 불렀지요. 흑인 노예들, 그래요. 딸들은 모두 그런 존재로밖에 취급당하지 않았어요. 밤 10시가 되면 딸들은 무조건 잠자리에 들어야 했고 침실에 불을 때는 건 절대 허락되지 않았으며, 집으로 친구들을 부르는 것도 있을 수 없는 일이었습니다. 그녀는 딸들을 경멸했지요. 아시겠지만, 자기 딸들이 결혼하지 못하는 것에 대해서 말입니다. 딸들이 다른 사람들과 사귀는 일을 거의 불가능하게 만들어 놓고서 말이죠. 나는 에밀리인가 아니면 아그네스인가가 어떤 부목사와 연애 같은 것을 했다고 알고 있습니다. 그 남자의 집이 결혼시킬 만큼 경제적인 여유가 없다는 걸 알자 노모는 딸의 결혼을 막았죠."

"마치 소설 같은 이야기로군요." 조애너가 말했다.

"오, 아가씨, 정말 그랬답니다. 결국엔 그 끔찍한 노파가 죽긴 했지만, 그때는 너무 늦었던 거지요. 그 뒤로도 딸들은 계속 그 집에서 살아가면서 마치 가엾은 그 노모가 그렇게 살라고 유언이라도 한 듯이 숨을 죽인 채로 이야기를 나누곤 했답니다. 심지어 죽은 어머니의 침실 벽지를 바꾸는 데도 딸들은 마치 신성 모독이라도 하는 듯한 죄책감에 사로잡혀 있었지요. 그들은 자신들의 왕국에서 단조롭게 자기들끼리만 지냈습니다. 하지만 그들은 그다지 건강하지 못해서 하나씩 차례로 죽었지요. 에디스는 유행성 감기에 걸려 죽었고, 미니는 수술을 받았으나 끝내 회복되지 못했으며, 가엾은 메이블은 뇌출혈로 쓰러졌지요. 에밀리는 그녀를 무척이나 헌신적으로 돌봐줬답니다. 사실 그 가엾은 여인은 지난 10년 동안 간호하는 일밖에는 아무 일도 하지 않았지요. 매력적인 여자예요. 그렇게 생각하지 않습니까? 드레스덴 도자기 같다고나 할까요. 흠이라면 그녀가 돈에 욕심을 낸 것 정도일까? 하지만 그녀가 투자한 것들은 가치가 떨어지고 말아서 재미를 별로 보지 못했지요."

조애너가 말했다.

"우리가 그녀의 집에 살고 있다는 것이 상당히 미안하게 느껴지는군요."

"아니, 그렇지 않아요, 아가씨. 그런 감정을 느낄 필요가 없습니다. 충실한 플로렌스가 그녀를 헌신적으로 돌봐주고, 그녀 또한 나에게 이처럼 훌륭한 분들에게 집을 빌려 주게 되어서 얼마나 기쁜지 모르겠다고 말했답니다."

여기에서 파이 씨는 약간 눈썹을 찌푸렸다.

"그녀는 자기가 운이 좋은 모양이라고 내게 말했지요."

"그 집은 아주 안락하더군요."

파이 씨는 나에게 재빨리 시선을 던졌다.

"오, 그렇습니까? 당신도 그렇게 느낍니까? 그것참 반가운 말이군요. 놀랍습니다. 예, 정말로 놀랍습니다."

"무슨 말씀을 하시는 거예요?" 조애너가 물었다.

파이 씨는 자신의 통통한 손을 쭉 펼쳤다.

"아니, 아무것도 아닙니다. 그냥 놀랍다는 것, 그게 전부입니다. 나는 분위기라는 것을 믿고 있어요. 아시겠지만, 누구나 생각과 감정들이 있지요. 사람들은 벽과 가구들에 자신의 인상을 남겨 둔답니다."

나는 잠시 동안 아무 말도 하지 않고 내 주위를 둘러보며 수도원장의 사택에서 풍기는 분위기는 어떻게 표현해야 할까 하고 생각해보았다. 하지만 이상하게도 아무런 분위기도 느낄 수 없었다. 그것은 정말 아주 주목할 만한 사실이었다.

나는 이 점에 대해 오랫동안 생각에 잠겨 있었기 때문에 조애너와 파이 씨 사이에 진행되는 대화를 전혀 듣지 못했다. 그러다가 조애너가 작별의 인사말을 꺼내는 것을 듣고는 정신을 차렸다. 꿈에서 빠져나와 나도 인사말을 덧붙였다. 우리는 함께 홀까지 걸어나갔다.

우리가 현관 쪽으로 나갈 때 편지 한 통이 편지함에서 바닥으로 떨어졌다.

"오후 배달이로군."

파이 씨가 그것을 집어들며 중얼거렸다.

"자, 우리 젊은 친구들, 다시 찾아와 주겠소? 나를 이해해줄지 모르겠지만, 별다른 일 없는 이 평화롭고 한적한 시골에서 마음을 터놓고 사귄다는 것은 정말 즐거운 일이거든요."

그는 다시 한 번 악수를 하며, 내가 차에 오르는 것을 지나칠 정도로 조심스럽게 도와주었다. 조애너는 자동차의 핸들을 잡고 말끔하게 손질된 잔디밭을 돌아 대문으로 통하는 굽은 길로 조심스럽게 몰고 나가다가 곧게 뻗은 드라이브 길에 접어들자, 저택 계단에 서 있는 파이 씨에게 손을 흔들어 작별인사를 보냈다. 나도 손을 흔들려고 몸을 앞으로 기울였다.

그러나 우리가 보낸 작별의 손짓은 소용이 없게 되었다. 파이 씨는 편지를 뜯고 있었다. 그는 손에 든 편지를 내려다보며 서 있었다.

조애너는 언젠가 그를 마치 토실토실한 핑크빛 아기 천사 같다고 말한 적이 있었다. 그는 여전히 토실토실하기는 했지만, 아기 천사처럼 보이지는 않았다. 그의 얼굴은 놀라움과 분노로 뒤섞여서 어둡고 혼란스러운 자줏빛을 띠고 있었다. 그리고 공포의 표정도 함께.

바로 그 순간 나는 편지의 봉투 모양이 어쩐지 눈에 익은 것 같다는 생각이 들었다. 그 당시는 그것을 깨닫지 못했는데, 이런 것은 우리가 늘 별 관심 없이 사물을 보는 그런 일 중 하나가 아닐까.

"저런! 무엇 때문에 저 가엾은 분이 저렇게 기분이 상했을까요?"

"내 생각엔, 음흉한 손길이 또 뻗친 것 같구나."

그녀가 놀란 얼굴을 나에게 돌리자 자동차가 길에서 벗어났다.

"좀 조심해라, 조애너!" 내가 소리쳤다.

조애너는 길 쪽으로 눈을 돌리고 나서 눈살을 찌푸리며 말했다.

"오빠는 우리가 받았던 편지와 같은 편지라고 생각하나 보죠?"

"단지 추측일 뿐이야."

"대체 어찌된 일이지요? 영국에서도 찾아보기 드문, 아주 순수하고 평화롭고 조용한 곳처럼 보이는데."

"파이 씨의 말에 따르면 결코 아무런 일도 일어나지 않을 곳이지."

내가 중간에 끼어들었다.

"그 사람은 그런 말을 하기에는 적당하지 않은 때를 택했어. 무슨 일인가가 이미 일어났거든."

"오빠, 나……, 나는 어쩐지 이곳이 싫어지는 것 같아요."

처음으로 그녀의 목소리에 공포의 기미가 배어 있었다.

나는 대답을 하지 않았다. 왜냐하면 나 역시 이곳이 마음에 들지 않았기 때문이었다. 평화롭고 순수하고 행복해 보이는 시골, 그 깊숙한 내부에 무엇인가 불길한 징조가 숨어 있는 듯했다.

그 순간 나는 앞으로 닥쳐올 모든 일들의 전조를 느꼈던 것 같다.

며칠이 지나갔다. 우리는 시밍턴네 집에서 브리지 게임을 하고 있었는데, 시밍턴 부인이 메건에 대해 넋두리를 늘어놓는 바람에 나는 몹시 짜증이 나기 시작했다.

"그 불쌍한 것은 정말 처치 곤란한 존재예요. 그 또래 아이들은 미처 충분히 자라기도 전에 학교를 떠나게 되는 것 같아요."

조애너가 상냥하게 말했다.

"하지만 메건은 스무 살이잖아요?"

"오, 물론 그렇죠. 하지만 그 애는 나이에 비해 너무 어려요. 아직도 어린애인걸요. 여자 애들이 너무 지나치게 빨리 자라지 않는다는 것은 아주 좋은 현상이라고 생각한답니다."

그녀는 웃음을 터뜨렸다.

"모든 어머니들은 자기 아이들이 계속 어린애로 남아 있기를 바랄 거라고 생각해요."

"나는 도저히 이해할 수가 없는데요. 만일에 누군가가 몸은 다 자랐는데도 정신적으로는 여섯 살 수준에 머물러 있는 자식을 가지고 있다면, 상당히 속상하지 않겠어요?"

조애너의 말에 시밍턴 부인은 화가 난 것 같았다. 조애너는 또 그렇게 말 그대로만 해석하면 안 된다고 말했다.

나는 조애너의 행동이 마음에 들었다. 그것은 내가 시밍턴 부인을 별로 좋아하지 않는다는 생각이 들게 해주었다. 빈혈증세가 있는 중년의 예쁜 여자는 이기적이고도 욕심 많은 본성을 감추고 있다고 여겨졌던 것이다.

조애너는 짓궂게 메건에게 춤을 가르쳐 줄 생각은 없느냐고 시밍턴 부인에게 물었다.

"춤을?"

시밍턴 부인은 놀라면서도 한편으로는 재미있어 하는 것 같았다.

"오, 아니요. 이곳에서는 그런 것을 가르치지 않는답니다."

"그렇군요. 테니스라든가 뭐 그런 것들밖에 없겠군요."

"우리 테니스 코트는 몇 년 동안 사용하지 않았어요. 리처드와 나는 둘 다 테니스를 못 하거든요. 내 생각에는 나중에 사내애들이 다 자란 다음, 오, 메건은 자기가 할 일을 충분히 찾아낼 거예요. 빈둥거리는 것만 좋아해서 탈이지만 말이에요. 그런데 어머, 내가 패를 돌렸나요? 두 판이나 승부가 나지 않았군요."

집으로 돌아갈 때 조애너는 자동차 속력이 갑자기 빨라지도록 심술궂게 액셀러레이터 페달을 밟으면서 말했다.

"나는 그 아가씨가 정말 안됐다고 생각해요."

"메건 말이냐?"

"그래요. 그녀의 어머니도 그녀를 좋아하지 않아요."

"조애너, 그게 뭐 그렇게 나쁘다고 그러니?"

"물론 나도 알아요. 많은 어머니가 자기 자식을 별로 좋아하지 않죠. 내 생각에 메건은 그 집에서는 골칫덩어리 같은 존재인 것 같아요. 그녀는 시밍턴 가족의 생활 방식을 어지럽히고 있거든요. 그 가족은 그녀가 없다면 아주 잘 어울리죠. 그리고 그런 사실은 예민한 감수성을 가진 사람에게는 더없이 불행을 느끼게 하는 거예요. 그 부인은 꽤 감수성이 예민하잖아요."

"맞아, 나도 그렇다고 생각한다."

나는 잠시 침묵을 지켰다.

조애너가 갑자기 장난스럽게 웃으며 말했다.

"그 여자 가정교사에 대해서는 오빠에게 정말 안된 일이에요."

"무슨 소리를 하는 건지 모르겠구나." 나는 점잖을 빼며 말했다.

"그런 소리 마세요. 그녀를 바라볼 때마다 오빠의 얼굴은 남자로서 섭섭한 표정이 어려 있던데요, 뭐. 나도 이런 것이 일종의 낭비라는 데는 오빠와 동감이에요. 하지만 그 여자 말고는 오빠가 이곳에서 지낼 만한 이유가 있는지 모르겠는걸요. 오빠는 그녀에게 기대해야 할 거예요."

"제발, 그런 일만은 없기를!"

나는 어깨를 으쓱하고는 덧붙였다.

"그런데 그 여자가 내 연애 사건과 무슨 관계가 있다는 거냐? 대체 무슨 말이지, 응? 내가 알기로는 너야말로 이곳에서 기분 전환해야 할 필요가 있을 텐데. 이곳에는 천재로 오인 받을 만한 멍청이들이 전혀 없지. 너는 오웬 그리피스에게 기대를 걸어야 할 게다. 그 사람만이 이곳에서는 유일하게 누구에게도 구속받지 않는 남자니까."

조애너는 고개를 치켜들었다.

"그리피스 박사는 나를 좋아하지 않아요."

"그건 아직 그 사람이 너를 잘 알지 못하기 때문이야."

"그는 한길에서 나하고 만나면 나를 피해서 건너편 길로 건너갈 정도로 나를 잘 알고 있다고요!"

"참으로 안된 일이구나." 나는 동정적으로 말했다.

"하지만 아직은 그런 일은 겪어 보지 못했을 텐데?"

조애너는 리틀 퍼스 저택의 대문을 들어서서 차고로 들어가는 동안 아무 말 없이 차를 몰았다. 그리고 나서 입을 열었다.

"그 말에는 무슨 의미가 들어 있는 것 같군요. 어째서 사람들이 나를 피하려고 일부러 길을 건너가는 건지 알 수 없어요. 이유야 어떻든 간에 정말이지 무례한 짓이라고요."

"알았다. 너는 겸손한 마음으로 그 사람들에게 접근해야 할 게다."

"좋아요. 하지만 나는 기피를 당하고 싶지는 않아요."

나는 천천히 조심스럽게 차에서 내려 목발로 균형을 잡았다. 그리고 나서 내 여동생에게 한마디 충고를 해주었다.

"이 말을 너에게 꼭 해야겠구나. 오웬 그리피스 박사는 네가 그동안 사귀었던 쓸개 빠지고 푸념이나 늘어놓으며 예술가인 체하던 작자들하고는 달라. 특별히 조심하지 않는다면, 덩굴째 들어온 호박을 잃어버리게 될 게다. 그런 남자는 예민하단 말이야."

조애너는 내 말에 오히려 즐거워하는 듯한 내색을 보이며 물었다.

"오빠는 정말 그렇게 생각해요?"

나는 엄격하게 말했다.

"그 불쌍한 친구를 제발 그냥 놔둬라."

"그 사람, 내가 걸어가는 것을 보고 어떻게 길을 건너가 버릴 수 있었을까요?"

"도대체 너희 여자들은 모두 똑같구나. 같은 얘기를 하고 또 하다니. 내가 잘못 생각하지 않았다면, 아마도 너는 에이미의 총에 맞지 않도록 조심해야 할 거야."

"그녀는 벌써 나를 싫어하고 있어요."

조애너는 조심스러운 태도로 말했지만, 어떤 일종의 만족감 같은 것을 느끼는 것 같았다.

내가 엄하게 말했다.

"우리가 이곳에 내려온 것은……, 평화와 안식을 찾기 위해서였어. 나는 우리가 그것을 얻게 되리라고 생각한다."

그러나 평화와 안식은 우리가 얻기에는 이미 늦은 것이었다.

제2장

자살

내가 집으로 돌아올 때, 메건이 무릎에 턱을 괴고 베란다 층계에 앉아 있는 것을 발견한 것은 일주일쯤 지나서였다.

그녀는 일상적인 의식을 생략한 채 내게 인사했다.

"안녕하세요. 내가 점심을 먹으러 와도 괜찮죠?"

"물론이지."

"촙(보통 갈비뼈에 붙어 있는 것을 두껍게 자른 고깃점)이라든가, 아니면 뭐 그 밖에 나눠 먹기가 곤란한 음식이라면 말씀해주세요."

메건이 소리치는 것을 들으면서 나는 패트리지에게 점심은 3인분을 준비해야 할 거라는 사실을 알려 주러 집 안으로 들어갔다. 나는 패트리지가 언짢아하고 있다고 생각했다. 그녀는 분명히 아무런 말도 하지 않았지만, 메건을 달가워하지 않는다는 것을 은연중에 드러내고 있었다.

나는 다시 베란다로 나왔다.

"그래, 괜찮겠어요?" 메건이 걱정스럽게 물었다.

"물론이지. 에이레 스튜(양고기, 감자, 양파로 만든 요리)거든."

"그건 좀 개들이나 먹는 음식 같잖아요, 예? 주로 감자와 양념만으로 만들어지는 것 아니에요?"

내가 파이프 담배를 피우는 동안 우리는 아무 말 없이 조용히 있었다. 그것은 참으로 흐뭇한 침묵이었다.

그런데 갑자기 메건이 격한 어조로 말을 꺼내서 그 침묵은 깨지고 말았다.

"당신이 다른 사람들처럼 나를 끔찍한 존재로 여기시지나 않을까 모르겠어요."

나는 깜짝 놀라 파이프를 떨어뜨렸다. 멋진 색깔의 해포석(海泡石)으로 만들어진 파이프인데, 그만 깨져 버리고 말았다.

나는 메건에게 화를 내며 말했다.

"이것 봐, 아가씨가 무슨 짓을 저질렀는지 보라고!"

그녀는 당황하기는커녕, 못된 변덕꾸러기 아이들처럼 버릇없게 싱긋이 웃을 따름이었다.

"나는 당신을 좋아하고 있어요."

그것은 대단히 놀라운 말이었다. 마치 누군가에게 이야기했는데 그의 개가 대답이라도 한 것으로 착각될 정도의 말이었다. 메건은 언뜻 보면 길들지 않은 말같이 보이지만, 개와 같은 면도 있다는 생각이 문득 들었다. 그녀는 확실히 온전한 인간은 아니었다.

나는 내 소중한 파이프 조각들을 조심스럽게 집어들면서 물었다.

"그전에 뭐라고 말했었지?"

메건은 조금 전 목소리와는 전혀 다른 어조로 말했다.

"당신이 나를 끔찍한 존재로 여기실 거라고 했어요."

"어째서 그렇지?"

메건은 엄숙하게 말했다.

"내가 바로 그렇기 때문이에요."

나는 날카롭게 말했다.

"어리석게 굴지 마."

메건은 머리를 흔들었다.

"그건 그래요. 나는 정말로 어리석은 게 아니에요. 사람들이 나를 그렇게 생각할 뿐이죠. 그 사람들은 내가 속으로 그들이 어떻다는 것을 잘 알고 있고, 또 증오하고 있다는 것을 몰라요."

"사람들을 증오하고 있다고?"

"그래요."

그녀는 처녀답지 않게 우울한 눈으로 내 눈동자를 똑바로 응시하고 있었다. 그것은 지루하고도 애처로운 시선이었다.

"당신도 나와 같은 처지였다면 사람들을 증오했을 거예요. 만일에 당신이 바람직한 존재가 못 된다면 말이에요.”

“너무 지나치다고 생각하지 않아?”

“그래요. 당신이 말하는 그것이 바로 다른 사람들이 언제나 말하는 투예요. 물론 사실이죠. 나는 원했던 존재가 아니에요. 어머니도 나를 좋아하지 않아요. 나는 그 이유를 조금도 알 수가 없어요. 어머니에게 있어서 나는, 끔찍하게 자기를 학대했던 아버지에 대한 아픈 상처를 기억나게 하는 존재인가 봐요. 모든 어머니가 자기 자식이 필요 없다고 내쫓지는 않잖아요. 또 동물들처럼 죽여 버리는 것도 아니죠. 고양이는 자기가 싫으면 새끼들을 잡아먹어요. 정말 온당한 처사라고 생각해요. 전혀 낭비하거나 혼란에 빠지지 않는 거죠. 하지만 인간의 어머니는 자식을 지켜주고 돌봐줘야 하는 거 아닌가요? 내가 학교에 다니는 동안은 이렇게까지 지독하지는 않았어요. 하지만 당신도 아시다시피 우리 어머니가 정말로 원하는 것은 지금의 아버지와 아들들하고만 지내는 거예요.”

나는 천천히 말했다.

“아직도 나는 메건이 너무 병적이라고 생각해. 하지만 메건 말에도 일리가 있어. 그런데 어째서 집을 떠나 독립하려는 생각은 하지 않은 거야?”

그녀는 기묘하고 어른다운 미소를 나에게 보냈다.

“당신 말은 직업을 가지라는 것이군요. 생활비를 벌라는 말인가요?”

“그래.”

“어떻게 말이지요?”

“메건도 직업 교육을 받을 수 있을 텐데 그래? 속기나 타자, 부기 같은 것들 말이야.”

“내가 그런 것들을 할 수 있으리라고는 생각하지 않아요. 그런 것을 배우는 데는 영 둔하거든요. 게다가……”

“게다가?”

그녀는 고개를 저쪽으로 돌렸다가, 다시 천천히 나에게로 되돌렸다. 그녀의 얼굴은 붉게 물들어 있었고, 눈에서는 눈물이 흐르고 있었다.

그녀는 다시 천진한 목소리로 말했다.

"왜 내가 집을 나가야 하는 거죠? 어째서 집을 떠나야 하는 거죠? 식구들이 나를 원치 않더라도 나는 머물러 있을 거예요. 끝까지 버텨서 모든 사람을 괴롭힐 거예요. 저주받을 돼지들! 나는 이곳 라임스톡에 있는 모든 사람들을 증오해요. 모두 내가 미련하고 추악한 존재라고 생각해요. 나는 보여 줄 테야! 그들에게 보여 줄 거라고요! 나는 할 수 있어요."

그것은 유치하고도 감상적인 분노였다.

나는 집 모퉁이를 돌아서 자갈을 밟으며 누군가가 다가오는 발걸음 소리를 들었다.

나는 매정하게 말했다.

"어서 일어나. 어서 안으로 들어가 욕실로 가. 가서 얼굴을 씻어요, 어서!"

메건은 조애너가 집 모퉁이를 돌아 나오는 것을 창문을 통해 보고 어색하게 벌떡 일어섰다.

나는 조애너에게 메건이 점심을 하러 왔다고 말했다.

"잘되었군요. 나는 메건을 좋아해요. 메건은 어쩐지 버려진 아이 같아요. 요정들이 문 앞에 버리고 간 아이 같은 느낌 말이에요. 하여간 그녀는 흥미있는 존재예요."

지금까지 나는 목사와 캘드로프 부인에 대해 거의 언급을 하지 않았다. 그 목사 부부는 아주 독특한 성격을 지니고 있었다. 데인 캘드로프 목사는 내가 만나보았던 어떤 사람보다도 더욱 일상생활과는 동떨어져서 지내는 것 같았다. 그의 생활은 독서와 연구로 일관되어 있었다. 한편, 데인 캘드로프 부인은 이 지방에서는 매우 두려운 존재였다. 비록 그녀는 남에게 충고하는 일도 드물고 결코 남의 생활을 간섭하지도 않았지만, 그녀는 그 마을의 불량한 양심들에게는 하나님의 권위를 상징하는 존재였다.

메건이 점심을 하러 왔던 다음 날 그녀는 번화가에서 나를 불렀다. 나는 당연히 놀라움을 느꼈는데 왜냐하면 데인 캘드로프 부인은 걷는다기보다는 오히려 뛰어가듯이 활보하고 있어서 마치 그레이하운드 개가 연상되었고, 그녀의 시선은 멀리 지평선에 고정되어 있어서 누가 보면 그녀의 진짜 목적은 1마일

반 정도는 떨어진 곳에 있다고 느낄 정도였기 때문이다.

"오! 버튼 씨로군요!"

그녀는 상당히 의기양양한 듯이 말했다. 마치 극히 어려운 수수께끼를 풀기라도 한 것처럼. 내가 그렇다고 하자 데인 캘드로프 부인은 지평선에 고정하던 초점을 나에게 맞추려고 애를 썼다.

"그런데 무엇 때문에 내가 당신을 만나고 싶어 했을까요?"

그 점에 있어서 나는 그녀를 도와줄 수가 없었다.

그녀는 몹시 혼란스러운 듯 미간을 찌푸리고 서 있었다.

"무언가 상당히 추잡한 일이었는데……."

"그렇다면 유감이로군요." 나는 움찔하며 대꾸했다.

데인 캘드로프 부인이 소리쳤다.

"오! 그 익명의 편지들 말이에요! 당신이 이곳에 익명의 편지들을 몰고 왔다고 하던데, 도대체 어찌된 일이지요?"

"내가 그것을 몰고 온 것이 아닙니다. 그것은 이미 이곳에서 일어나고 있었던 일이 아니었던가요?"

데인 캘드로프 부인이 나무라는 투로 말했다.

"그렇지만 당신이 오기 전까지는 그런 것을 받은 사람이 없었어요."

"아뇨, 받은 사람들이 있었습니다, 캘드로프 부인. 그 문제는 벌써 시작되고 있었던 겁니다."

"오, 저런. 나는 그런 말썽은 좋아하지 않아요."

그녀는 다시 멍하니 먼 곳에 시선은 둔 채 서 있다가 말했다.

"나는 그것이 아주 좋지 않은 일이란 것을 말하고 싶어요. 우리는 그런 말썽은 좋아하지 않아요. 질투와 앙심, 그리고 비열하고 사소한 원한들 말이에요. 하지만 어느 누구도 그런 짓을 하리라고는 생각할 수 없군요. 아니, 정말 모르겠어요. 그것이 바로 나를 괴롭히는 일이랍니다. 왜냐하면, 나는 알고 있어야만 하거든요."

그녀의 맑은 눈동자가 지평선에서 다시 내 눈으로 돌아와 마주쳤다. 그 눈빛은 걱정스러우면서도 어린애의 눈처럼 솔직한 당혹감을 담고 있었다.

"무엇 때문에 부인이 알고 있어야만 합니까?"

"늘 그런걸요. 나는 항상 그것이 내 의무라고 생각하고 있답니다. 캘립은 유익하고 건전한 교리를 설교하며 성찬식을 베풀지요. 그것은 성직자의 의무지만, 성직자도 결국엔 결혼하게 되니까 그 아내는 다른 사람들이 무엇을 느끼고 생각하고 있는지를 알려고 노력해야 한다고 생각해요. 비록 알더라도 아무런 해결 방법이 없긴 하지만 말이에요. 그런데 나는 누가 그런 마음을 품고 있는지 전혀 알 수가 없으니……."

그녀는 말을 끊었다가 멍하니 다음과 같이 덧붙였다.

"다른 것들도 역시 그렇게 수치스러운 편지들이겠지."

"부인도, 그러니까……, 그런 것을 받았습니까?"

나는 약간 조심스럽게 물어보았는데, 데인 캘드로프 부인은 눈을 크게 뜨며 아주 자연스럽게 대답했다.

"오, 물론이지요. 두 통인가 아니, 세 통이나 받았답니다. 무슨 내용이었는지는 확실하게 기억하지 못하고 있어요. 캘립과 여선생 사이에 대한 아주 부끄러운 내용이었던 것 같아요. 정말 어처구니없는 내용이에요. 캘립은 그런 시시한 남녀 관계에 대해서는 전혀 흥미가 없기 때문이지요. 그이는 결코 그런 적이 없었답니다. 목사라는 것이 참으로 다행스러운 일이에요."

"물론입니다. 오, 물론이고말고요."

"캘립은 성자가 될 수도 있었을 거예요. 그이가 지금처럼 지나치게 똑똑하지만 않았다면 말이지요."

나는 이러한 평가에 대해 뭐라고 대꾸할 자격이 없다고 느꼈고, 아무튼 데인 캘드로프 부인은 상당히 허둥거리며 자기 남편에 대한 이야기에서 다시 그 편지에 대한 이야기로 넘어가 계속 말을 이었다.

"그 편지들은 아주 많은 것을 말하는 것 같지만, 사실은 그렇지가 않아요. 그것은 정말 이상한 일이지요."

"편지를 쓴 사람이 자제해서 덜 노골적으로 쓴 것이라고는 생각되지 않는데요."

나는 신랄하게 말했다.

“하지만 그 사람은 정말로 아는 것 같지가 않아요. 그 편지에는 사실적인 내용이 전혀 없거든요.”

“무슨 말씀이신지?”

그 맑고 몽롱한 눈동자가 내 눈과 마주쳤다.

“글쎄요, 당연한 사실이잖아요. 그 편지에는 이곳에서 벌어지는 비행들로 가득 차 있어요. 수치스러운 비밀들의 총집합이라고나 할까. 그런데 무엇 때문에 그 작자는 그런 것들을 이용하지 않았을까요?”

그녀가 잠시 말을 멈추었다가 갑자기 물었다.

“당신에게 온 편지에는 어떤 내용이 쓰여 있던가요?”

“내 여동생이 진짜 여동생이 아니라고 하더군요.”

“그런데, 그녀는?”

데인 캘드로프 부인은 조금도 주저하지 않고 은근한 흥미를 보이며 그 질문을 던졌다.

“조애너는 확실히 내 동생입니다.”

데인 캘드로프 부인은 고개를 끄덕였다.

“그것이 바로 내가 당신에게 말하려는 거예요. 나는 거기에는 다른 의도가 숨어 있다고 장담할 수 있어요.”

그녀의 맑고 무관심한 듯한 눈동자가 나를 똑바로 응시하자, 나는 갑자기 왜 라임스톡 사람들이 데인 캘드로프 부인을 두려워하는지 깨닫게 되었다.

모든 사람들의 생활 속에는 결코 남에게 알려지기를 원치 않는 숨겨진 부분이 있기 마련이다. 나는 데인 캘드로프 부인이 그런 것을 아는 것 같다고 생각되었다.

일생을 통해, 에이미 그리피스의 우렁찬 목소리가 그렇게 반갑게 들려온 순간도 없었다.

“안녕하세요, 모드. 당신을 만나게 되어서 정말 기쁘군요. 자선 파티 날짜를 변경했으면 싶어요. 안녕하세요, 버튼 씨.”

그녀가 계속 말을 이었다.

“채소 가게에 잠시 들러서 무엇 좀 사고는, 부인만 괜찮다면 강좌에 함께 갈까 하는데요?”

데인 캘드로프 부인이 말했다.

“물론 나는 괜찮아요, 그렇게 하도록 하죠.”

에이미 그리피스는 인터내셔널 백화점으로 들어갔다.

“불쌍한 사람.” 데인 캘드로프 부인이 말했다.

나는 무슨 뜻인지 알 수가 없었다. 그녀가 에이미를 동정하는 것은 아닐 텐데…….

“당신도 아시겠지만, 버튼 씨, 나는 상당히 걱정스러워요.”

“편지 사건에 대해서 말입니까?”

“맞아요, 당신도 그것이 의미하는 내용을 알 거예요. 그것은 어떤 의도가 있어요.”

그녀는 말을 멈추고는 무심코 눈살을 찌푸렸다. 그러고 나서 어려운 문제를 해결하는 사람처럼 천천히 덧붙였다.

“맹목적인 증오……. 그래요, 맹목적인 증오예요. 하지만 장님이라 할지라도 순전히 실수로 심장을 찌를 수도 있는 거죠. 그렇게 된다면, 어떤 일이 일어날까요, 버튼 씨?”

우리는 하루가 지나가기도 전에 그 해답을 알게 되었다.

재난을 즐기는 듯 패트리지가 다음 날 일찍 조애너의 방에 들어와서, 시밍턴 부인이 어제 오후에 자살했다는 소식을 상당히 즐기는 듯한 태도로 알려 주었다.

잠에 취해 얼떨떨해 있던 조애너는 충격으로 잠이 확 달아나 침대에서 벌떡 일어나 앉았다.

“오, 패트리지, 정말 슬픈 일이에요.”

“슬픈 일이지요, 아가씨. 자신의 목숨을 스스로 끊는다는 것은 몹쓸 짓이에요. 하지만 그러지 않고는 어쩔 수 없어 그렇게 된 것이라면 정말 불쌍한 사람이지요.”

조애너는 그때야 진실의 한 가닥 실마리를 잡았다. 그녀는 상당히 짜증스러 웠다.

"그러지 않다니……?"

그녀가 패트리지에게 묻는 듯한 시선을 던지자 그녀는 고개를 끄덕였다.

"아가씨, 그 추잡한 편지 때문이에요."

"정말 추잡한 일이군요." 조애너가 말했다.

"정말 너무도 끔찍한 일이야! 하지만 어째서 그 부인이 그런 편지 때문에 자살했는지 알 수가 없군요."

"그 편지에 적힌 말이 진실이었나 보죠, 아가씨."

"무슨 내용이었는데?"

하지만 패트리지는 그 질문에 대해서는 전혀 아는 바가 없었다.

조애너는 창백하고 충격을 받은 모습으로 나에게 왔다. 시밍턴 부인은 비극 과 관계가 있다고 여겨지는 종류의 사람이 아니었기 때문에 더욱 뭔가가 잘못 되어 가는 것 같았다. 조애너는 하루나 이틀쯤 메건을 우리 집에 와 있게 하 는 것이 어떻겠냐고 했다. 그녀의 말에 의하면 엘시 홀랜드는 아이들에게는 괜찮겠지만, 메건에게는 거의 틀림없이 그녀를 반쯤 미치게 할 여자라고 했다.

나도 동감이었다. 엘시 홀랜드가 진부하기 짝이 없는 목소리로 끊임없이 차 를 마시라고 권하는 광경을 상상할 수 있었다. 친절한 여인이기는 했지만 메 건에게 적합한 사람은 아니었다.

우리는 아침식사 뒤에 시밍턴의 집으로 차를 몰고 갔다. 우리는 둘 다 걱정 스러운 표정이었다. 우리의 방문이 순전히 잔인한 호기심 때문으로 보일 수도 있기 때문이었다. 다행스럽게도 우리는 막 그 집에서 나오는 오웬 그리피스를 만났다. 그는 근심스러운 표정이 밝아지며 나에게 정다운 인사를 보냈다.

"오, 안녕하시오, 버튼 씨. 당신을 만나서 기쁘군요. 조만간 무슨 일이 일어 나지 않을까 은근히 걱정스러웠는데, 정말 끔찍한 일입니다."

조애너는 귀가 어두운 아주머니에게 인사하듯이 크게 소리쳤다.

"안녕하세요, 그리피스 박사님."

그리피스는 깜짝 놀라며 얼굴을 붉혔다.

"오……, 안녕하십니까, 버튼 양."

"내 생각에는 아마도 당신이 나를 알아보지 못했던 것 같군요."

오웬 그리피스는 더욱 얼굴이 붉어졌다. 수줍음이 망토처럼 그를 둘러싸고 있었다.

"나, 나는, 정말 미안합니다. 정신이 딴 데 팔려 있어서……, 미처 알아보지 못했습니다."

조애너는 계속 무자비하게 몰아붙였다.

"뭐라고 하시든, 나는 바로 여기에 존재하고 있어요."

"순 말괄량이 같으니라고."

나는 그녀 옆에서 한마디 하고는 이어서 말했다.

"조애너와 저는, 메건이 우리 집에 와서 하루나 이틀쯤 머무는 것이 좋지 않을까 합니다만. 당신은 어떻게 생각합니까? 굳이 참견하고 싶지는 않지만 그 가엾은 아가씨에게는 상당히 고통스러운 일일 것 같아서요. 시밍턴 씨는 그 일에 대해 어떻게 생각할까요?"

그리피스는 잠시 동안 마음속으로 그 문제를 곰곰이 생각하는 듯했다.

"나도 그렇게 하는 것이 현명한 처사일 거라고 생각합니다."

이윽고 그가 말했다.

"그녀는 좀 괴팍하고, 신경이 예민한 아이랍니다. 그런 상황에서 격리시키는 것이 그녀를 위해 좋을 겁니다. 홀랜드 양은 놀라울 정도로 잘 처신하고 있어요. 그녀가 상당히 똑똑하긴 하지만 사실 두 아이와 시밍턴 씨 뒤치다꺼리하기에도 벅차지요. 시밍턴 씨는 아주 넋이 나간 상태예요. 어찌할 바를 모르고 있더군요."

"그것은……." 나는 잠시 망설이다가 말했다.

"정말 자살이었습니까?"

그리피스는 고개를 끄덕였다.

"오, 물론이지요. 전혀 의심할 나위가 없어요. 그녀는 자기는 더 이상 버틸 수가 없다고 쓴 종이쪽지를 남겼습니다. 익명의 편지는 어제 오후에 배달된 모양입니다. 편지 봉투가 의자 옆 바닥에 떨어져 있었고, 편지는 구겨진 채로 난로 속에 던져져 있었습니다."

"어떤 내용이었는지……." 나는 몸서리를 치며 말을 잇지 못했다.

"죄송합니다."

그리피스는 순간 씁쓰레한 미소를 지어 보였다.

"궁금해하실 필요가 없습니다. 그 편지의 내용은 심리에서 공개될 겁니다. 동정 이외에는 더 이상 밝혀질 게 없어요. 그 내용이야 늘 상투적이어서……, 다른 것들과 마찬가지로 비열한 투로 적혀 있었습니다. 특히, 둘째 아들인 콜린에 대한 것이 적혀 있었는데, 시밍턴의 아이가 아니라고 쓰여 있더군요."

"그게 사실이라고 생각합니까?"

나는 도저히 믿을 수 없다는 듯이 외쳤다.

그리피스는 어깨를 으쓱했다.

"나는 뭐라고 말할 자격이 없어요. 이곳에 온 지 겨우 5년밖에 되지 않았거든요. 그러나 지금까지 내가 봐온 바로는, 시밍턴 부부는 자식들뿐만 아니라 상대방을 서로 무척이나 아껴주는 평온하고 행복한 가족이었습니다. 하긴, 그 애가 부모와는 유달리 닮지 않았다는 것은 사실이지요. 그 애가 선명한 붉은 색 머리카락을 가졌다는 것만 봐도 말이죠. 그러나 아이들은 할아버지나 할머니의 모습을 닮기도 하지 않습니까?"

"그처럼 닮은 데가 없다는 사실이 그 편지를 오게 한 모양이군요. 그냥 한 번 비열하고 터무니없는 소리를 지껄여 본 것에 지나지 않을 텐데."

조애너가 말했다.

"그러나 우연히 정곡을 찌르게 될 수도 있어요. 그렇지 않다면야 자살하지 않았을 것 아니겠어요, 그렇지 않은가요?"

그리피스는 의심스럽다는 듯이 말했다.

"나는 뭐라고 말할 수가 없습니다. 그녀는 가끔 건강이 상당히 나빠지곤 했었지요. 나는 그녀를 신경성 측면에서 치료해오고 있었습니다. 그녀는 히스테리컬했답니다. 그것은 충분히 가능하다고 봐요. 그처럼 상스러운 편지가 그녀를 충격과 공포에 휩싸이게 하고 무기력하게 해서 자살하도록 유도했을 수도 있지요. 그녀는 자기가 그 편지를 부정한다고 하더라도 남편이 믿어주지 않을 거라는 생각으로 가득 찼을 겁니다. 게다가 혐오감과 수치심이 그녀의 판단력을 일시적으로 흐리게 함으로써 자기도 모르는 사이에 그런 일을 저질렀을지도 모르지요.”

“건전하지 못한 정신 상태에서 자살을 기도한 것이라는 말씀이군요.”

조애너가 말했다.

“틀림없습니다. 나는 심리에서 그런 관점으로 진술할 겁니다.”

조애너와 나는 그 집으로 들어갔다. 현관문이 열려 있었고, 안쪽에서 엘시 홀랜드의 목소리가 들려서 벨을 누르지 않아도 될 것 같았다.

엘시 홀랜드는 완전히 얼이 빠진 모습으로 의자에 웅크리고 앉아 있는 시밍턴에게 말을 걸고 있었다.

“아니에요. 그렇지만, 시밍턴 씨, 뭘 좀 드셔야 해요. 아침도 드시지 않았고, 어젯밤에도 아무것도 드신 게 없잖아요. 물론 괴로우시겠지만, 이러다가는 선생님마저 병이 날 거예요. 선생님은 건강을 조심하셔야 해요. 의사 선생님도 떠나시기 전에 그렇게 말씀하셨어요.”

시밍턴이 단조로운 목소리로 말했다.

“홀랜드 양, 당신은 정말 친절하군요. 하지만…….”

“뜨거운 차라도 한 잔 드세요.”

엘시 홀랜드는 그에게는 그게 제일 좋을 거라고 생각하며 말했다.

나는 그 불쌍한 양반에게는 위스키 소다수가 적당할 거라고 생각했다. 그에게는 정말 그것이 필요할 것 같았다. 하지만 그는 차를 마시겠노라고 하고는 엘시 홀랜드를 올려다보며 말했다.

“당신이 이렇게 수고하는 것을 어떻게 감사해야 좋을지 모르겠소. 당신은 정말 잘하고 있어요.”

엘시 홀랜드는 얼굴을 붉히며 수줍어하는 것 같았다.

“그렇게 말씀해주시니 감사합니다, 시밍턴 씨. 제가 도울 수 있는 일이라면 무엇이든지 말씀하세요. 아이들에 대해서는 염려하지 마시고요. 제가 그 애들을 보살펴 주겠어요. 그리고 하인들도 진정시켜 놓았으니……, 편지를 쓴다든가 전화를 한다든가 제가 할 수 있는 일이 있으면 망설이지 마시고 말씀하세요.”

“정말 고맙소.” 시밍턴이 다시 말했다.

엘시 홀랜드는 돌아서서 우리를 보고는 급히 홀 쪽으로 나왔다.

그녀는 나지막이 속삭이듯 말했다.

“끔찍한 일이에요.”

나는 그녀를 쳐다보며 정말로 훌륭한 여인이라고 생각했다. 친절하고, 유능하며, 긴급 시에 대처할 수 있는 능력도 지닌 여인. 그녀의 아름다운 푸른 눈은 여주인의 죽음을 대단히 슬퍼하고 있다는 것을 보여 주듯 희미하게 붉은빛으로 물들어 있었다.

조애너가 말했다.

“당신과 잠시 이야기를 나눌 수 있을까요? 우리는 시밍턴 씨를 귀찮게 하고 싶지 않아서요.”

조애너의 말에 엘시 홀랜드는 알았다는 듯이 고개를 끄덕이고는 홀 맞은편에 있는 식당으로 우리를 안내했다.

“그분에게는 정말로 안된 일이에요. 얼마나 충격을 받았는지 몰라요. 이런 일이 벌어질지 누가 짐작이라도 했겠어요? 하지만 지금 생각해보니 부인은 한동안 좀 이상했어요. 신경질적이고도 우울해하셨지요. 그때는 그게 다 그녀의 건강 탓이려니 생각했어요. 그리피스 박사님이 부인에게는 아무런 이상이 없다고 늘 말씀하셨지만요. 그러나 사실은 부인이 평소에는 활기차고 이리저리 바쁘게 움직였기 때문에 그녀가 무슨 일을 저지를지 알 수가 없었던 거예요.”

조애너가 말했다.

“저, 우리가 온 건 며칠 동안 메건을 우리가 데려갔으면 해서요. 물론, 그녀가 우리 집에 오고 싶어 한다면 말이에요.”

엘시 홀랜드는 상당히 놀란 것처럼 보였다.

“메건을?” 그녀는 의심스럽다는 듯이 물었다.

“나는 잘 모르겠군요. 내 말은……, 그러니까, 당신들의 호의는 정말 고맙지만 메건은 매우 기묘한 처녀라서. 그녀가 어떻게 생각하고 또 어떤 말을 할지는 아무도 모른다니까요.”

조애너가 상당히 모호하게 말했다.

"우리는 그러는 게 아마도 도움이 될 거라고 생각했답니다."

"오, 글쎄요. 그렇게 되기만 한다면야 물론 도움이 되겠지요. 내 말은, 나는 두 아이들(그 애들은 지금 식사를 하고 있어요)과 가엾은 시밍턴 씨를 보살펴 드려야만 해요. 사실 그분은 가장 보살핌이 필요하답니다. 그러니까 나한테는 할 일이 많은 편이라는 거죠. 사실, 나는 메건에게 많은 시간을 내줄 수가 없답니다. 그녀는 위층 꼭대기에 있는 낡은 육아실에 있을 거예요. 그녀는 모든 사람들에게서 떨어져 있고 싶어 하는 것 같아요. 거기에 없다면 나도 알 수가 없답니다."

조애너는 나에게 흘끗 눈짓을 보냈다. 나는 재빨리 그 방에서 빠져나와 위층으로 올라갔다. 그 낡은 육아실은 집 꼭대기에 있었다. 나는 문을 열고 안으로 들어갔다. 아래층 방들은 정원 뒤에 가려져 있어서 블라인드가 올려져 있지 않았다. 그러나 도로와 접하는 그 방에는 블라인드가 묵직하게 내려져 있었다. 어두운 불빛 속에서 나는 메건을 알아보았다. 그녀는 저쪽 벽에 놓인 소파에 웅크리고 앉아 있었다. 나는 그녀가 마치 매를 맞고 공포에 떠는 짐승 같다고 생각했다. 그녀는 공포에 사로잡혀 꼼짝 못하는 것처럼 보였다.

"메건."

나는 앞으로 다가서며 무의식적으로 두려움에 떠는 짐승을 안정시킬 때 쓰는 말투로 그녀를 달랬다. 사실 내가 당근이나 설탕 덩어리를 내밀지 않았다는 것이 이상할 정도였다. 나는 정말 그와 같은 기분을 느꼈던 것이다. 그녀는 나를 쳐다보긴 했지만 조금도 움직이지 않았고, 표정도 바뀌지 않았다.

내가 다시 불렀다.

"메건, 조애너와 나는 메건이 잠깐 우리 집에 와서 함께 지내는 것이 어떨까 하고 물어보려고 왔어."

그녀의 목소리가 어둠 속에서 공허하게 울려 나왔다.

"당신과 함께 지내자고요? 당신 집에서 말인가요?"

"그렇지."

"당신은 나를 이곳에서 떼어놓을 생각인가요?"

갑자기 그녀가 온몸을 심하게 떨기 시작했다. 공포에 질려 격렬하게 떠는 모습이었다.

"오, 어서 나를 데려가 주세요! 제발 그렇게 해주세요. 이곳에 있는 것은 너무도 끔찍하고, 정말 견딜 수 없을 정도로 불안해요."

내가 그녀를 감싸자, 그녀의 손이 내 옷소매를 단단히 움켜잡았다.

"나는 끔찍한 겁쟁이예요. 내가 이렇게 겁쟁이가 될 줄은 정말 몰랐어요."

"그게 당연한 거야, 메건, 이런 일을 당하게 되면 누구나 심신이 쇠약해지는 법이지. 자, 나를 따라와요."

"지금 당장요? 잠시도 기다리지 않고?"

"글쎄, 몇 가지 물건들을 챙겨야겠지."

"어떤 것들을 말이에요? 어째서?"

"이것 봐, 메건. 침대와 욕실, 그밖에 나머지 것들이 준비되어 있긴 하지만, 내 칫솔까지 빌려 줄 수는 없잖아?"

그녀는 아주 미약하고 힘없이 미소를 지었다.

"알았어요. 오늘은 왜 이렇게 멍청한지 모르겠군요. 염려하지 마세요. 가서 짐을 꾸려야겠어요. 당신……, 당신은 지금 가시지 않을 거지요? 나를 기다려 주실 거지요?"

"아래층에서 기다리지."

"고마워요. 정말 고마워요. 내가 너무 미련해서 미안해요. 하지만 당신도 어머니가 돌아가시면 얼마나 견디기 어려운지 아실 거예요."

"나도 잘 알고 있지."

내가 친근하게 그녀의 등을 토닥거려주자 그녀는 나에게 감사의 시선을 보내고는 침실 안으로 들어갔다. 나는 다시 아래층으로 내려왔다.

"메건을 찾았습니다. 그녀는 가겠다고 하는군요."

"오, 그것참 잘되었군요." 엘시 홀랜드가 탄성을 질렀다.

"그렇게 하지 않는다면 메건도 지쳐 버리게 될 거예요. 그렇게만 된다면 내가 그녀를 다른 사람들만큼 신경 써 주지 못했다고 자책감을 느낄 필요도 없어질 거예요. 그녀가 상당히 예민한 아가씨라는 것을 당신도 아시죠? 견디기 어려울 거예요. 당신은 정말 친절한 분이세요, 버튼 씨. 그녀가 큰 폐를 끼치지 않았으면 좋겠군요. 오, 저런, 전화가 왔군요. 가서 전화를 받아야겠어요. 시밍턴 씨는 전화받을 정신이 없거든요."

그녀는 서둘러서 방을 나갔다.

"정말 구원의 천사 같아요!" 조애너가 말했다.

"상당히 비꼬는 투로구나." 내가 한마디 했다.

"저 여자는 확실히 유능하고 친절하고 훌륭한 여인이야."

"대부분은. 그리고 그녀도 그것을 알고 있지요."

"저 여자는 네 마음에 들지 않는 타입이지, 조애너?"

"그녀가 자신의 능력을 충분히 발휘하지 못하는 것 같다고 생각하세요?"

"틀림없어."

"나는 잘난 체하는 사람을 보면 정말 참을 수가 없어요. 그런 것은 내 가장 추악한 본능들을 일깨운단 말이에요. 메건은 어땠어요?"

"상처를 입은 가젤 영양처럼 어두운 방구석에 웅크리고 앉아 있더구나."

"가엾게도……. 그녀는 기꺼이 오겠다고 했나요?"

"뛸 듯이 기뻐하는 것 같더구나."

홀 저쪽에서 둔중한 발걸음 소리가 나며 옷가방을 든 메건이 나타났다. 나는 그녀에게 가서 가방을 받아들었다.

조애너가 뒤에서 재촉했다.

"어서 와요. 나는 벌써 뜨거운 차를 마시라는 것을 두 번이나 거절했어요."

우리는 자동차가 있는 곳으로 나갔다. 조애너가 가방을 차 안으로 집어던져서 나를 화나게 했다. 이제 나는 목발을 한쪽만 사용하고 있었지만, 아직은 운동선수처럼 날렵하게 행동할 수 없었다.

"자, 어서 타." 내가 메건에게 말했다.

그녀가 올라타자 나도 뒤이어 차에 올랐다. 조애너가 시동을 걸고 차를 출발시켰다. 우리는 리틀 퍼스 저택에 도착해서 거실로 들어갔다.

메건은 의자에 쓰러지듯 주저앉아서 갑자기 눈물을 쏟아내기 시작했다. 그녀는 열에 들뜬 어린애처럼 울음을 터뜨렸다. 아니, 그보다 울부짖었다는 말이 옳은 것 같다. 나는 그녀를 진정시켜 줄 만한 것을 찾으려고 그 방을 떠났다.

조애너로서도 어쩔 수 없을 거라고 생각했기 때문이다.

나는 메건이 울먹이는 소리로 말하는 것을 들었다.

"이렇게 추태를 부려서 미안해요. 바보처럼 보였죠?"

조애너가 친절하게 말했다.

"아니, 그렇지 않아요. 자, 다른 손수건을 써요."

조애너가 필요한 물건을 준 것 같았다.

나는 거실로 들어가서 메건에게 찰랑찰랑 넘치는 잔을 주었다.

"이게 뭐죠?"

"칵테일이야."

이제 메건의 눈물은 말라 있었다.

"이게요? 정말인가요? 나는 칵테일을 마셔 본 적이 없어요."

"모든 것은 일단 시작해보면 알게 되는 거야."

메건은 칵테일 잔을 조심스럽게 홀짝 들이키고 나서 밝게 미소 지었다. 그리고 머리를 뒤로 젖히고 단숨에 꿀꺽 마셔 버렸다.

"참 달콤해요. 한 잔 더 마실 수 있어요?"

"안 돼."

"왜 안 되죠?"

"한 10분 정도만 있으면 알게 될 거야."

"오!" 메건은 조애너에게 관심을 돌렸다.

"아까 너무 지나치게 울부짖어서 당신을 곤란하게 만들어 정말 죄송해요. 어째서 그랬는지 생각도 나지 않는군요. 내가 이곳에 있다는 사실이 너무도 기뻐서 그만 정신을 잃었던 것 같아요."

"괜찮아요. 우리도 아가씨와 함께 있게 되어서 정말 기쁘답니다."

"정말이세요? 당신은 단순히 친절을 베푸시는 것에 불과하겠지만, 나는 정말 감사하답니다."

"제발 부담 갖지 말아요." 조애너가 말했다.

"아가씨가 부담을 갖는다면 우리가 오히려 거북해져요. 아가씨는 우리 친구이고, 우리도 아가씨가 이곳에 있는 것이 기쁘답니다. 우리는 그걸로 충분해요."

조애너는 메건이 짐을 풀도록 위층으로 데리고 갔다. 패트리지가 심통 난 표정으로 들어와서, 점심으로 커스터드(우유, 계란에 설탕, 향료를 넣어서 구운 과자)를 2인분밖에 준비하지 않았는데 어떻게 해야 할지 모르겠다고 말했다.

심리는 사흘 뒤에 열렸다. 시밍턴 부인의 사망시간은 오후 3시에서 4시 사이로 추정되었다. 당시, 시밍턴은 사무실에 있었고 하녀들은 휴가를 받아 나가고 없었으며, 엘시 홀랜드와 아이들은 산책하러 나갔다. 메건도 자전거를 타고 나갔다. 그래서 집에는 부인 혼자만 남아 있었다.

그 편지는 오후에 우편으로 배달된 것 같았다. 시밍턴 부인은 우편함에서 편지를 꺼내 읽고는, 정신적으로 충격을 받은 상태에서 온실로 가 말벌의 애벌레를 죽이는 데 쓰이는 청산가리를 가져와 물에 녹인 뒤, 자기는 더 이상 해나갈 수가 없다는 내용의 최후의 말을 적어놓고 그것을 마셨던 것이다.

오웬 그리피스가 담당 의사로서 의학적인 증언을 했는데, 그는 우리에게 대강 말했던 대로 시밍턴 부인의 신경쇠약 증세와 허약한 몸에 대해 강조했다.

검시관은 온화하고 생각이 깊은 사람이었다. 그는 그처럼 비열한 익명의 편지들을 쓴 작자에 대해 통렬하게 비난을 퍼부었다. 그 비열하고 거짓투성이 편지를 쓴 자가 누구든지 간에 그 작자는 도덕적으로 살인을 저지른 것이라고 말했다. 그는 경찰이 빨리 그 범인(남자인지 여자인지 모르지만 하여튼)을 찾아내어 그 비열함을 엄하게 다스려야 한다고 했다. 그처럼 비열하고 악의에 가득 찬 짓은 법이 허용하는 한 최고의 처벌을 받아 마땅하다고 했다.

그의 진술에 따라 배심원은 자의 반 타의 반으로 '일시적인 정신 착란에 의한 자살'이라는 평결을 내렸다. 검시관은 최선을 다했다—오웬 그리피스와 마찬가지로.

그러나 나중에, 입방아 찧기 좋아하는 아녀자들이 모여서 너무나도 끔찍한 말을 속삭이는 것을 들었다.

"아니 땐 굴뚝에서 연기가 날 리는 없지. 내 생각엔 정말 그래!"

그 말 속에는 어떤 확신 같은 것이 들어 있는 것 같았다. 그렇지 않았다면 절대 그녀가 자살했을 리가 없다는 확신!

잠시 동안 나는 라임스톡과 그 좁은 울타리, 그리고 남의 험담이나 지껄이고 다니는 여편네들이 아주 싫어졌다.

밖에서 에이미 그리피스가 한숨을 쉬며 말했다.

"아무튼, 그 일은 이제 다 지나갔어요. 리처드 시밍턴 씨에게는 정말 안된 일이지만, 모든 게 밝혀지겠지요. 그분이 의심이라도 품은 것은 아닌지 모르겠어요."

나는 깜짝 놀랐다.

"하지만 당신도 그가 그 추잡한 편지 속에는 진실이라고는 한마디도 없다고 말하는 것을 듣지 않았습니까?"

"물론 그는 그렇게 말했지요. 그렇고말고요. 남자들이란 자기 아내를 감싸주려고 하는 법이죠. 딕(리처드의 애칭)도 그럴 거예요."

그녀는 잠시 멈추었다가 다시 이야기를 해나갔다.

"아실지 모르겠지만, 나는 딕 시밍턴을 오래전부터 알고 있었거든요."

나는 놀라며 말했다.

"그게 정말입니까? 당신 동생은 이곳에 병원을 연 게 불과 몇 년밖에 되지 않는다고 하던데요?"

"그거야 물론 그렇죠. 하지만 딕 시밍턴은 우리가 북쪽 지방에 있을 때 가끔 와서 함께 지내곤 했었답니다. 나는 오랫동안 그와 알고 지냈어요."

나는 호기심이 생겨서 에이미를 쳐다보았다.

그녀는 부드러운 어조로 조용하게 말을 이었다.

"나는 딕을 아주 잘 알고 있어요. 그는 자존심이 강하고 몹시 수줍음을 타는 사람이에요. 반면에, 또 질투심이 강한 사람이기도 하지요."

"그렇다면 가능하겠군요." 나는 신중히 말했다.

"왜 시밍턴 부인이 그 편지를 그에게 보여 주거나 말하기를 두려워했는지 말입니다. 그녀는 질투심이 많은 남편이 자기를 믿지 않을 거라고 생각했던 것이지요."

그리피스 양은 화를 내며 경멸하는 듯한 시선으로 나를 바라보았다.

"세상에! 그래, 도대체 어떤 여자가 사실도 아닌 모함 때문에 청산가리를 먹고 죽는단 말이에요!"

"검시관은 그것이 가능하다고 생각하는 것 같던데요. 그리고 당신 동생 역시……."

에이미는 내 말을 막았다.

"남자들이란 모두 비슷하군요. 그저 체면만 차리려고 하니. 그러나 당신은 내가 그런 어리석은 생각을 믿고 있을 거라고는 생각하지 마세요. 만일 아무 잘못도 없는 여인이 그런 추잡한 익명의 편지를 받았다면 그녀는 그것을 그냥 가볍게 웃어넘겼을 거예요. 그것이 바로 내가……."

그녀는 갑자기 말을 중단했다가 다시 말을 이었다.

"할 수 있는 일이었을 거예요."

나는 에이미가 머뭇거리는 순간을 눈치 챘다. 그녀가 원래 하려던 말은 '그것이 바로 내가 한 행동이었어요.'라는 것을 거의 확신할 수 있었다.

"나는 욕먹을 각오가 되어 있어요."

"알았습니다." 내가 유쾌하게 대답했다.

"그렇다면 당신도 역시 그런 것을 받았었군요?"

에이미 그리피스는 거짓말하는 것을 몹시 싫어하는 타입의 여자였다. 그녀는 잠시 머뭇거리다가 얼굴을 붉히며 말했다.

"글쎄요, 그렇다고 할 수 있지요. 그러나 나는 그것 때문에 걱정하지는 않았어요!"

나는 함께 수난을 겪은 동료로서 공감하며 물었다.

"추잡한 내용이었습니까?"

"당연한 일이지요! 이런 일은 언제나 같은 식이에요. 정말 정신병자 소행 같아요! 나는 몇 마디 읽고서 그 내용을 짐작하고는 바로 휴지통에 던져 버렸지요."

"그것을 경찰에 넘겨 줄 생각은 하지 않았습니까?"

"그때는 그런 생각을 못했어요. 그런 일은 곧 없어지겠거니 했답니다. 정말 그렇게 느꼈어요."

나는 엄숙하게, '아니 땐 굴뚝에서 연기가 날 리 없죠!'라고 말하고 싶은 충동이 강하게 일었지만 가까스로 억제했다.

나는 그녀에게 메건이 어머니의 죽음으로 경제적으로 어떤 영향을 받게 되는지를 물었다. 그녀가 생활비를 벌어야 하는지 궁금했다.

"그 애는 할머니가 남겨 준 재산이 약간 있고, 또 딕도 기꺼이 그 애를 한 가족으로 대해 줄 거라고 생각해요. 하지만 그렇게 되더라도 지금처럼 빈둥거리는 것을 그만두고 무슨 일이라도 하는 게 그 애를 위해서 좋을 거예요."

"메건은 일보다는 다른 것들을 하고 싶어 할 나이라고 생각하는데요."

에이미는 얼굴을 붉히며 날카롭게 소리쳤다.

"당신네 남자들은 모두 똑같군요. 당신네는 여성들과 경쟁한다는 것을 달갑게 여기지 않아요. 여성들도 출세하고 싶어 한다는 게 당신에게는 믿어지지 않겠지만 틀림없는 사실이라고요. 그건 물론 우리 부모님에게도 믿어지지 않는 사실이었죠. 나는 의학 공부를 하고 싶었어요. 하지만 내가 그런 말을 했다면 등록금을 대줄 수 없다고 했을 거예요. 오웬에게는 기꺼이 대주었지만. 만약 내가 의학 공부를 했다면 동생보다 더 유능한 의사가 되었을 수도 있어요."

"그 점에 대해서는 나도 유감스럽게 생각합니다. 그것은 분명히 당신에게는 고통스러운 일이었겠군요. 누구라도 자기가 하고 싶은 일을……."

그녀가 재빨리 말을 받았다.

"오, 이제는 모두 극복했답니다. 나는 그 정도 의지력은 가지고 있어요. 지금의 내 생활은 바쁘고 활동적이에요. 나는 라임스톡에서 가장 행복한 사람 중에 속할 거예요. 할 일이 충분하거든요. 하지만 나는 '여성들의 할 일이란 가정을 지키는 것'이라는, 터무니없이 고리타분한 편견에는 기꺼이 소매를 걷어붙이고 나설 겁니다."

"내가 당신의 감정을 상하게 했다면 정말 죄송합니다."

나는 에이미 그리피스가 그토록 격렬하게 흥분하리라고는 전혀 생각지도 못했다.

제3장

수사

그날 늦게 나는 시내에서 시밍턴을 만났다.

"며칠 동안 메건을 우리 집에서 지내도록 하려는데 괜찮겠습니까?"

내가 물었다.

"조애너의 친구로서 말입니다. 조애너는 친구가 한 명도 없어서 상당히 외로워하거든요."

"오……, 메건 말이죠? 물론이죠. 정말 대단히 고맙습니다."

그때 나는 시밍턴에 대해서 참을 수 없는 혐오감을 느꼈다. 그는 메건에 대해 완전히 잊고 있었던 게 너무도 분명했다. 그가 그녀를 노골적으로 싫어했다면 나도 그렇게 신경 쓰지는 않았을 것이다. 남자가 전 남편 소생의 아이를 미워하는 것은 흔히 있을 수 있는 일이지만, 그는 그녀를 싫어한 것이 아니라 아예 관심조차 두지 않았던 것이다.

그는 마치 개에 대해 별로 관심이 없는 사람이 자기 집에서 기르는 개에 대해 느끼는 정도로밖에는 그녀에 대해 느끼지 않는 것 같았다. 아무리 개라고 하더라도 그놈을 꾸짖고 나무랄 정도의 관심을 기울이며, 이따금 토닥거려 주기도 하지 않는가?

시밍턴의 의붓딸에 대한 완전한 무관심은 나를 몹시 화나게 했다.

"당신은 그녀에 대해 어떤 계획이라도 가지고 있습니까?"

그는 상당히 놀란 듯 말했다.

"메건에 대해서 말이오? 글쎄요, 계속 집에서 살게 되지 않겠습니까? 그러니까 당연히 그것이 그 애의 집이라는 뜻이지요"

내가 몹시 좋아했던 우리 할머니는 기타를 치면서 옛날 노래들을 부르곤 했었다. 내가 기억하는 노래 중 하나는 이러했다.

오, 나의 사랑스러운 아가씨,
나는 이곳에 있지 않아요.
머물 곳도, 지낼 곳도 없어요.
더 이상 살아갈 곳도 없답니다.
바다에도 없고, 해변에도 없어요.
하지만 오직 당신의 마음속에만 있지요.

나는 그 구절을 흥얼거리며 집으로 돌아갔다.

에밀리 바튼이 찾아와서 막 차를 마시고 난 다음이었다. 그녀는 정원에 대해 이야기하고 싶어 했다. 우리는 30분가량 정원을 둘러보며 이야기를 나누었다. 그러고 나서 집으로 다시 돌아왔다.

그녀가 나지막한 목소리로 중얼거린 것은 바로 그때였다.

"그 아이가 혹시라도 이번의 그 끔찍한 사건으로 너무 큰 충격을 받지는 않았을까요?"

"그녀 어머니의 죽음을 말씀하시는 겁니까?"

"그야 물론이지요. 그러나 사실 내 말은, 저……, 그 뒤에 숨어 있는 불쾌한 소문들을 말하는 거예요."

나는 호기심이 생겼다. 그래서 바튼 양의 반응을 알고 싶었다.

"당신은 그 일에 대해 어떻게 생각하십니까? 그것이 사실이었을까요?"

"오, 아니에요, 그렇지 않아요. 절대로 그렇지는 않을 거예요. 나는 시밍턴 부인이 결코 그런 여자가 아니라고 확신해요. 그자가 잘못……."

에밀리 바튼은 얼굴을 붉히며 어찌할 바를 몰라 했다.

"나는 그것이 전혀 사실이 아니라고 생각해요. 물론 그것이 하나의 심판이 될 수는 있겠지만 말이에요."

나는 그녀를 쳐다보며 말했다.

"심판이라고요?"

에밀리 바튼은 마치 드레스덴 도자기처럼 몹시 얼굴을 붉혔다.

"나는 슬픔과 고통을 불러일으킨 그 끔찍한 편지들이, 뚜렷한 목적을 위해 보내진 것일 거라는 느낌을 떨쳐 버릴 수가 없어요."

"그것들이 뚜렷한 목적을 가지고 보내졌다는 것은 틀림없지요."

나는 으스스해하며 말했다.

"아니, 그게 아니에요, 버튼 씨. 당신은 내 말을 오해하는 거예요. 나는 그 편지들을 쓴 자는 틀림없이 엉터리 같은 작자, 아주 정신이 나간 사람일 거라고 말하는 게 아니에요. 내 말은 그것이 하나님의 섭리에 의한 것이라는 뜻이에요. 우리들의 결점을 깨우쳐 주려고 말이에요."

내가 말했다.

"설마, 전지전능하신 분이 그처럼 불미스러운 방법을 택하셨을까요."

에밀리 양은 하나님이 신비스러운 방법으로 작용하신 거라고 중얼거렸다.

"그렇지 않아요. 인간이 자신의 자유 의지로 범하는 사악한 행위를 신의 탓으로 돌리는 것은 너무 지나친 것 같군요. 아, 물론 당신의 악마설을 인정할 수도 있습니다. 하지만 하나님은 사실 우리를 직접 벌하실 필요가 없답니다, 바튼 양. 우리는 우리 스스로 벌을 주기에도 너무 바쁘거든요."

"내가 알 수 없는 것은, 그 사람이 어째서 그런 짓을 하고 싶어졌을까 하는 거예요."

나는 어깨를 으쓱했다.

"도무지 알 수 없는 심리 상태죠."

"몹시 슬픈 일이라고 생각해요."

"나에게는 조금도 슬퍼 보이지가 않습니다. 나에게는 순전히 저주받을 작자로밖에 여겨지지 않는걸요. 그리고 그 말에 대해 사과할 생각도 없고요. 나는 정말 그렇게 생각합니다."

바튼 양의 뺨은 붉은 기색이 사라지고 몹시 창백해졌다.

"하지만……, 어째서? 버튼 씨, 어째서 그렇죠? 꼭 그렇게 표현해야만 직성이 풀리는 건가요?"

"당신이나 나는 조금도 이해할 수가 없는 일이지요."

에밀리 바튼은 목소리를 낮추었다.

"전에는 이런 일이 없었어요. 내가 기억하기로는 말이에요. 아주 행복하고 평온한 조그만 마을이었답니다. 우리 어머니가 살아 계셨다면 뭐라고 말씀하셨을까? 아마 누구든지 우리 어머니가 용서해준다면 크게 감사하게 여길 거예요."

나는 바튼 노부인이 무슨 말썽이든 일으킬 수 있을 만큼 고집스러운 노파라는 것을 전에 들어서 알고 있었기 때문에 아마도 이런 정도의 소동은 차라리 즐기는 것이 아닐까 생각해보았다.

에밀리가 계속해서 말을 이었다.

"그런 사실이 나를 깊은 곤궁에 빠뜨리고 있어요."

"당신은 받지 않았나요? 그러니까, 당신과 관계가 있는 편지 같은 것 말입니다."

그녀는 얼굴을 붉혔다.

"오, 아니요. 그런 일은 없었어요. 그거야말로 정말 끔찍한 일이겠군요."

내가 곧 사과했지만, 그녀는 상당히 혼란스러워하며 떠나갔다.

나는 집 안으로 들어갔다. 아직 저녁 무렵에는 쌀쌀했기 때문에 조애너는 거실 난로에 막 불을 지피고는 그 옆에 서 있었다. 그녀의 손에는 뜯긴 편지가 한 통 들려 있었다.

그녀는 내가 들어가자 재빨리 고개를 돌렸다.

"오빠! 이것을 우편함에서 발견했어요. 방금 온 모양이에요. 이렇게 시작해요. '당신은 가증스러운 매춘부…….'"

"그밖에 또 어떤 말이 적혀 있지?"

조애너는 험악하게 인상을 찌푸렸다.

"죄다 구역질 나는 소리예요."

그녀는 그것을 난로 속으로 던졌다.

나는 부상당하기 전과 같은 재빠른 동작으로 불이 붙기 전에 편지를 건져 올렸다.

"그러면 안 돼. 이게 필요해질지도 몰라."

"그게 필요하다고?"

"경찰을 위해서 말이지."

다음 날 아침 내쉬 총경이 찾아왔다. 그를 처음 본 순간부터 나는 그가 무척 마음에 들었다. 그는 가장 우수한 런던경시청의 범죄 수사과 요원 타입의 군(郡) 총경이었다.

침착하고 깊은 생각을 지닌 눈과 솔직하고 겸손한 태도를 지닌, 키가 크고 건장한 사람이었다.

"안녕하십니까, 버튼 씨. 하실 말씀이 있다고 해서 왔습니다."

"그렇습니다. 이번 편지 사건에 대해 드릴 말씀이 좀 있습니다."

그는 고개를 끄덕였다.

"당신도 한 통을 받은 것으로 알고 있습니다만."

"네, 우리가 이곳에 온 지 얼마 지나지 않아서였죠."

"정확히 어떤 내용이었습니까?"

나는 잠시 생각하고 나서, 조심스럽게 가능한 한 그 편지에 적혀 있던 그대로를 들려주었다.

내가 이야기를 마치자 그가 말했다.

"알겠습니다. 그 편지를 보관해두지 않으셨습니까, 버튼 씨?"

"죄송합니다. 그만 없애 버렸답니다. 이해하실지 모르겠지만, 그때는 그것이 새로 이사 온 사람들에 대한 일시적인 악감정 때문에 보내진 것이라고 생각했었거든요."

총경은 이해한다는 듯이 고개를 끄덕였다. 그러고는 간단하게 말했다.

"유감이로군요."

"하지만, 내 여동생도 어제 한 통을 받았답니다. 그녀가 태워 버리려는 것을 얼른 끄집어냈지요."

"고맙습니다, 버튼 씨. 정말 잘하신 처사입니다."

나는 책상으로 가서 편지를 넣어 둔 서랍을 열었다. 그것이 패트리지의 눈에 띄게 되면 좋지 않을 거라고 생각했기 때문에 깊이 넣어두었던 것이다.

나는 그것을 내쉬에게 건네주었다.

그는 그것을 쭉 읽어 내려갔다. 그러고 나서 나를 쳐다보며 말했다.

"이것은 지난번에 온 것과 모양이 같습니까?"

"그렇다고 생각합니다, 내 기억으로는."

"봉투와 편지지도 같습니까?"

"그렇습니다." 내가 대답했다.

"봉투는 타자로 쳤습니다. 그 안의 내용은 인쇄된 글자를 오려붙였고요."

내쉬는 고개를 끄덕이고 편지를 주머니 속에 넣었다.

"버튼 씨, 나와 함께 경찰서에 가주시지 않겠습니까? 그곳에서 우리와 의논을 해주시면 시간 낭비와 중첩되는 일을 피할 수도 있을 겁니다."

"물론이지요. 지금 바로 갈까요?"

"당신만 괜찮으시다면."

문 앞에 경찰차가 세워져 있었다. 우리는 그것을 타고 내려갔다.

내가 차 안에서 물었다.

"이번 사건의 진상을 밝혀내실 수 있겠습니까?"

내쉬는 별문제가 없을 거라는 듯이 고개를 끄덕거렸다.

"물론입니다. 틀림없이 밝혀낼 겁니다. 그것은 시간과 절차의 문제일 뿐이지요. 이런 사건들을 처리하는 데 있어서, 더디 가기는 해도 확실한 방법이 있습니다. 그것은 사건의 범위를 조금씩 좁혀 가는 방법이지요."

"소거법 말인가요?"

"그렇습니다. 그리고 일반적인 관례를 따르는 것이지요."

"우편함들을 살펴보고, 타자기들과 지문들을 조사하는 등의 일들을 말씀하시는 거군요?"

그는 미소를 지었다.

"바로 그렇습니다."

경찰서에서 나는 이미 그곳에 와 있던 시밍턴과 그리피스를 만났다. 나는 사복 차림을 한 키가 크고 뾰족한 턱을 가진 그레이브스 경위를 소개받았다.

"그레이브스 경위는 우리를 도우려고 런던에서 내려왔습니다. 이 사람은 익명의 편지 사건에 대해서는 전문가지요."

그레이브스 경위는 처량한 미소를 지었다.

나는 익명 편지의 주인공을 추적하는데 일생을 보낸다는 것은 정말 따분한 일일 거라고 생각했다. 하지만 그레이브스 경위는 우울해 보이면서도 의욕적인 사람같이 보였다.

"이런 사건들은 모두 비슷비슷하지요."

그는 마치 풀죽은 블러드하운드 개처럼 침울한 목소리로 말했다.

"여러분은 대단히 놀라셨을 겁니다. 그 편지들의 말투와 내용 때문에 말이죠."

"우리는 2년 전에도 이와 같은 사건을 겪었지요."

"그레이브스 경위가 그때도 우리를 도와주었습니다."

일련의 편지들이 그레이브스 경위 앞의 테이블 위에 펼쳐져 있었다. 그는 그 편지들을 검토하고 있었던 모양이었다.

내쉬가 말했다.

"곤란한 점은 이런 편지들을 입수하는 일입니다. 사람들은 보통 태워 버리거나 아니면 그런 것을 받았다는 사실조차 인정하지 않으려고 하지요. 어리석음과 두려움이 경찰을 곤란하게 만드는 겁니다. 뭐 다 아시겠지만, 사실 이런 편지들은 상당히 오래전부터 이곳에 나돌고 있었지요."

그레이브스가 말했다.

"다행히 우리는 수사를 착수할 수 있을 만큼 충분한 양을 확보하고 있습니다."

내쉬는 내가 준 편지를 주머니에서 꺼내어 그레이브스에게 건네주었다.

그레이브스는 편지를 대충 훑어보고 나서, 다른 것들과 함께 늘어놓고는 만족스럽다는 듯이 말했다.

"아주 훌륭하군, 아주 훌륭해!"

나라면 그 의문의 편지를 묘사하는데 그런 말을 쓰지는 않았을 테지만, 전문가들이란 나름대로 관점이 있을 거라고 생각했다.

나는 그처럼 추잡하고 음란한 욕설로 가득 찬 편지가 누군가에게 기쁨을 주었다는 게 다소 놀라웠다.

"우리는 수사에 착수할 만큼 충분한 자료를 확보했다고 생각합니다."

그레이브스 경위가 말했다.

"그리고 여러분에게 한 가지 부탁하겠는데, 만일 여러분이 이것 외에 또 가지고 있는 것이 있다면 즉시 이리로 가져와 주십시오. 또한, 만일 다른 사람이 하는 말을 들으면(특히 의사 선생님, 당신 환자 중에서 말입니다) 가능한 한 그 편지와 함께 그분을 모시고 와주시기 바랍니다. 내가 가진 것은……."

그레이브스는 습관이라도 된 듯이 손가락을 꼽아 가며 말했다.

"시밍턴 씨가 두 달 전에 받았던 것과 그리피스 박사님이 받은 것, 그리고 또 진치 양에게 온 것, 또 푸줏간의 대지 부인이 받은 것, 그리고 '드리 크라운스' 술집의 제니퍼 클라크에게 온 것과 시밍턴 부인이 받은 것이 있고, 이것은 버튼 양에게 온 겁니다. 아, 그리고 또 은행 지배인에게 온 것도 하나 있습니다."

내가 한마디 했다.

"아주 다방면에 걸쳐서 모아 놓았군요."

"그런데 다른 사건들과 연결할 만한 것이 하나도 없어요. 이번 사건의 편지들은 지난번 모자 상점의 여직원이 보냈던 것들과는 전혀 다르다는 말입니다. 이것은 우리가 노섬벌랜드 주에서 다루었던 어떤 여학생이 저지른 사건과 너무나도 비슷합니다. 내가 말할 수 있는 것은, 나도 때로는 다람쥐 쳇바퀴 돌듯 매번 똑같은 사실 대신에 새로운 무언가를 알고 싶다는 것입니다."

내가 중얼거리듯이 말했다.

"이 세상에 새로운 것이라고는 하나도 없지요."

"물론 그렇겠죠, 선생. 하지만 당신도 우리와 같은 직업에 종사한다면 내 말뜻을 알 수 있을 겁니다."

"사실 그렇습니다." 내쉬가 한숨을 쉬며 말했다.

시밍턴이 물었다.

"그 편지의 주인공에 대해 어떤 구체적인 의견이라도 가지고 있습니까?"

그레이브스는 목청을 가다듬고 마치 연설이라도 하는 투로 말했다.

"이 편지들은 모두 어떤 유사점들을 가지고 있습니다. 여러분 마음속에 무엇인가가 떠오를 것에 대비해서, 내가 그것들을 하나하나 열거해보겠습니다. 이 편지들은 인쇄물에서 오려낸 글자들로 만들어진 단어들로 구성되어 있습니다. 그것은 낡은 책으로, 약 1830년대 경에 인쇄된 것이라고 생각됩니다. 이것은 필체로 자기 정체가 알려지게 되는 위험을 회피하려는 것이지요. 오늘날 대부분의 사람들이 알고 있듯이 아주 흔한 일입니다. 소위 말하는 필적 위조도 전문가의 감정을 받게 되면 결국 밝혀지게 되거든요. 그리고 편지지와 특이한 형태의 봉투에도 지문은 전혀 없습니다. 말하자면, 이 편지들이 우편기관에서 취급된 것이라면 여러 사람의 지문이 남기 마련인데, 전혀 그렇지 않다는 겁니다. 이것은 누군가가 장갑을 끼고 조심스럽게 다루었다는 것을 말해주죠.

이 봉투의 글자들은 윗저 7형인 a자와 t자가 일직선으로 돌출된 낡은 타자기로 친 것입니다. 이 편지 대부분은 이 지방에서만 우송되었거나, 아니면 직접 각 가정의 우편함에 넣어진 것이 분명합니다. 그러므로 그 출처가 이 지방이라는 것이 분명합니다. 이 편지들을 보낸 사람은 여성으로서, 내 생각으로는 중년이거나 그보다 나이가 많은 여자이며 아마도, 뭐 꼭 확실하다고는 할 수 없지만 결혼하지 않은 여성일 겁니다."

우리는 잠시 존경스러운 침묵을 지켰다.

그러고 나서 내가 말했다.

"타자기에 대해 무척 확신하시는군요? 그렇다면 이곳처럼 좁은 지역에서 범인을 알아내는 것이 어려운 일은 아닐 텐데요."

그레이브스 경위는 서글프게 고개를 저으면서 말했다.

"그것은 잘못 생각하신 겁니다, 선생님."

내쉬 총경이 말했다.

"그 타자기는 불행하게도 아무나 쉽게 사용할 수 있는 것이라서요. 타자기는 시밍턴 씨 사무실에 있던 것을 그분이 여성협회에 기증한 것으로 여성협회는 아무나 아주 쉽게 출입할 수 있는 곳이랍니다. 이곳의 여성들은 자주 협회를 출입하고 있거든요."

"그, 뭐라던가, 타자 솜씨, 그렇게 부르는 게 맞습니까? 아무튼 그 솜씨로부터 무엇인가를 확인해볼 수는 없습니까?"

다시 그레이브스가 고개를 끄덕였다.

"물론, 그거야 해볼 수 있지요. 그러나 이 봉투의 글씨들은 한 손가락만 사용해서 친 겁니다."

"그렇다면, 타자기를 사용할 줄 모르는 사람이라는 겁니까?"

"아니, 나는 그렇게 보지 않습니다. 아마도 타자를 칠 줄은 알지만, 그 사실을 우리에게 알리고 싶지 않은 사람이겠지요."

내가 천천히 말했다.

"누구인지는 몰라도 이 편지들을 보낸 작자는 아주 교활한 녀석이군요."

그레이브스가 대꾸했다.

"그것은 여자입니다, 선생. 여자예요. 모든 속임수를 다 터득한 여자이지요."

내가 말했다.

"이런 시골 아낙네 중에서 그런 두뇌를 소유한 여자가 있으리라고는 생각할 수 없는데요."

그레이브스가 헛기침을 했다.

"내가 너무 광범위하게 말한 모양이군요. 그 편지들은 교육을 받은 여성에 의해 쓰인 겁니다."

"뭐라고요, 숙녀에 의해서?"

그 단어는 나도 모르게 튀어나온 것이었다.

'숙녀'라는 용어는 요 몇 년간 사용하지 않았던 단어였다. 하지만 이제 그 말이 자동으로 내 입술에서 튀어나와 오래전 우리 할머니가 무의식적으로 점잖을 빼는 목소리로, '물론, 그 여자는 숙녀가 아니란다, 얘야.'라고 말하던 것을 떠올리게 했다.

내쉬는 즉시 알아차렸다. 숙녀라는 단어는 그에게도 역시 무엇인가를 의미하는 것이었다.

"꼭 숙녀일 필요는 없지요. 하지만 확실히 시골 아낙네는 아닙니다. 이곳 부인들은 대개 일자무식이라서 편지를 쓸 줄도 모르며, 자신들의 의사를 충분히 표현할 줄도 모르거든요."

나는 충격을 받고 침묵을 지켰다. 이 지방은 그렇게 외떨어지고 작은 곳이었다. 무의식적으로 나는 그 편지들의 주인공으로 다소 심술궂고 얼빠진 체하는 클리트 부인 같은 여자를 그려 보았다.

시밍턴이 이러한 내 생각들을 말로 표현해주었다. 그가 날카롭게 내뱉은 것이다.

"하지만 이곳은 모든 사람들을 합쳐도 70여 명이 될까 말까 한 좁은 고장입니다! 나는 그 말을 믿을 수 없어요."

그러고 나서 그는 자신의 말을 단순하게 받아들이는 것이 싫기라도 한 듯 다소 힘을 주어 정면을 주시하면서 말했다.

"당신도 내가 심리가 열렸을 때 진술했던 것을 들었을 겁니다. 그 진술이 내 아내의 명예를 지켜주려고 의도적으로 한 변명이라고 당신들이 생각할 수도 있기 때문에, 나는 이 자리에서 다시 한 번 내 아내가 받았던 편지에 적혀 있던 내용이 완전히 엉터리라는 것을 말씀드리고자 합니다. 나는 그것이 날조였다는 것을 알고 있습니다. 내 아내는 매우 감수성이 예민한 여자였지요. 글쎄요, 당신들은 그것을 의기소침한 것이라고 말할 수도 있겠지요. 어쨌든 그 편지가 아내에게 몹시 커다란 충격을 주었을 테지요. 더구나 그녀는 몹시도 병약한 상태였습니다."

그레이브스가 즉시 말을 받았다.

"물론 거의 그러하리라고 생각합니다, 시밍턴 씨. 그 편지들에는 구체적인 사실을 알고 있다고 느껴지는 대목은 한군데도 없었습니다. 단지 맹목적인 비난을 늘어놓은 것에 불과했지요. 게다가 공갈 협박을 하려는 의도도 없었습니다. 종교적인 편견 같은 것이 있는 것 같지도 않고 말입니다. 우리가 이따금 품을 수도 있는 그런 편견 말입니다. 이 편지들은 오직 섹스와 악의로 가득 찬 내용으로 일관되어 있습니다! 이 점이 우리가 편지의 장본인을 추적하는데 훌륭한 안내자 역할을 할 것입니다."

시밍턴이 일어났다. 냉담한 그가 입술을 떨고 있었다.

"당신들이 하루빨리 편지를 보낸 그 악마를 찾아내기 바랍니다. 그 여자는 내 아내를 칼로 찌른 것과 똑같습니다."

그는 잠시 멈추었다가 다시 이었다.

"그녀가 지금 무엇을 생각하고 있을까요?"

그는 대답 없는 질문을 남겨 놓고 밖으로 나갔다.

"'그녀가 무엇을 생각할까?'라니요, 그리피스?" 내가 물었다.

나에게는 그 질문에 대한 답이 그리피스의 분야에 속한 것이기라도 한 것처럼 느껴졌던 것이다.

"하나님만이 아실 테지요. 후회하고 있을지도 모르고 아니면 자기 자신의 행위에 대해 우쭐해하고 있을 수도 있지요. 시밍턴 부인의 죽음이 그녀의 욕망을 채워 준 것일 수도 있고요."

"그러지 않기를 바라야겠군요." 나는 약간 오한을 느끼며 말했다.

"왜냐하면 만일 그게 사실이라면 그녀는……."

내가 말을 망설이자 내쉬가 나를 대신해서 말을 끝냈다.

"그녀는 또다시 시도할 것이라는 말이죠? 그것이, 버튼 씨, 그것이 바로 우리가 생각할 수 있는 가장 합리적인 생각일 겁니다. 투수는 한 번 재미를 보게 되면 또다시 같은 공을 던지게 된다는 것을 기억하십시오."

내가 소리를 질렀다.

"그녀가 계속 시도한다는 것은 미친 짓일 겁니다."

"아니, 그녀는 계속 시도할 겁니다."

그레이브스가 말했다.

"그런 사람들은 언제나 마찬가집니다. 아시겠지만, 그들이 한 번만으로 그칠 수 없다는 것이 바로 문제가 아니겠습니까?"

나는 흠칫하면서 고개를 저었다. 나는 그들에게 나를 더 필요로 하는지 묻고는 이제 그만 밖으로 나가고 싶다고 했다. 그 분위기마저도 사악한 기미를 띤 것 같았기 때문이다.

"더 이상 있을 필요는 없습니다, 버튼 씨." 내쉬가 말했다.

"다만 항상 주위를 살피시고, 당신이 할 수 있는 한 널리 알려 주십시오. 다시 말하자면 모든 사람들에게 그런 편지를 받게 되면 꼭 신고를 해달라고 알려 달라는 겁니다."

나는 고개를 끄덕였다.

"지금쯤은 이미 이곳 사람들은 누구나 다 그 추잡한 것을 한 번씩은 받아 봤을 거라고 생각하는데요."

"과연 그럴까요?"

그레이브스가 대꾸했다.

그는 다소 애처로워 보이는 머리를 한쪽으로 기울인 채 나에게 물었다.

"당신은 정말 모르십니까, 누가 편지를 받지 않았는지?"

"정말로 희한한 질문이로군요! 많은 사람들이 자신의 비밀을 나에게 털어놓는다는 것은 있을 수 없는 일 아닙니까?"

"아니, 그게 아닙니다, 버튼 씨. 내 말은 그게 아니었습니다. 나는 단지 당신이 익명의 편지를 받지 않은 것이 거의 확실한 사람을 혹시나 알고 있지 않을까 하는 거였습니다."

나는 망설이며 말했다.

"글쎄요, 사실……, 뭐 알 것도 같습니다, 몇 명은."

나는 에밀리 바튼과 나누었던 대화와 그녀가 했던 말을 들려주었다.

그레이브스는 목석 같은 표정으로 그 이야기를 듣고 나서 말했다.

"흠, 도움이 될 것 같군요. 그 점을 주목해봐야겠습니다."

나는 오웬 그리피스와 함께 오후의 햇살이 쏟아지는 거리로 나왔다.

일단 밖으로 나오자 나는 큰소리를 쳤다.

"태양 아래 있음으로써 한 남자의 기운을 회복시켜주고 그의 상처를 아물게 하는 것은 이곳의 어떤 면에 기인한 것일까요? 이곳은 썩어가는 독기로 가득차 있으면서도, 한편으로는 마치 에덴동산만큼이나 평화롭고 순결해 보이는군요."

오웬이 냉담하게 말했다.

"그곳에도 역시 사악한 뱀이 한 마리 있었지요."

"이봐요, 그리피스 저 사람들이 정말 단서를 잡고 있을까요? 도대체 어떤 생각을 하고 있을까요?"

"모르겠습니다. 그들이야 고도의 테크닉을 가진 경찰 아닙니까? 표면적으로는 저렇게 솔직한 것 같지만, 사실은 아무것도 알려 준 게 없어요."

"그건 그래요. 하지만 내쉬는 멋있는 사람이더군요."

"그리고 매우 유능한 사람이기도 하지요."

나는 투덜거리는 투로 말했다.

"만일 이곳에 박쥐 같은 친구가 있다면, 당신은 틀림없이 알아볼 수 있을 겁니다."

그리피스는 고개를 저었다. 그는 낙담하고 있는 것 같았다. 아니, 그보다는 오히려 걱정하는 것 같았다. 나는 그가 어떤 종류의 실마리를 가진 것은 아닌가 하고 생각해보았다.

우리는 번화가를 나란히 걸었다. 나는 부동산 대리점 문 앞에서 멈춰 섰다.

"다음 달 임대료를 지급해야겠어요. 선불로 말입니다. 지급해야 할 것이 있으면 조애너와 나는 얼른 청산을 해버려야 마음이 놓이거든요. 지급할 임대료가 남아 있다는 것은 마치 벌금과도 같답니다."

"그렇게 하지 마십시오."

"왜요?"

그는 대답하지 않다가 잠시 뒤에 천천히 말했다.

"아니, 당신이 옳을 수도 있겠군요. 하지만 라임스톡은 이제 건강한 곳이 못 됩니다. 이곳은 당신을 해칠 수도 있습니다. 아니면, 아니면 당신 누이라도"

"조애너를 해칠 만한 것은 하나도 없어요." 내가 반박했다.

"그녀는 강하답니다. 내가 오히려 약한 사람이지요. 어쨌든 이번 사건은 나를 짜증 나게 하는군요."

오웬이 말했다.

"나에게도 역시 마찬가지입니다."

나는 부동산 대리점의 반쯤 열려 있는 문을 밀었다.

"나는 떠나지 않을 겁니다. 저속한 호기심이 비겁한 마음보다 더 강하거든요. 나는 어떻게 해결될지 알고 싶단 말입니다."

나는 안으로 들어갔다. 타자를 치고 있던 여인이 일어나서 나에게 다가왔다. 그녀는 고수머리에 선웃음을 짓고 있었지만, 이전에 시밍턴의 외부 사무실을 관장하던 안경 쓴 여성보다는 다소 지적으로 보였다.

잠시 뒤에야 그녀가 무척 낯이 익다는 생각이 내 의식 속으로 파고들었다. 그 여자는 최근까지만 해도 시밍턴의 사무실에서 근무하던 바로 그 여사무원인 진치 양이었던 것이다!

나는 그 사실에 대해 물어보았다.

"당신은 '갤브레이스, 갤브레이스 앤드 시밍턴' 사무실에서 근무하지 않았습니까?"

"맞아요, 그랬었지요. 하지만 거기를 그만두는 것이 좋겠다고 생각했어요. 이곳은 꽤 좋은 직장이랍니다. 비록 보수는 그리 좋다고 할 수 없지만요. 그러나 세상에는 돈보다 더 가치 있는 것들도 있는 법이에요. 그렇게 생각하지 않으세요?"

"물론이고말고요."

"그 끔찍한 편지들 말이에요."

진치 양은 숨죽인 목소리로 속삭였다.

"나도 그 끔찍한 것을 한 통 받았거든요. 나하고 시밍턴 씨에 대한 것인데……, 오, 그것은 정말 너무나도 추잡스런 내용이었어요! 나는 그것을 경찰에 신고하는 것이 내 의무라는 것을 알고 있었죠. 비록 그것이 나에게 유쾌한 일이 아니었을지라도 말이에요. 그렇지 않나요?"

"아, 물론이죠. 그것은 정말 몹시도 불쾌한 일이지요."

"경찰은 내가 정말 잘한 일이라고 하더군요. 그러나 나는 그렇게 하고 나서 '혹시 사람들이 분명히 그런 일이 있었을 거라고 말하지는 않을까? 아니면 그것을 보낸 사람이 어디에서 그런 생각을 하게 되었을까?'라는 생각이 들었지요. 그래서 나는 남에게 좋지 않게 보이는 것은 일단 피하는 것이 상책이라고 생각했답니다. 비록 나하고 시밍턴 사이에는 아무런 일도 없었지만요."

나는 상당히 당혹감을 느꼈다.

"물론, 그런 일이야 없었겠지요."

"사람들은 사악한 마음들을 가졌답니다. 그래요, 아, 정말 사악하다고요!"

그녀의 시선을 피하려고 애썼는데도 나는 그녀의 시선과 마주치고 말았다. 그 때문에 나는 아주 불유쾌한 사실을 발견하게 되었다. 진치 양은 철저히 자기 자신을 즐기고 있었던 것이다.

그날 이미 나는 익명의 편지들에 대해 만족해하는 반응을 보인 사람을 만난 적이 있었다. 그러나 그레이브스 경위의 열정은 직업적이었다. 반면에 진치 양의 만족은 순전히 도발적이고 추잡한 것이라는 사실을 알게 되었다.

그 순간 어떤 생각이 나의 놀란 마음속에 번쩍하고 스쳐 지나갔다. 혹시 진치 양이 이 편지들을 보낸 것은 아닐까?

집으로 돌아왔을 때 나는 데인 캘드로프 부인이 조애너와 이야기를 나누며 앉아 있는 것을 보았다. 그녀는 병들고 침울해 보였다.

"이번 사건은 나에게 끔찍한 충격을 주었답니다, 버튼 씨. 정말 불쌍한 사람이에요."

"그렇습니다. 자신의 목숨을 끊어야 하는 상황에 몰리게 된다는 것은 생각만 해도 끔찍한 일이지요."

"오, 당신은 시밍턴 부인을 말하는군요?"

"그게 아니었습니까?"

데인 캘드로프 부인은 고개를 저었다.

"물론 그녀가 안된 것은 사실이지만, 그것은 도무지 피할 수 없는 일이었을 거예요. 그렇게 생각지 않으세요?"

"정말 그럴까요?" 조애너가 냉담하게 말했다.

데인 캘드로프 부인도 조애너에게 고개를 돌렸다.

"오, 나는 그렇게 생각한답니다, 아가씨. 만일 자살이라는 것이 괴로움에서 벗어나는 것이라고 당신이 생각한다면, 그런 괴로움이 어떤 것인지는 그리 큰 문제가 되지 않을 거예요. 몹시 불유쾌한 충격에 직면하게 되면 언제라도 그녀는 그와 같은 행동을 취하게 되었을 겁니다. 그런 일이 일어나게 된 것은 사실 그녀가 그런 종류의 여자였기 때문이 아닐까요? 누구도 예상치 못했겠지만 말이에요. 나에게 그녀는 언제나 생명에 대한 애착을 둔 이기적이고도 다소 어리석은 여인이었답니다. 당신이 생각하듯, 그런 공포에 젖은 모습이 아니라 말이에요. 그러나 이제야 내가 실제로 그녀에 대해 아는 것이 얼마나 보잘것없었는지 깨닫고 있답니다."

내가 한마디 했다.

"당신이 '불쌍한 사람'이라고 한 것이 누구를 말씀하신 건지 궁금하군요."

그녀는 나를 빤히 응시했다.

"그 편지들을 쓴 여인을 말하는 거예요."

"나는 그렇게 생각하지 않습니다." 내가 냉랭하게 대꾸했다.

"나는 그녀에 대해 쓸데없는 동정심을 품지는 않을 겁니다."

데인 캘드로프 부인은 몸을 앞으로 기울여 내 무릎 위에 손을 올려놓았다.

"정말로 모르겠어요? 정말로 느낄 수 없어요? 당신의 상상력을 동원해보세요. 그런 편지들을 앉아서 쓰는 그 사람이 얼마나 절망적이고 빠져나올 수 없는 불행에 휩싸여 있을지 생각해보세요. 인간적인 온정에서 철저히 차단된, 얼마나 외로운 존재인지. 암흑의 독기 속에서 완전히 타락하게 된 그 사람은 이런 식으로 분출구를 찾았던 거예요. 그것이 바로 내가 그토록 자책감을 느끼는 이유랍니다. 이 마을에 그토록 끔찍한 불행에 사로잡혀 있는 누군가가 있다는 것은 전혀 생각해보지도 못했거든요. 적어도 나만은 알고 있어야 했습니다. 그 어둡고 음침한 불행, 마치 썩어들어 가는 팔을 지닌 것처럼 온통 암흑으로 가득 찬 독기! 만일 당신이 그 독기를 차단하고 그것을 흘려보낼 수만 있다면, 그 독기를 해롭지 않은 방향으로 유도할 수도 있을 겁니다. 그래요, 그게 바로 정말로 불쌍한 영혼인 거예요."

그녀는 가려고 일어났다.

나는 그녀의 생각에 동조할 마음이 없었다. 익명의 편지를 보낸 자가 누구든지 간에 나는 일말의 동정심도 품지 않았다.

그러나 한 가지 궁금한 게 있어서 이렇게 물었다.

"캘드로프 부인, 당신은 그 여자가 누구인지 짐작 가는 데가 있습니까?"

그녀는 맑고 곤혹스러운 눈동자를 나에게 돌렸다.

"글쎄요. 추측할 수는 있어요. 그렇지만 내가 틀릴 수도 있잖겠어요?"

그녀는 문으로 나가려다가 갑자기 고개를 돌리고 내게 물었다.

"그런데 왜 당신은 아직 결혼하지 않았나요?"

상당히 무례한 질문일 수도 있었으나, 데인 캘드로프 부인은 갑자기 머릿속에 떠오른 생각이라는 듯한 표정을 짓고 있었다.

내가 다소 빈정거리듯이 말했다.

"글쎄요. 아직 마음에 드는 여자를 만나지 못한 모양이죠."

"그렇게 말할 수도 있겠죠." 데인 캘드로프 부인이 말했다.

"하지만 그것은 별로 적절한 대답은 아닌걸요. 왜냐하면 많은 남자가 마음에 들지 않는 여자와 결혼하게 되는 것도 틀림없는 사실 아닌가요?"

그녀는 이번에는 정말 떠나갔다.

조애너가 내게 물었다.

"오빠는 어쩌면 나를 미쳤다고 생각할지도 모르겠어요. 나는 저 여자를 좋아해요. 마을 사람들은 두려워하고 있지만 말이에요."

"사실 나도 약간 그렇단다."

"다음에 무슨 일이 일어날지 모르기 때문인가요?"

"그렇지. 그 여자의 억측에 대해서는 두 손 모두 들고 말았어."

조애너가 천천히 말했다.

"오빠는 정말 그 편지를 보낸 사람이 불행하다고는 생각지 않으세요?"

"도대체 그 빌어먹을 할망구가 무슨 생각을 하고 있는지 도무지 모르겠단 말이야! 그리고 나는 그런 데는 신경 쓰지도 않아. 다만, 유감스럽게 생각하는 것은 바로 그녀의 제물이 되는 사람들이지."

그 익명의 편지를 보낸 자의 심리 구조에 대해, 우리가 가장 명백한 한 가지 사실을 미처 깨닫지 못했었다는 것은 좀 이상한 일이었다. 그리피스는 그 작자가 몹시 만족해할 거라고 생각했다. 나는 그 작자가 후회할 거라고, 자기가 빚어낸 결과로 몹시 놀라고 있을 거라고 생각해보았다. 데인 캘드로프 부인은 그 사람이 고통을 겪고 있을 거라고 생각했다.

하지만 우리가 고려하지 못했던 것은, 아니, 사실은 내가 고려하지 못한 거라고 할 수 있겠지만, 분명하고도 필연적인 반응이 있었다는 것이다. 그 반응은 바로 공포였다! 시밍턴 부인의 죽음으로 그 편지들은 하나의 범주를 벗어나 다른 차원으로 발전하게 된 것이다!

나는 법적인 문제는 어떻게 되는지 모른다. 시밍턴이야 알고 있을 테지만.

그러나 한 사람이 죽었다는 사실로 더욱 심각해졌다는 것만은 분명해졌다. 하지만 설사 그 주인공의 정체가 밝혀진다고 하더라도 그 주인공은 단순한 장난에 불과했었다고 어물쩍 넘겨 버리려고 할 거라는 것은 의문의 여지가 없었다.

경찰은 런던경시청의 전문가를 불러 본격적인 활동을 개시했다. 따라서 그 익명의 편지의 주인공이 그대로 익명인 채로 계속 남아 있는 것은 극히 중요한 사실이었다.

그리고 다른 반응을 느꼈다고 하더라도 일차적인 반응은 공포였고, 다른 나머지 반응들은 부수적으로 따라온 것이리라. 그러한 가능성 역시 나에게는 막연할 뿐이었다. 하지만 그런 가능성이 존재하리라는 것은 틀림없었다.

다음 날 아침, 조애너와 나는 상당히 늦게 아침을 먹으러 내려갔다. 다시 말하면, 라임스톡의 표준적인 아침식사 시간에 비해서 늦었다는 것이다.

그것은 9시 30분이었는데, 런던에 있을 때 그 시간이라면 조애너는 겨우 눈꺼풀을 뜨고 있었을 테고, 아마도 나는 눈꺼풀을 굳게 닫은 채 깊은 잠에 빠져 있었을 게다.

하지만 패트리지가 "아침식사는 8시 30분, 아니면 9시쯤으로 할까요?" 하고 말했을 때 조애너와 나는 도저히 한 시간쯤 늦출 수 없겠냐고 말할 용기가 없었다.

아래층에서 골칫덩어리인 에이미 그리피스가 문간에 서서 메건에게 이야기하고 있었다. 그녀는 우리의 모습을 보자 특유의 원기 왕성한 목소리로 인사를 보냈다.

"안녕하세요, 잠꾸러기 양반들! 나는 일어난 지 벌써 네 시간이나 지났어요."

그건 물론 그녀 자신의 문제였다. 의사란 의심할 것도 없이 일찍 아침식사를 해야 하고, 그의 충실한 누나는 동생의 찻잔에 홍차나 커피를 따라 주기 마련이다. 하지만 그렇다고 해서 그것이 좀더 늦잠을 자고 싶어 하는 이웃을 방문해서 괴롭히는 것에 대한 변명이 될 수는 없지 않겠는가! 9시 반이라는 시간은 남의 집을 방문하기에는 적당한 시간이 아닌데도 말이다.

메건은 다시 안으로 들어가 식당으로 갔는데, 나는 그녀가 아침식사를 방해

받았나 보다고 생각했다.

"나는 들어가지 않겠다고 했어요." 에이미 그리피스가 말했다.

"비록 어째서 집 안으로 들어가서 이야기하기보다 사람을 현관으로 불러내어 이야기하는 게 더 나은 것인지 알 수 없지만요. 나는 버튼 양에게 국도변에 있는 우리 적십자 단체에서 운영하는 공판장에서 나누어 주는 채소들이 필요한지 물어보고 싶었을 뿐이랍니다. 필요하시다면 오웬을 시켜서 자동차로 그걸 갖고 오라고 할까 해요."

"당신은 아주 일찍 일어나서 돌아다니는군요."

에이미가 대꾸했다.

"일찍 일어나는 새가 벌레를 잡을 수 있는 법이죠. 이런 시간에 다녀보면 당신도 사람들을 사귈 기회가 더욱 많아질 거예요. 나는 다음엔 파이 씨한테 가야겠어요. 오후에는 브렌턴에 건너가야 하거든요. 소녀단 일로 말이에요."

"당신의 정력은 정말 나를 지치게 합니다."

내가 말하는데, 전화가 걸려 와서 장군풀과 강낭콩 등에 대해 어물쩍하게 웅얼거리며 채소밭에 대한 자신의 무지를 드러내는 조애너를 남겨 두고 전화를 받으러 홀 안으로 들어갔다.

나는 전화기에 대고 말했다.

"여보세요?"

저쪽에서는 몹시 숨이 찬 듯 혼란스러운 잡음과 함께 불안해하는 듯한 여성의 목소리가 들려왔다.

"오!"

"여보세요, 말씀하세요."

나는 다시 상대편을 불렀다.

"오!" 하는 소리가 다시 들리고 나서, 조심스럽게 묻는 말이 흘러나왔다.

"그곳이 저……, 그러니까 리틀 퍼스 저택인가요?"

"리틀 퍼스, 맞습니다."

"오!"

이것은 말을 시작할 때마다 쓰는 버릇인 게 틀림없었다. 그 목소리가 조심스럽게 물었다.

"패트리지 양과 통화할 수 있겠습니까?"

"물론이지요. 누구시라고 할까요?"

"오, 그녀에게 아그네스라고 말씀해주시겠어요? 아그네스 웨들이라고요."

"아그네스 웨들?"

"그렇습니다."

'당신에게는 도날드덕이 어울리겠는걸.' 하고 말하고 싶은 것을 억지로 참으며, 나는 수화기를 내려놓고 위층에서 일하는 패트리지가 들을 수 있도록 층계 쪽으로 소리를 질렀다.

"패트리지! 패트리지!"

패트리지가 층계 머리에 나타나서 한 손에는 대걸레를 들고 '무슨 일이지요?'라고 묻는 듯한 표정을 지었다.

나는 그 태도에서 그녀의 변함없는 공손한 태도를 느낄 수 있었다.

"예, 선생님?"

"아그네스 웨들이란 사람한테서 전화가 왔어요."

"누구라고요, 선생님?"

나는 목소리를 좀더 크게 했다.

"아그네스 웨들(Waddle)."

나는 마치 그 이름을 마음속에 새기기라도 하듯 철자를 또박또박 불렀다. 그러나 그것은 사실은 그렇게 쓰는 것이 아니었다.

"아그네스 워들(Woddell)이, 무슨 일일까?"

몹시 당황한 표정으로 패트리지는 대걸레를 팽개치고 허둥지둥 층계를 내려왔다.

나는 메건이 강낭콩과 베이컨을 마구 먹어 치우는 식당으로 슬며시 자리를 비켜 주었다. 메건은 에이미 그리피스와는 달리 '즐거운 아침의 표정'을 짓고 있지 않았다. 사실 그녀는 내 아침 인사도 몹시 퉁명스럽게 대답하고는 말없이 식사를 계속했다.

내가 신문을 펴든 지 얼마 지나지 않아 조애너가 무척이나 지친 기색으로 들어왔다.

"휴우!" 조애너가 크게 숨을 내쉬며 말했다.

"정말 지쳤어요. 어떤 채소가 언제 나오는지에 대한 내 무식을 노골적으로 드러내고 만 것 같아요. 요즈음에는 덩굴콩이 나오지 않나 보죠?"

"그건 8월에 나와요." 메건이 말했다.

조애너는 변명하듯이 말했다.

"하지만 런던에서는 아무 때나 구할 수 있거든."

나는 조애너에게 핀잔을 주었다.

"그건 통조림이지, 이 바보야. 그리고 우리 대영 제국의 여러 곳에서 들어오는 냉동식품이란 말이야."

조애너가 물었다.

"상어나 원숭이, 그리고 공작새 같은 것처럼 말이죠?"

"그렇지."

조애너가 생각에 잠기며 말했다.

"나는 정말 공작새를 갖고 싶어요."

메건이 말했다.

"애완동물로는 원숭이가 더 좋은 것 같아요."

조심스럽게 오렌지 껍질을 벗기면서 조애너가 한마디 불쑥 말했다.

"나는 에이미 그리피스가 그토록 신이 나서 인생을 즐기는 것을 어떻게 생각해야 할지 모르겠어요. 그녀가 피로해하거나 침울해하거나, 아니면 무언가 부족해한다고 생각진 않으세요?"

나는 에이미 그리피스가 결코 어떤 부족감도 느끼지 않을 거라고 아주 확신한다고 말하고는, 메건을 따라 열려 있는 프랑스식 창문을 통해 베란다로 나갔다.

그곳에서 파이프에 담배를 채우면서 패트리지가 홀을 통해 식당으로 들어가, "잠시 말씀 좀 드려도 될까요, 아가씨?"라고 퉁명한 목소리로 말하는 것을 들었다.

'오, 제발.' 나는 속으로 빌었다.

‘패트리지가 그만둔다고 하지 않았으면 좋겠는데……. 그렇게 되면 에밀리 바튼 양이 우리에게 몹시 화를 내게 될 거야.’

“정말 죄송합니다, 아가씨. 전화가 걸려 와서 말이에요. 다시 말씀드리자면, 그 애가 좀 철이 덜 들어서 그랬던 것 같아요. 저는 전화를 걸어 본 적도, 또 친구들이 이리로 전화를 건 적도 없었는데 이렇게 전화가 걸려와 번거롭게 해 드려서 정말 죄송합니다.”

“저런 괜찮아요, 패트리지.” 조애너가 달래듯이 말했다.

“어째서 친구들이 이리로 연락하고 싶은 것이 있는데도 전화를 사용해서는 안 된다는 거예요?”

나는 패트리지의 표정을 짐작할 수 있었다. 비록 볼 수는 없었지만 그녀가 냉담하게 대답하는 것으로 봐서 그녀의 표정은 평소보다 더욱 시큰둥하다는 것을.

“지금까지 이 집에서는 절대 없었던 일이에요. 에밀리 양은 그런 일을 절대 용납하시지 않았답니다. 말씀드렸다시피, 그런 일이 일어나게 되어서 정말 죄송합니다만, 아그네스 웨들(전화를 건 그 애 말이에요)은 너무 당황한데다가 아직 어리고, 또한 점잖은 댁에선 어떻게 처신해야 하는지를 잘 몰라서요.”

‘그것은 당신에게도 해당하는 말이지.’

나는 속으로 빙긋이 웃으며 생각했다.

“저에게 전화를 건 그 아그네스란 아이는 말이죠, 아가씨, 이곳에 있을 때 제 밑에서 일을 거들어 주었지요. 그때 그녀의 나이는 열여섯 살이었는데, 보육원에서 곧바로 이곳으로 왔답니다. 아시겠지만, 그녀에게는 행실을 가르쳐 줄 만한 어머니, 또는 친척들이 전혀 없었기 때문에 가끔 저에게 찾아오곤 했었지요. 저만이 그녀에게 사물의 도리를 깨우쳐 줄 수 있었거든요. 아가씨도 아시겠지만요.”

“그래요?”

조애너는 이렇게 말하고는 다음 말을 기다렸다. 그다음에 좀더 중요한 말이 이어질 것이 분명했기 때문이다.

“그래서 잠시 말씀드리는 건데요, 아가씨, 아그네스가 오늘 오후에 우리 집

부엌으로 차를 마시러 와도 좋은지요? 마침 오늘은 그 애가 쉬는 날이고, 뭔가 마음속에 품은 일이 있어서 제게 의논하고 싶어 하는 것 같아서요. 보통 때라면 이런 말씀을 드린다는 것은 꿈도 꾸지 못했을 거예요.”

조애너는 어리둥절해하며 말했다.

“어째서 당신이 다른 사람과 차를 마실 수가 없는 건지 모르겠네요.”

나중에 조애너가 한 말에 의하면, 정말 대단히 만만치 않아 보이는 태도로 패트리지는 자세를 바로잡고 대답했다.

“그런 것은 이 집에서는 절대 용납되지 않는 일이었거든요, 아가씨. 돌아가신 바튼 노부인은 부엌으로 누가 찾아오는 것을 절대 용납하지 않으셨어요. 우리가 휴일에 밖으로 나가는 대신 이곳으로 친구들이 일하러 와주는 경우를 제외하고는 말이죠. 그러나 평일에는 결코 있을 수 없는 일이었지요. 그리고 에밀리 양도 과거의 풍습을 지키고 있었답니다.”

조애너는 하인들을 아주 잘 대해 주고 그들 대부분도 그녀를 좋아했지만, 패트리지에게만은 전혀 먹혀들지가 않았다.

“그것은 별로 좋은 방법이 아니야.”

나는 패트리지가 나가고 조애너가 내게 다가오자 그녀에게 말했다.

“저런 사람들은 너의 동정심과 관대함을 고맙게 여기지 않아. 패트리지에게는 옛날식의 위압적인 방법이 훌륭해 보이고, 또 점잖은 집안에서는 그런 식으로 대해야 한다고 여기고 있거든.”

“저런 사람들이라고 해서 친구를 만나는 것까지도 용납되지 않는 그런 억압은 아직 들어 보지도 못했는걸요.”

조애너가 계속 말을 이었다.

“그것은 다 좋다고 쳐요, 오빠. 하지만 저 사람들이 마치 흑인 노예들처럼 취급되는 것을 찬성할 수는 없어요.”

“하지만 저 사람들은 그게 당연하다고 생각하고 있어. 적어도 이 세상에서 패트리지 같은 사람들은 말이야.”

“나는 어째서 그녀가 나를 좋아하지 않는지 도무지 알 수가 없어요. 대부분의 사람들이 다 그래요.”

"그녀는 아마도 네가 여주인으로는 부적당하다고 생각해서 무시하는가 보구나. 너는 선반에 먼지가 있는지 손으로 문질러 보지도 않고 매트 밑을 살펴보지도 않잖아. 또, 초콜릿 수플레(달걀흰자에 우유를 섞어서 구워 만든 요리) 남은 것을 어떻게 처리했는지 묻지도 않고, 푸딩을 맛있게 만들라고 말하지도 않지."

"아이고!"

조애너가 외치며 서글픈 표정으로 말을 이었다.

"나는 오늘은 온종일 실패의 연속이에요. 채소에 대해 무식해서 에이미에게 무시당했고, 인간적으로 대해 준다고 해서 패트리지에게 경멸당하다니. 정원으로 나가서 햇볕이나 쬐어야겠어요."

"메건은 벌써 나가 있단다."

메건은 몇 분 전에 산책하러 나갔는데, 지금은 얌전하게 모이를 기다리는 새처럼 잔디밭 한가운데 멍청히 서 있었다. 그러다가 갑자기 우리 쪽으로 돌아와서 말했다.

"저, 오늘 집으로 돌아가야겠어요."

"뭐라고?"

나는 상당히 놀랐다.

그녀는 얼굴을 붉혔지만, 마음을 단단히 굳힌 것 같았다.

"당신들이 나를 데리고 있는 것은 너무도 고마워요. 하지만 내가 끔찍한 방해꾼이었을 거라고 생각해요. 그래도 나는 정말 즐거웠답니다. 그러나 이제는 그만 돌아가야 할 것 같아요. 그곳이 우리 집이고, 또 언제까지나 이렇게 머물러 있을 수는 없기 때문이에요. 그래서 오늘 아침에 떠날까 해요."

조애너와 내가 그녀의 결심을 바꾸려고 애썼지만 요지부동이었다. 결국 조애너는 자동차를 꺼내 왔다. 메건은 위층으로 올라갔다가 잠시 뒤에 짐을 꾸려 내려왔다.

오직 한 사람, 패트리지만이 신이 난 것 같았다. 항상 무뚝뚝했던 그 얼굴에 미소까지 띠고 있었다. 그녀는 조금도 메건을 달가워하지 않았었다.

나는 조애너가 돌아올 때까지 잔디밭 한가운데에 서 있었다.

그녀는 나에게 해시계라도 되고 싶으냐고 물었다.

"어째서?"

"거기서 그렇게 마치 정원 장식품처럼 서 있으니 말이에요. 물론 시간을 가리키고 서 있는 건 아니겠지만. 오빠는 마치 천둥이라도 칠 것 같은 얼굴이에요!"

"기분이 좋지 않아. 처음엔 에이미 그리피스……."

내 말에 조애너가 '아이고, 그 채소들에 대해 이야기해줬어야 하는데!'라고 중얼거렸다.

"다음엔 메건이 갑자기 떠나고 나는 그녀를 데리고 레그 토어에 올라갔다 올까 생각했었는데."

조애너가 말했다.

"목걸이와 끈도 함께 가지고 갔어야 할 거예요."

"뭐라고?"

"목걸이와 끈도 함께 가지고 갔어야 할 거라고요. 주인이 개를 잃어버리지 않으려면 그렇게 해야 하잖아요. 그것이 바로 오빠에게는 큰 문제예요!"

조애너는 큰 소리로 또박또박 말하고는, 집 모퉁이를 돌아 채소밭 쪽으로 사라졌다.

제4장

살인

　메건이 그렇게 갑자기 우리를 떠나게 되어서 화가 치밀었다는 것을 고백하지 않을 수 없다. 아마도 그녀는 갑자기 우리에게 싫증을 느꼈나 보다.

　사실 처녀로서는 그리 유쾌한 생활은 아니었을 것이다. 집에 가면 그녀에게는 어린 동생들과 엘시 홀랜드가 있을 테니까.

　나는 조애너가 돌아오는 소리를 듣고 다시 그녀에게 해시계 운운하는 버릇없는 소리를 듣게 될까 봐 급히 자리를 떠났다.

　오웬 그리피스가 차를 타고 점심 전에 찾아왔고, 정원사는 필요한 정원 묘목들을 가지고 그를 기다리고 있었다. 애덤스 노인이 묘목들을 차에 싣는 동안 나는 한잔하자며 오웬을 집 안으로 불러들였다.

　그는 점심은 함께 못할 것 같다고 했다. 내가 셰리주(스페인산 백포도주)를 가지고 들어가자 조애너가 그녀의 특기를 발휘하기 시작하고 있었다.

　하지만 앙심을 품은 기색은 전혀 보이지 않았다. 그녀는 소파 한쪽 구석에 쪼그리고 앉아서 쉴 새 없이 조잘거리며 오웬에게 일반의가 된 것에 만족하느냐 혹시 전문의가 될 생각은 없느냐는 등 그의 직업에 대해 꼬치꼬치 물어보고 있었다. 그녀는 의사라는 직업을 세상에서 가장 매력적인 직업 중 하나로 생각하고 있었다.

　그녀와 이야기를 해보면 알겠지만, 조애너는 누구 말이나 매우 잘 귀담아들어 주는 편이었다. 그래서 짐짓 천재인 체하던 작자들이 자신이 아직껏 제대로 평가받지 못한다고 서글프게 털어놓던 것을 들어 주던 때처럼, 오웬 그리피스의 이야기에 홀딱 빠져 있는 것도 그녀로서는 그리 어려운 일이 아니었다.

　그때 우리는 셰리주를 석 잔째 마시고 있었는데, 그리피스는 그녀에게 의사들 말고는 아무도 이해할 수 없는 의학 용어를 사용해가며 생소한 반응이나 기능 장애 등에 대해 신나게 늘어놓고 있었다. 조애너는 대단히 지적이고, 또 그 이야기에 대단한 관심이 있는 것처럼 보였다.

나는 순간적으로 비위가 틀리는 것을 느꼈다. 조애너는 정말 너무 지나쳤다. 그리피스는 행동거지에 주변머리가 없지만 지나칠 정도로 선량한 친구였다. 여자들이란 정말 악마란 말이야!

나는 그리피스의 길고 고집스러운 턱과 매섭게 뻗은 입매를 곁눈질로 슬쩍 훔쳐보면서 과연 조애너가 자기 특유의 방법으로 그를 계속 휘어잡을 수 있을지 확신이 서지 않았다. 어쨌든 남자란 여자가 자신을 바보로 만들게 놔두지는 않는 법이다. 뭐, 설사 그렇지 않더라도 그거야 자기 자신의 책임이지만.

조애너가 다시 입을 열었다.

"생각을 바꾸시고 우리와 함께 점심을 하세요, 그리피스 박사님."

그러자 그리피스는 얼굴을 약간 붉히며 누나가 자기를 기다리고 있을 거라고 했다.

"우리가 누님에게 전화를 걸어서 설명해 드리면 안 될까요?"

조애너는 재빨리 말하고는 홀 안으로 들어가서 전화를 걸었다.

나는 그리피스가 약간 불안해 보인다고 느꼈다. 그것은 아마도 그 친구가 자기 누나를 두려워하는 것 같다는 느낌이 들게 했다.

조애너는 미소를 지으며 들어와서는 모든 게 다 잘되었다고 말했다.

오웬 그리피스는 우리와 함께 점심을 하면서 내내 기분이 좋은 것 같았다. 우리는 소설과 희곡, 세계 정치, 그리고 음악과 미술, 현대 건축 등에 대해 이야기를 나누었다.

우리는 라임스톡이나 익명의 편지, 또는 시밍턴 부인의 자살에 대해서는 한마디도 입 밖에 내지 않았다. 우리는 복잡한 세상만사에서 벗어나게 되었고 오웬 그리피스도 마음이 포근해진 것 같았다. 그의 어둡고 침울한 표정이 밝아지자 애정 어린 따스한 마음이 드러났다.

그가 돌아가자 나는 조애너에게 말했다.

"그 친구는 네가 희롱하기에는 지나치게 훌륭한 사람이야."

"그 말을 하고 싶어서 어떻게 참았죠? 남자들은 모두 얼간이들이에요!"

"어째서 그 친구 본심을 그렇게 끄집어내려고 하니? 네 상처받은 허영심 때문이냐?"

"그럴지도 모르죠."

내 여동생이 말했다.

그날 오후 우리는 에밀리 바튼 양이 세 들어 사는 집에서 그녀와 함께 차를 마시려고 마을로 내려갔다. 이제 나도 걸어서 언덕으로 돌아올 수 있을 만큼 충분히 몸이 회복되었기 때문에, 우리는 천천히 걸어서 내려갔다.

하지만 너무 시간을 많이 잡고 출발했기 때문에 생각보다 상당히 일찍 그 집에 도착해서, 문을 열어 준 키가 크고 앙상한 체구의 험상궂게 생긴 여인에게서 바튼 양이 아직 돌아오지 않았다는 말을 듣게 되었다.

"하지만 마님은 당신들이 오시는 걸 알고 계실 거예요. 그러니 잠시 올라오셔서 기다리시지요."

이 여인이 바로 그 충실한 플로렌스가 분명하리라.

우리가 그녀의 안내를 받으며 올라가자 그녀는 문을 활짝 열어젖히고 안을 보여 주었다. 비록 가구가 약간 많은 것 같았지만 안락해 보이는 응접실이었다. 가구들은 아마도 리틀 퍼스에서 옮겨온 것일 게다.

플로렌스는 그 방에 대해 대단한 자부심을 느끼고 있었다.

"훌륭한 방이죠, 그렇죠?" 그녀가 물었다.

"정말 훌륭하군요." 조애너가 부드럽게 대답했다.

"저는 제가 할 수 있는 한 마님을 편안하게 해드리고 있답니다. 하지만 제 마음만큼, 또 마님의 마음만큼 편히 보살펴 드리지는 못하고 있어서 늘 죄송하게 생각하고 있어요. 마님은 마땅히 자기 집에서 지내셔야 하거든요. 셋방살이가 아니라 말이에요."

자기 여주인의 엄중한 보호자임이 틀림없는 플로렌스는 우리를 나무라듯한 사람씩 훑어보았다. 나는 별로 재수가 좋은 날은 아니라고 생각했다. 조애너가 에이미 그리피스와 패트리지에게 수난을 겪더니, 이제는 둘이 함께 여수호신 플로렌스로부터 호되게 당하는 것이었다.

"저는 그곳에서 9년 동안이나 일을 했었지요."

맘에 들지 않는 눈초리에 자극을 받은 조애너가 대꾸했다.

"바튼 양이 그 집을 세놓겠다고 한 거예요. 그녀가 직접 부동산 대리점에 내놓았잖아요."

"어쩔 수 없이 그렇게 한 거라고요." 플로렌스가 말했다.

"마님은 참으로 검소하고 조용하게 사셨어요. 그런데도 정부는 마님을 그냥 놔두지 않았단 말이에요! 그처럼 가혹하게 세금을 물리는 법이 어디 있어요!"

나는 안됐다는 듯이 고개를 저었다.

"노마님이 살아 계실 때는 재산이 넉넉했답니다."

플로렌스가 말했다.

"그런데 가엾은 따님들이 그만 한 분씩 차례로 모두 돌아가시게 되었던 거죠. 에밀리 아가씨가 언니, 동생들을 죄다 뒤치다꺼리하셨어요. 언제나 끈기 있게 불평 한마디 하지 않으면서, 온몸이 녹초가 될 때까지 그렇게 하셨지요. 그런데도 마님은 고생한 보람도 없이 오히려 금전적인 걱정까지 하게 되어 버렸단 말이에요! 마님께서는 정부에서 하는 일을 나무랄 필요는 없다고 말씀하시지만 나는 도저히 용납할 수 없어요. 그 사람들은 반성 좀 해야 해요. 돈 문제에 대해서는 조금도 신경 쓰지 않은 점잖은 마님을 괴롭히는 정부의 처사가 옳다고 할 수는 없잖아요."

"사실 모든 사람들이 그런 문제로 곤경을 겪어 오고 있답니다."

내가 말했지만 플로렌스는 조금도 누그러지지 않았다.

"그야 물론 그럴 능력이 있는 사람들에겐 아무렇지도 않겠지만 우리 마님에게는 그렇지가 않아요. 마님은 보호받을 필요가 있고, 또한 마님이 저와 함께 있는 한 어떤 식으로든 마님을 해치거나 곤경에 빠뜨리려는 자들을 결코 두고 보지 않을 거예요. 저는 에밀리 마님을 위해서라면 무슨 짓이든 할 거라고요."

플로렌스는 이렇게 말하고 그 점에 대해 아주 철저히 주지시키기라도 하듯이 잠깐 우리를 바라보았다. 그러고는 불멸의 플로렌스는 방을 나가며 조심스럽게 문을 닫았다.

"우리가 마치 흡혈귀라도 된 듯하군요. 그렇죠, 오빠? 나는 그렇게 느꼈어요. 대체 우리에게 무슨 잘못이 있는 거죠?"

"오늘은 일진이 별로 좋지 않은 것 같구나." 내가 말했다.

"메건은 우리에게 싫증을 느끼고, 패트리지는 너를 비꼬고, 충실한 플로렌스는 우리를 싸잡아 공격해대고 말이야."

"메건이 왜 떠났을까요?" 조애너가 중얼거리듯이 말했다.

"싫증을 느꼈던 게야."

"나는 그렇게 생각지 않아요. 내 생각에는……, 안 그래요, 제리 오빠. 에이미 그리피스가 무슨 말을 한 게 아닐까요?"

"오, 그러니까 오늘 아침에 두 사람이 문간에 서서 이야기를 나누었을 때를 말하는 거냐?"

"맞아요. 물론 길게는 이야기하지 못했겠지만……."

나는 그 말을 받아서 완성했다.

"그 여자는 마치 암코끼리같이 어슬렁거리고 있지. 그녀는 아마도……."

그때 문이 열리면서 에밀리 양이 들어왔다. 그녀는 얼굴에 홍조를 띤 채로 약간 숨을 몰아쉬고 있었는데 좀 흥분한 것 같았다. 그녀의 두 눈은 파랗게 반짝이고 있었다. 그녀는 무척이나 당황한 태도로 우리에게 사과했다.

"늦어서 정말 미안해요. 마침 물건을 좀 살 게 있어서 거리에 나갔는데, 블루 로즈 가게의 케이크가 그리 신통해 보이지 않아서 리건 부인의 가게에 들렀답니다. 나는 늘 리건 부인의 가게에서 케이크를 사곤 하지요. 그 가게에서는 언제든지 방금 오븐에서 구워낸 케이크를 구할 수가 있거든요. 하루가 지난 것들은 결코 내놓는 법이 없답니다. 그나저나 당신들을 이렇게 기다리게 해서 정말 미안하군요. 이거야 변명할 수도 없고……."

조애너가 그녀의 말을 막았다.

"우리가 잘못한 거랍니다, 바튼 양. 우리가 너무 일찍 온 거지요. 이곳까지 걸어서 내려왔는데 제리 오빠가 생각보다 빨리 걸을 수 있게 되어서 너무 일찍 도착한 거예요."

"아니요, 너무 일찍 온 게 아니랍니다. 그런 말은 하지도 마세요. 지나치게 겸손해도 좋지 않다는 것을 당신들도 알잖습니까?"

그렇게 말하며 그 노부인은 어깨로 조애너를 다정하게 툭 쳤다.

그러자 조애너의 표정이 밝아졌다. 그녀의 뜻대로 되어 가는 모양이다. 에밀리 바튼이 나에게도 미소를 보냈지만 그 미소에는 어떤 두려움 같은, 마치 지금 당장에는 절대로 해치지 않을 거라고 보장된 식인 호랑이에게 접근하는 사람 같은 표정이 숨어 있었다.

"당신이 차같이 순한 음료를 마시러 오다니 정말 대단하군요, 버튼 씨."

에밀리 바튼은 '남자들이란 끊임없이 위스키 소다수나 퍼마시며 줄곧 시가를 피워 물고 마을 아가씨들을 꾀어내거나 아니면 유부녀와 염문을 뿌리고 다니는 존재'라는 고정관념을 가진 것 같았다.

나중에 내가 이 말을 조애너에게 했더니 그녀는 그것은 아마도 일종의 '소망적 사고'인 모양이라고 했다. 즉, 에밀리 바튼은 은근히 그런 남자와 사귀고 싶었겠지만 결코 그런 적이 없었을 거라는 말이다.

한편, 에밀리 양은 분주하게 방 안을 오가며 조애너와 나를 조그만 테이블에 앉으라고 하고서는 조심스럽게 재떨이를 꺼내어 주는 등 부산을 떨었다.

잠시 뒤에 문이 열리며 플로렌스가 쟁반 위에 아주 훌륭한 더비산 자기(瓷器)로 만든 찻잔을 받쳐 들고 들어왔다. 나는 그것이 바튼 양이 가지고 온 것이라는 말을 들었다. 그 차는 중국산에다 향기도 매우 좋았으며, 샌드위치와 버터를 바른 얇은 빵과 조그만 고급 케이크도 함께 나왔다.

플로렌스는 밝은 표정으로 마치 소꿉장난을 즐기는 귀여운 아이를 지켜보는 어머니처럼 흐뭇한 시선으로 에밀리 양을 바라보고 있었다.

조애너와 나는 에밀리의 권유에 못 이겨 생각보다 훨씬 많이 먹었다. 그 작은 부인은 분명히 자신의 티 파티를 즐기고 있었다. 그녀에게 있어서 런던이라는 신비스럽고도 세속적인 세계에서 온 두 이방인인 조애너와 나는 커다란 호기심의 대상이었다는 사실을 깨달았다.

자연스럽게 우리들의 대화는 곧 이 지방 사람들에게로 옮겨가게 되었다. 바튼 양은 그리피스가 친절하고 유능한 의사라고 진심으로 이야기했다. 시밍턴 역시 아주 훌륭한 변호사로서, 바튼 양이 도무지 알 수도 없는 소득세인가 뭔가 하는 것을 낸 뒤에 돈을 되돌려받게 해주었다고 했다. 그는 훌륭한 아버지

이며 그의 가족과 아내에게 헌신적이었다고 말했다.

"가엾은 시밍턴 부인, 어린 자식들을 어머니가 없게 만들다니 정말 너무나도 슬픈 일이에요. 그녀는 그리 강한 여자가 못 되었나 봐요. 게다가 건강도 최근에는 그리 좋지 않았다는군요. 그것은 일종의 정신 착란증이었을 거예요. 신문에서 그런 것에 대해 읽은 적이 있답니다. 그런 상황에서 사람들은 자신이 무슨 짓을 하는지 전혀 모르게 되는 모양이죠. 그녀도 자신이 하는 일이 무슨 짓인지 알지 못하고 있었는지, 아니면 시밍턴 씨와 자식들을 생각하고 있었는지도 모르겠군요."

조애너가 말했다.

"익명의 편지가 그녀에게 아주 좋지 않은 영향을 끼쳤던 것이 틀림없어요."

바튼 양은 얼굴을 붉히며 좀 나무라는 듯한 목소리로 말했다.

"그것에 대해 왈가왈부하는 것은 그리 좋은 일이 못 돼요, 그렇잖아요? 나도 거기에는 무슨, 그러니까, 편지라든가 하는 것이 있었다는 사실을 알고 있답니다. 하지만 우리, 그것에 대해서는 거론하지 말기로 해요. 추잡한 일이에요. 나는 그런 것들은 그냥 무시해 버리는 것이 현명하다고 생각합니다."

글쎄, 바튼 양이야 그럴 수도 있을 테지만 어떤 사람들에게는 그렇게 간단한 일이 아닐 것이다. 아무튼 나는 자연스럽게 화제를 돌려 에이미 그리피스에 대해 이야기를 나누기 시작했다.

"아주아주 놀라운 여자랍니다. 그녀의 정력과 조직적인 두뇌에는 정말이지 감탄할 뿐이에요. 특히 여자애들을 다루는 데는 매우 뛰어나지요. 그리고 모든 방면에 이르기까지 아주 현실적이랍니다. 사실 그녀가 이 지방을 다스리고 있다고 해도 과언이 아닐 정도죠. 게다가 의사인 동생에게도 그렇게 잘할 수가 없답니다. 남매간에 서로 애지중지하는 모습을 보는 것은 정말 흐뭇한 일이랍니다."

조애너가 엉뚱하게 물었다.

"동생이 누나에 대해 다소 질려 있는 건 아닐까요?"

에밀리 바튼은 깜짝 놀란 듯한 표정으로 그녀를 쳐다보았다. 그러고는 그녀는 나무라듯 다소 엄한 목소리로 말했다.

“그녀는 동생을 위해 커다란 희생을 하고 있어요.”

나는 조애너의 눈 속에서, ‘오, 그런가요?’라고 빈정거리는 듯한 기색이 어려 있는 것을 보고는 서둘러 파이 씨에 대한 이야기로 화제를 돌렸다.

에밀리 바튼은 파이 씨에 대해 다소 미덥지 못한 눈치였다. 그녀는 그가 매우 친절하다는, 단지 그 이야기만, 그것도 상당히 의심스럽다는 투로 되풀이하는 것이었다. 그녀 말에 의하면 그는 매우 부자이고 도량도 넓은 모양이다. 그에게는 아주 낯선 사람들이 가끔 찾아오기도 했는데, 그가 좋은 곳을 여행했었기 때문에 그런 모양이었다.

우리는 여행이란 단지 견문을 넓혀 주는 것뿐만 아니라 어떤 경우에는 기묘한 습관들이 몸에 배게 되기도 한다는 말도 잊지 않고 덧붙였다.

“나도 실은 많은 곳을 돌아다녀 보고 싶었답니다.”

에밀리 바튼 양이 꿈을 꾸는 듯한 목소리로 말했다.

“신문에서 그런 기사들에 대해 읽어 보면 무척 마음이 끌린답니다.”

조애너가 물었다.

“그럼 왜 여행을 하지 않으세요?”

이 질문이 에밀리 양을 꿈에서 깨어나 현실로 돌아오도록 종을 울려 준 모양이었다.

“오! 아니, 아니에요. 그런 일이야말로 정말 불가능할 거예요.”

“아니, 왜요? 그리 비용이 많이 드는 일도 아닌데요, 뭐.”

“오, 아니요. 단지 비용만의 문제가 아니에요. 나는 혼자 여행하고 싶지는 않거든요. 혼자 여행하면 무척 이상하게 보일 거예요, 안 그래요?”

“그렇지 않아요.” 조애너가 말했다.

“게다가 나는 짐을 어떻게 꾸려야 할지도 모르고 외국 항구에 내리는 일과 또 다른 나라들의 화폐에 대해서도 전혀 모른답니다.”

그 작은 부인의 근심에 찬 시선 앞에는 무수한 함정이 도사리는 것 같았다.

조애너는 서둘러 그녀에게 원유회(園遊會)와 자선 파티에 참가할 거냐고 물어서 그녀의 마음을 다른 데로 돌려놓았다. 이야기는 아주 자연스럽게 데인 캘드로프 부인에 대한 이야기로 넘어가게 되었다.

희미한 경련 같은 것이 잠깐 바튼 양의 얼굴 위에 떠올랐다.

"당신도 알겠지만 그녀는 무척 기묘한 사람이에요. 그녀는 가끔 이상한 짓을 한답니다."

나는 무슨 일을 말하는 거냐고 물었다.

"오, 글쎄요. 전혀 예기치 못한 그런 거랄까요. 그녀가 당신을 쳐다본다면 마치 당신이 아닌 누군가 다른 사람이라도 있는 것처럼 쳐다보는데……, 나는 도무지 그것을 제대로 표현하지 못하겠군요. 아무튼 내 말은, 그렇게 말로 옮기기가 어려울 정도의 행동을 한다는 거예요. 게다가 그녀는……, 글쎄요, 전혀 남의 일에는 관심을 두지 않는다고나 할까. 목사 아내가 남에게 충고나 훈계 같은 걸 하는 게 아주 흔한 경우 아니에요? 사람들을 나무라기도 하고, 뭐 잘 아시겠지만 자기네 방식으로 그들의 생활을 고쳐 보려고도 하잖아요? 그러면 대개는 사람들이 따르기 마련이지요. 그건 사람들이 목사 아내를 존경하기 때문이에요. 그런데 그녀는 일부러 사람들로부터 외떨어져서 쓸모없는 사람들을 바라보는 듯한 그런 기묘한 취미를 가지고 있어요."

나는 재빨리 조애너와 눈짓을 교환하며 말했다.

"그것참 희한한 일이로군요."

"하지만 그녀는 아주 품행이 단정한 여자이지요. 그녀는 상당히 훌륭한 가문인 벨페스 가(家)에서 패로웨이라는 이름을 가지고 있었는데 그런 오래된 가문 사람들은 어딘지 모르게 기묘한 데가 있는 것 같아요. 그나저나 그녀는 남편에게는 무척 잘한답니다. 그분은 정말이지 뛰어난 사람이에요. 이런 시골에 묻혀서 재질을 썩히는 게 아닌가 싶어요. 훌륭하고 무척 성실한 사람이지만 좀 알아듣기 어려운 라틴어를 사용하는 버릇이 있지요."

"저런, 그렇군요." 나는 진지하게 들으며 말했다.

조애너가 말했다.

"제리 오빠는 돈이 많이 드는 공립학교 교육을 받았지만 라틴어를 들으면 알아듣지 못한답니다."

이 말은 바튼 양에게 새로운 화젯거리를 만들어 준 모양이었다.

"이곳 학교의 여교장은 몹시 불쾌한 젊은 여자랍니다. 아예 공산주의자가 아닌가 싶을 정도예요.”

그녀는 ‘공산주의자’라는 말을 하며 목소리를 낮추었다.

나중에, 우리가 집으로 걸어 올라갈 때 조애너가 나에게 말했다.

“그녀는 상당히 매력적이에요.”

그날 저녁, 식사가 끝난 다음에 조애너는 패트리지에게 오늘 낮에 아그네스를 만난 일은 잘되었느냐고 물었다.

패트리지는 얼굴을 붉히고 자세를 딱딱하게 굳히며 대답했다.

“감사합니다, 아가씨. 하지만 아그네스는 오지 않았어요.”

“오, 미안해요.”

“아닙니다. 그런 건 괜찮아요.” 그녀는 얼굴이 잔뜩 부어서 말했다.

“제가 그녀를 오라고 한 게 아니었답니다. 그 애가 전화를 걸어서 자기에게 어떤 걱정거리가 있는데, 마침 쉬는 날 이곳에 와도 괜찮겠냐고 물어봤던 거지요. 그래서 저는 두 분의 허락을 받는 조건으로 좋다고 했던 거예요. 그런데 그녀에게서 아무런 소식도 없는 거예요! 한마디 미안하다는 말도 없이. 물론 내일 아침에 엽서가 올 거라고 생각은 하지만요. 요즘 처녀애들은(자신들의 입장을 도무지 몰라요), 어떻게 행동해야 할지 전혀 생각을 못하고 있어요.”

조애너는 그녀를 달래 주려고 애썼다.

“그녀가 몸이 좋지 않을 수도 있잖아요. 어떻게 된 일인지 전화를 걸어 보지 그랬어요?”

패트리지는 다시 자세를 고쳤다.

“아뇨, 저는 그렇게 생각하지 않아요, 아가씨! 정말이지 그러지 않을 거예요. 아그네스는 그처럼 버릇없는 행동을 좋아할지 몰라도 저는 그녀를 만나면 제 생각을 알려 줄 생각이에요.”

패트리지가 여전히 거드름을 피우며 방을 나가자 조애너와 나는 그만 웃음을 터뜨리고 말았다.

“어쩐지 ‘낸시 아주머니의 조언 칼럼’에 실려 있는 기사 같군. ‘내 남자친구가 나에게 대하는 태도가 아주 쌀쌀맞을 때는 어떻게 하나요?’라는 질문에 낸시 아주머니의 조언이 틀렸다 해도 패트리지는 그 충고를 받아들이게 될 거다. 다만 약간 수정해야 할 곳도 있겠지. 아그네스와 그녀의 애인이 말없이 팔짱을 끼고 가다가 담장에 기대어 서 있는 너를 만난다면 어떻게 되겠니? 그들은 너를 보고 당황하겠지만 너야 그들을 보고도 전혀 당황하지 않을 게다.”

조애너는 웃으며 자기도 그런 생각이 들었다고 말했다.

우리는 익명의 편지들에 대해 이야기를 나누기 시작했다. 그리고 내쉬 총경과 ‘우울한 그레이브스’ 경위가 좀 알아낸 것이 있을지 궁금했다.

“오늘이 바로 정확히 1주일이 되는 날이에요. 시밍턴 부인이 자살한 뒤로 말이에요. 나는 지금쯤 경찰이 뭐 좀 알아냈을 거라고 생각해요. 지문이라든가 혹은 필적, 아니면 그밖에 것들이라도”

나는 멍하니 그녀의 말에 대꾸했다. 내 의식의 뒤편 어딘가에서 어떤 기묘한 불안감이 싹트고 있었다. 그것은 조애너가 말했던 ‘정확히 1주일’이라는 말과 연관이 되어 있었다.

감히 말하자면 나는 벌써 그 두 가지를 하나로 연결하고 있었던 게 틀림없다. 아마도 무의식적으로 내 마음속에는 이미 어떤 의심이 있었던 것은 아닐까? 아무튼 이제는 그런 것을 확고히 느낄 수 있었다. 그 불안감은 점점 자라나서 머릿속에 넓게 자리를 잡아갔다.

조애너는 갑자기 내가 자기 말에 귀 기울이고 있지 않다는 것을 느낀 모양이다.

“무슨 일이에요, 오빠?”

나는 마음속으로 떨어진 조각들을 끼워 맞추느라고 바빴기 때문에 아무 대답도 하지 않았다.

시밍턴 부인의 자살. 그녀는 그날 오후에 집에 혼자 있었다. 하녀들이 모두 쉬는 날이었기 때문에 혼자였다. 정확히 1주일 전……

“오빠, 대체 무슨……?”

나는 그녀의 말을 막았다.

“조애너, 하녀들은 1주일에 한 번 놀지, 그렇지 않니?”

“그리고 격주로 일요일에 쉬어요. 그런데 왜요?”

“일요일은 신경 쓸 거 없어. 그들은 매주 같은 요일에 외출을 나가니?”

“그래요, 그게 보통이에요.”

조애너는 나를 이상하다는 듯이 쳐다보고 있었다. 하지만 그녀는 내 의중을 파악하지 못하고 있었다. 나는 방을 가로질러 가서 벨을 눌렀다.

패트리지가 들어왔다.

“물어볼 게 있는데, 아그네스 웨들에 대해서 말이오. 그녀는 지금 어디에서 일하지요?”

“예, 선생님, 시밍턴 부인 집에서요. 아니, 지금은 시밍턴 씨 집에 있다고 해야겠군요.”

나는 깊이 숨을 들이켰다.

시계를 흘끗 쳐다보았다. 10시 30분을 가리키고 있었다.

“지금쯤 그녀는 돌아왔겠지요?”

패트리지는 나무라는 듯한 표정을 짓고 있었다.

“그럼요, 선생님. 하녀들은 10시까지는 돌아오게 되어 있답니다. 아직도 옛날 습관을 지키고 있지요.”

“전화를 걸어 봐야겠습니다.”

나는 홀 쪽으로 나갔다. 조애너와 패트리지가 나를 따라왔다.

패트리지는 매우 기분이 언짢아 보였다.

조애너는 어리둥절해했다.

내가 다이얼을 돌리자 조애너가 물었다.

“뭘 하려는 거예요, 오빠?”

“그 아가씨가 무사히 돌아왔는지 확인하고 싶어.”

패트리지는 콧방귀를 뀌었다. 단지 콧방귀를 뀐 것 그 이상은 아무것도 없었다. 그러나 나는 패트리지의 냉소 따위는 조금도 신경 쓰지 않았다.

엘시 홀랜드가 전화를 받았다.

“이렇게 전화를 걸게 되어서 죄송합니다. 나는 제리 버튼입니다. 예, 그러니까……, 당신네 하녀 아그네스가 돌아왔는지요?”

나는 그 말을 하고 나서야 비로소 내가 꽤 멍청한 짓을 했다는 것을 깨달

있다. 그 처녀가 무사히 돌아왔다면 내가 전화로 그런 걸 물어본 경위를 설명해야만 하는 것이다. 조애너를 시켜서 물어보았다고 하더라도 역시 마찬가지다. 라임스톡을 깜짝 놀라게 할 새로운 이야깃거리, 즉 알지도 못하는 아그네스 웨들과 내가 주인공이 되어 이러쿵저러쿵 이야기되는 것이 내 눈앞에 훤히 보였다.

엘시 홀랜드는 몹시도 놀란 듯한 목소리로 대답했다. 그야 당연한 일이겠지.

"아그네스요? 오, 물론이죠. 지금쯤 돌아와 있을 거예요."

나는 바보가 된 느낌이었지만 그렇다고 물러설 수도 없었다.

"그녀가 돌아왔는지 확실히 알아봐 주시겠습니까, 홀랜드 양?"

가정교사를 다루는 데는 한 가지 좋은 방법이 있다. 그런 여자들은 딱 떨어지는 명령을 받으면 곧바로 행동으로 옮긴다. 절대로 이유를 묻는 법이라고는 없다. 엘시 홀랜드는 수화기를 내려놓고 순순히 알아보겠다며 나갔다.

2분 뒤에 나는 그녀의 목소리를 다시 들을 수 있었다.

"여보세요, 버튼 씨?"

"예."

"아그네스가 아직 돌아오지 않았군요."

그때 나는 내 육감이 옳았다는 것을 깨달았다. 저쪽에서 희미한 소음이 들리더니 시밍턴이 나왔다.

"안녕하세요, 버튼 씨, 무슨 문제가 있습니까?"

"하녀 아그네스가 아직 돌아오지 않았는지 알고 싶어서요."

"아직 돌아오지 않았소. 홀랜드 양이 방금 알아보고 왔습니다. 무슨 일이라도 있습니까? 뭐 잘못된 일이 있는 것은 아니겠죠?"

"결코 우연한 일이 아닐 겁니다."

"그 아이에게 무슨 사고가 났다는 말 같군요?"

나는 무거운 목소리로 대답했다.

"그러리라고 생각합니다."

그날 밤 나는 잠을 제대로 이룰 수가 없었다. 그때까지도 내 머릿속에는 수수께끼 같은 조각들이 떠돌아다니고 있었던 모양이다. 만일 그 속에 내 사고만 첨가시킨다면 즉석에서 모든 문제들이 해결되었을 거라고 생각했다. 한편으로 생각하면 어째서 그러한 편린들이 그토록 끈덕지게 따라다녔던 것일까 의아해지기도 했다.

바로 그 순간에 우리는 무엇을 알고 있었던 것일까? 사실 우리는 생각보다도 훨씬 많은 것을 알고 있었던 것은 아닐까? 그러나 우리는 숨어 있는 진실에 도달할 수 없었다. 그것이 분명히 존재하지만 우리는 그것에 도달할 수 없었던 것이다.

이리저리 몸을 뒤척이며 침대에 누워 있는 동안 희미한 수수께끼 조각들이 나를 끊임없이 괴롭혔다.

익명의 편지에는 어떤 일정한 패턴이 있었다. 만일 내가 그것을 잡아낼 수만 있다면 그놈의 저주받을 편지들을 보낸 작자를 틀림없이 알아낼 수가 있을 텐데. 어딘가에 있을 단서를 추적할 수만 있다면……

내가 막 잠이 들려고 할 때, 어떤 단어들이 나의 몽롱한 의식 속을 파고들어 귀찮게 맴돌았다.

"아니 땐 굴뚝에 연기가 날 리 없다. 연기 나지 않은 굴뚝에 불을 땠을 리 없겠지. 연기……, 연기? 연막……, 아니, 그것은 전쟁, 전쟁 용어이지. 전쟁. 신문 쪽지……, 단지 휴지에 불과하지. 벨기에, 독일……."

그러다가 그만 잠이 들어 버렸다. 나는 개목걸이와 끈을 매달고 산책하는 그레이하운드로 변한 캘드로프 부인과 대화를 나누는 꿈을 꾸었다.

전화벨 소리에 잠에서 깨어났다. 끊임없이 울리는 그놈의 전화벨 소리!

나는 침대에서 일어나 시계를 들여다보았다. 7시 30분을 가리키고 있었다. 나는 전화를 받지 않고 좀더 기다렸다. 전화벨 소리는 아래층 홀에서 울리고 있었다.

나는 침대에서 벌떡 일어나 가운을 걸치고는 뛰어 내려갔다. 부엌을 통해 뒷문으로 나가는 바람에 패트리지를 깨우고 말았다.

나는 수화기를 들었다.

“여보세요?”

“오!” 그것은 안도의 흐느낌이었다.

“당신이군요!”

메건의 목소리. 그녀의 목소리는 말할 수 없는 공포와 격정으로 떨리고 있었다.

“오, 제발 좀 이리로 와주세요, 빨리요. 오, 제발! 오시겠죠?”

“내 곧 가지. 듣고 있어, 즉시 가겠어.”

나는 한 번에 두 계단씩 뛰어올라가 조애너를 소리쳐 깨웠다.

“조, 시밍턴 씨한테 가봐야겠어.”

조애너는 부드럽게 굽이치는 금발을 베개에서 일으키고 마치 조그만 어린 애처럼 눈을 비볐다.

“응……, 무슨 일이 일어났어요?”

“모르겠어. 그 애가 전화를 걸었어. 메건 말이야. 그녀가 관계된 일인 것 같아.”

“무슨 생각을 하는 거예요?”

“그 아그네스란 아가씨에 대한 일일 거야. 내가 잘못 생각하지 않았다면 말이지.”

내가 문을 열고 나갈 때 조애너가 나를 불렀다.

“잠깐 기다려요. 나도 곧 일어나서 오빠를 태우고 내려갈게요.”

“그럴 필요 없다. 내가 운전할 거야.”

“오빠 아직 자동차를 운전할 수 없어요.”

“아니, 운전할 수 있어.”

나는 이제 운전할 수 있었다. 아직 완쾌되지는 않았지만 그런대로 움직이는 데는 별 지장이 없었다. 세수하고, 면도하고, 옷을 입고, 자동차를 꺼내 30분 안에 시밍턴 네로 차를 몰고 갔다. 운전하는 데 그리 불편하지는 않았다.

메건은 내가 도착하는 것을 지켜보고 있었나 보다. 그녀는 집에서 뛰쳐나와 나를 꼭 붙들었다. 그녀의 가련하고 조그만 얼굴은 창백하게 질려 경련을 일으키고 있었다.

"정말 와주셨군요. 당신이 오셨군요!"

"자, 똑바로 서 봐요." 내가 말했다.

"그래, 왔어. 자, 무슨 일인지 말해봐요."

그녀는 온몸을 떨기 시작했다. 나는 그녀를 팔로 감싸 안았다.

"저……, 내가 그녀를 발견했어요."

"아그네스를 발견했다는 말이지? 어디서?"

메건은 더욱 격렬하게 떨었다.

"계단 아래에서요. 거기에는 벽장이 있어요. 낚시 도구와 골프채 같은 것들을 넣어 두는 곳이에요. 당신도 아실 거예요."

나는 고개를 끄덕였다. 그것은 흔히 볼 수 있는 그런 벽장이었다.

메건이 계속 말했다.

"그녀가 그곳에 있었어요. 몸을 꼭 웅크린 채로……. 그리고, 그리고 차가웠어요. 그녀의 몸은 끔찍하게 차가웠어요. 그녀는, 그녀는 죽은 거란 말이에요!"

나는 궁금한 듯이 물었다.

"어떻게 그곳을 찾아보게 되었지?"

"나, 나도 잘 몰라요. 당신이 어젯밤에 전화하셨지요? 그래서 우리는 모두 아그네스가 어디 있는지 걱정이 되기 시작했어요. 한동안 기다려 봤지만 그래도 돌아오지 않아서 우리는 그냥 잠자리에 들었어요. 나는 어쩐지 잠을 이룰 수가 없었죠. 그래서 아침엔 일찍 일어났어요. 그때는 로즈(요리사인데, 당신도 아실 거예요)밖에 없더군요. 그녀는 아그네스가 돌아오지 않은 것에 대해 몹시 화가 나 있었어요. 전에도 어디에선가 어떤 하녀가 그처럼 야반도주한 것을 본 적이 있었다고 하더군요.

나는 부엌에서 우유와 버터 바른 빵을 먹고 있었는데 갑자기 로즈가 괴상한 표정을 지으며 들어와서는 아그네스의 외출복이 그대로 방에 있더라고 하더군요. 그녀가 외출할 때 입는 가장 아끼는 옷 말이에요. 그래서 나는 걱정이 되기 시작했답니다. 혹시 그녀가 집에 그냥 남아 있는 것은 아닐까 하고요. 그래서 사방을 둘러보다가 계단 밑에 있는 벽장을 열어보았는데……, 그랬더니 글쎄 그녀가 거기에 있는 게 아니겠어요!"

“경찰에 연락은 했겠지?”

“예, 지금 여기 와 있어요. 아버지가 곧바로 전화했거든요. 그러고 나서 그만 나……, 나는 도저히 견딜 수가 없어서 당신에게 전화를 걸었던 거예요. 괜찮지요?”

“물론이지. 나는 괜찮아.”

나는 그녀를 궁금한 듯이 쳐다보았다.

“메건에게 브랜디를 가져다준 사람이 없었나? 아니면 커피라든가 차 같은 것 말이야. 메건이 그녀를 발견한 뒤에 말이야.”

메건은 고개를 저었다.

나는 모든 시밍턴네 식구에게 저주를 퍼부었다. 점잔만 떠는 시밍턴이란 작자는 경찰에 연락해야겠다는 것밖에는 아무 생각도 하지 않았던 것이다. 엘시 홀랜드나 요리사도 감수성이 예민한 이 처녀가 그런 걸 발견하고 나서 어떤 충격을 받을지 전혀 생각해보지 않았던 것 같았다.

“이리 와. 함께 부엌에 가보자.”

우리는 집을 돌아 뒷문을 통해 부엌에 들어갔다. 통통하고 둥근 얼굴을 한 40대 여인인 로즈는 부엌 난롯가에서 진한 차를 마시고 있었다. 그녀는 가슴에 손을 얹고 줄기차게 지껄여대며 우리에게 인사했다.

그녀는 자기에게도 그런 끔찍한 일이 닥칠 것 같아서 몹시 가슴이 두근거린다고 말했다. 마치 그런 일이 자기에게도, 아니 혹은 이 집안사람들 누군가에게도, 잠들어 있는 사이에 일어날지도 모른다고 생각하는 것 같았다.

“메건 양에게도 차를 한 잔 진하게 타 주시지요. 그녀가 충격을 상당히 크게 받았다는 것을 당신도 알 거요. 그 시체를 발견한 것이 바로 그녀라는 사실을 잊지 말아요.”

시체라는 말 한마디가 로즈를 거의 뛰쳐나가게 할 뻔했으나, 내가 엄한 눈초리로 쳐다보자 진한 액체를 컵에 따라 부었다.

“자, 메건.” 내가 메건에게 말했다.

“이것을 마셔 봐. 브랜디 같은 것이 없을까요, 로즈?”

로즈는 상당히 미심쩍은 듯한 목소리로, 크리스마스 푸딩을 만들고 남은 요리용 브랜디가 조금 있다고 말했다.

"그거면 됩니다."

나는 그것을 받아서 메건의 잔에 조금 쏟아 부었다. 로즈도 좋은 생각이라고 여기는 듯했다.

나는 메건에게 로즈와 함께 있으라고 말했다.

"당신이 메건 양을 잘 돌봐주리라고 믿어도 되겠지요?"

내가 묻자, 로즈가 의기양양하게 대답했다.

"오, 물론이에요, 선생님."

나는 집 안으로 들어갔다. 로즈는 곧 자기가 음식을 좀 들고 기운을 차릴 필요가 있다는 것을 알게 될 것이고 메건도 마찬가지라는 것을 깨닫게 될 것이다.

망할 놈의 이 집 사람들은 어째서 그 처녀에게는 그토록 관심이 없을까?

내심 몹시 기분이 언짢은 상태에서 나는 엘시 홀랜드와 마주쳤다. 그녀는 나를 보고도 놀라지 않았다. 아마도 끔찍한 일로 누가 오고 가는지를 도통 잊어버렸나 보다. 버틀런드 순경이 현관문 옆에 서 있었다.

엘시 홀랜드가 헐떡이는 목소리로 말했다.

"오, 버튼 씨, 정말 끔찍한 일이에요! 대체 누가 그런 끔찍한 일을 저질렀을까요?"

"살인이었죠?"

"그래요. 그녀는 뒷머리를 얻어맞았답니다. 온통 피범벅이 된 머리카락……, 오! 너무나도 끔찍해요. 게다가 벽장 속에 처박혀 있었답니다. 누가 그렇게 악랄한 짓을 저질렀을까요? 무엇 때문에? 가엾은 아그네스! 내가 알기로는 그녀는 결코 누구도 해치지 않았어요."

"그런 문제가 아닙니다. 누군가가 그녀를 노리고 있다가 잽싸게 저지른 겁니다."

그녀는 나를 응시했다. 나는 그녀가 영리한 아가씨는 못 된다고 생각했다. 그러나 그녀는 상당히 대담했다. 그녀의 안색은 흥분으로 약간 고조되어 있었지만 평상시와 별로 다를 바가 없어서, 나는 그녀가 본질적으로는 친절한 마음씨를 가지고 있지만, 지금은 얼마간 소름끼치는 심정으로 이 드라마를 즐기는 것은 아닐까 생각하게 되었다.

그녀가 변명하듯이 말했다.

"나는 아이들한테 올라가 봐야겠어요. 그 애들이 놀라지나 않았는지 시밍턴 씨가 무척 걱정하고 있답니다. 그분은 나더러 그 애들을 보살펴 달라고 하시더군요."

"메건 양이 그 시체를 발견했다고 들었습니다만. 누군가가 그녀를 돌봐줘야 하지 않을까요?"

나는 엘시 홀랜드가 양심의 가책을 받은 것 같다고 느꼈다.

"오, 저런! 그 애에 대해서는 까맣게 잊고 있었네요. 그 애가 괜찮을지 모르겠군요. 그동안 너무나 바빴거든요. 경찰과 그밖에 일들 때문에요. 하지만 역시 내 불찰이죠. 불쌍한 사람, 그 애는 몹시 놀랐을 거예요. 즉시 가서 그 애를 돌봐야겠군요."

나는 화난 마음이 풀렸다.

"이제는 괜찮습니다. 로즈가 보살펴 주고 있거든요. 당신은 어서 아이들에게 올라가 보시죠."

그녀는 묘석처럼 하얀 이를 살짝 드러내면서 나에게 감사를 표하고는 서둘러 위층으로 올라갔다. 결국 아이들이 그녀의 의무였지, 메건은 아니었다. 메건은 그 누구의 책임도 아니었다.

엘시는 시밍턴의 귀여운 자식들을 돌봐주는 데 대한 보수를 받은 것이었다. 그녀가 그 애들만을 돌볼지라도 누구도 그녀를 탓할 수는 없으리라.

그녀가 계단 모퉁이를 돌아서는 순간, 그만 나는 숨을 죽이고 말았다. 잠시 나는 양심적인 보모 겸 가정교사 대신에 믿을 수 없을 정도로 아름다운 불멸의 승리의 여신을 본 듯했다.

그때 문이 열리고 내쉬 총경이 홀 안으로 들어왔다. 뒤에는 시밍턴이 따라오고 있었다.

"오, 버튼 씨! 지금 막 당신에게 전화하려던 참이었습니다. 당신이 여기 있다니 다행이군요."

내쉬 총경은 나에게 어째서 내가 이곳에 와 있는지를 묻지 않았다.

그는 고개를 돌려 시밍턴에게 말했다.

"괜찮다면 이 방을 사용하고 싶군요."

그 방은 저택 앞쪽에 창문이 하나 달린 조그만 모닝 룸이었다.

"오, 물론 되고말고요."

시밍턴의 태도는 상당히 당당했지만 그는 무척이나 지친 모습이었다.

내쉬 총경이 부드럽게 말했다.

"내가 당신이라면 아침을 조금 들겠습니다, 시밍턴 씨. 당신과 홀랜드 양, 그리고 메건 양은 커피나 달걀, 베이컨 등을 먹고 나면 기분이 훨씬 좋아질 겁니다. 살인이란 것은 빈 위장에는 그리 유쾌하지 않은 일이지요."

그는 사람을 안정시켜주는 가정 의사 같은 말투로 이야기했다.

시밍턴은 억지로나마 미소를 지으려고 애쓰며 말했다.

"감사합니다, 총경님. 당신의 충고에 따르도록 하지요."

내가 내쉬를 따라 작은 방으로 들어가자 그가 문을 닫았다.

그러고 나서 그가 내게 물었다.

"당신은 이곳에 아주 빨리 오셨군요? 어떻게 이곳에 오게 되었습니까?"

나는 메건이 나한테 전화를 걸었다고 말했다. 나는 내쉬 총경에 대해 호감을 느끼고 있었다. 그는 메건 역시 아침식사를 하는 것이 필요할 거라는 사실을 잊지 않았던 것이다.

"어젯밤에 당신이 전화를 걸었다고 들었습니다만, 버튼 씨, 그 아가씨에 대해 물어보셨다고요? 무슨 이유로 그랬습니까?"

그 질문은 어쩐지 좀 이상한 것 같았다. 나는 그에게 아그네스가 패트리지에게 전화를 걸어서 찾아오겠다고 했지만 결국 나타나지 않았다는 것을 말해주었다.

"그랬었군요, 알았습니다."

그는 뺨을 비비며 생각에 잠기더니 한숨을 쉬었다. 그러고는 말을 꺼냈다.

"글쎄요. 그것이 살인이라는 것은 명백합니다. 직접적이고 물리적인 행위로 행해진 살인이지요. 문제는 그 하녀가 과연 무엇을 알고 있었는가 하는 겁니다. 그녀가 패트리지에게 무슨 말이라도 했을까요? 뭐라고 구체적으로?”

“나는 그렇게 생각하지 않습니다. 하지만 당신이 그녀에게 직접 물어볼 수 있지요.”

“물론 이곳의 일이 끝나면 올라가서 물어봐야겠지요.”

내가 물었다.

“도대체 무슨 일이 일어난 겁니까? 아니면 당신도 아직 모르고 계시는 겁니까?”

“대개는 짐작합니다. 하녀들의 외출 날에…….”

“두 사건 모두?”

“그렇습니다. 이 집에 있는 두 하녀는 함께 외출하고 싶어 했고 시밍턴 부인도 그러라고 허락했던 것 같습니다. 그 두 하녀는 외출하는 날이 되면 늘 그런 식으로 나가곤 했던 모양입니다. 그런 날에는 이 집 사람들은 식당에 차려진 식은 음식을 먹었고, 홀랜드 양이 끓여주는 차를 마셨다는군요.”

“그랬군요.”

“그것은 한 가지를 아주 명확하게 해줍니다. 요리사 로즈는 네더 믹포드 출신인데 그곳에서 휴일을 보내려면 2시 30분 버스를 타야 합니다. 아그네스는 늘 점심을 하고 나면 식탁을 깨끗이 치워야 하지요. 로즈는 설거지 할 것들을 모두 모아 두었다가 저녁식사 뒤에 그릇을 씻곤 했답니다.

다음은 어제 일어났던 일입니다. 로즈는 2시 25분에 버스를 타러 떠났고, 시밍턴 씨는 2시 35분에 사무실로 떠났습니다. 엘시 홀랜드와 아이들은 2시 45분에 밖으로 나갔지요. 메건 헌터는 약 5분쯤 뒤에 자전거를 타고 나갔습니다. 아그네스는 그때 집에 혼자 있었을 겁니다. 내가 알아본 바로는, 그녀는 통상 3시에서 3시 30분 사이에 집을 나서곤 했답니다.”

“그렇다면 그때는 집이 텅 비었겠군요?”

“오, 이곳 사람들은 그런 것에 대해서는 걱정하지 않습니다. 이 지방에서는 문을 잠그지 않지요. 내가 말한 것처럼 2시 50분에 아그네스는 집에 혼자 있었습니다. 그녀가 나가지 않았다는 것은 우리가 시체를 발견했을 때 그녀의 모자와 앞치마가 그대로 있었던 것으로 봐서 분명해집니다.”

“사망시간을 대충 짐작하리라 생각하는데요?”

“그리피스 박사는 그에 대해 정확히 말해주지 않았습니다. 그냥 2시에서 4시 30분 사이라고만 하셨지요.”

“어떻게 살해당했습니까?”

“처음엔 뒷머리를 얻어맞고 기절했습니다. 그 뒤 끝이 날카롭게 선 부엌칼로 두개골 부위를 찔려서 즉사하게 된 게 분명합니다.”

나는 담배에 불을 붙였다. 그것은 그다지 유쾌한 장면이 아니었다.

“아주 냉혹한 짓이군요.”

“정말입니다. 정말로 지독한 걸 말해주는 거지요.”

나는 담배를 한 모금 깊숙이 빨아들였다.

“누가 그랬을까요? 그리고 동기는 무엇일까요?”

“내 생각으로는.” 내쉬가 천천히 말했다.

“동기가 무엇인지 정확하게 알아낼 수는 없을 것 같습니다. 그러나 추측은 할 수 있지요.”

“그녀가 무엇을 알고 있었기 때문일까요?”

“분명히 무엇인가를 알고 있었습니다.”

“그녀가 여기에 있는 누군가에게 어떤 암시 같은 걸 주지는 않았을까요?”

“내가 알아본 바로는 전혀 그렇지 않은 것 같더군요. 요리사가 그러는데 그녀는 시밍턴 부인이 죽은 이후로 줄곧 당황하면서 근심에 싸여 있었고 자기가 어떻게 해야 할지 모르겠다고 줄곧 말했다는군요.”

그는 잠시 화가 치미는 듯 한숨을 내쉬었다.

“언제나 그런 식이죠. 사람들은 우리에게 오려고 하지 않습니다. 경찰에 연루되는 일에 대해 아주 고질적인 편견을 갖고 있거든요. 만일 그녀가 우리에게 와서 자기 마음에 걸리는 것이 무엇인지 말해주었다면 그녀는 아마도 오늘 싱싱하게 살아 있었을 겁니다.”

“혹시 그녀가 다른 여자에게 어떤 힌트라도 주지 않았을까요?”

“전혀. 로즈가 그렇게 말해서 그런지는 몰라도 말이죠. 그러나 나는 그녀를 믿고 싶습니다. 그녀가 그렇게 했다면 로즈는 즉시 자신의 터무니없는 공상들까지 덧붙여서 떠들어댔을 테니까요.”

“그것참 미칠 노릇이군요. 도무지 알 수가 없으니 말입니다.”

“하지만 추측할 수는 있습니다, 버튼 씨. 다만 미리 말해두지만, 그것이 그렇게 명확하지는 못하다는 사실이지요. 그것은 당신이 곰곰이 생각하고 있는, 그러니까 당신이 점점 커진다고 말했던 불안감에 대해 추측해보는 것과 같은 종류일 수 있습니다. 내가 무슨 말을 하는지 아시겠죠?”

“물론입니다.”

“나는 그게 무엇인지 알고 있다고 생각합니다.”

나는 그를 존경스럽게 바라보았다.

“그거 정말 대단하시군요, 총경님.”

“아, 뭐 다 그런 거죠. 버튼 씨, 나는 당신이 모르는 것을 하나 알고 있습니다. 시밍턴 부인이 자살했던 그날 오후에 하녀들이 모두 외출했으리라고 여겨졌지요. 그러나 실제로는 아그네스는 집에 돌아와 있었습니다.”

“오, 그런 사실까지 알아냈군요?”

“물론이지요. 아그네스에게는 낚시 가게에서 일하는 렌들이라는 남자친구가 있습니다. 그는 수요일에는 일찍 문을 닫고 아그네스를 만나러 와서 함께 산책을 하거나 비가 올 때는 영화를 보곤 했지요. 그런데 그날은 만나자마자 말다툼을 했습니다. 익명의 편지 주인공이 아그네스가 다른 남자와 사귀고 있다는 편지를 보냈기 때문에 프레드 렌들이라는 청년은 몹시 화가 나 있었지요. 심하게 말다툼을 하고 아그네스는 집으로 돌아오며 프레드가 사과하지 않는 한 다시는 만나지 않겠다고 한 겁니다.”

“그래요?”

“버튼 씨, 부엌은 건물 뒤쪽에 있지만 식품 저장실에서는 지금 우리가 보는 곳을 내다볼 수 있습니다. 거기에는 출입구가 하나밖에는 없습니다. 그곳을 통해 현관으로 가거나 뒷문으로 가서 건물 저쪽에 있는 오솔길로 나갈 수 있습니다.”

그는 잠시 말을 멈추었다.

“이제 당신에게 말씀드리겠습니다. 그날 오후에 시밍턴 부인에게 온 편지는 집배원이 배달한 게 아닙니다. 우표가 붙어 있고 검은 잉크에 의한 가짜 소인이 교묘하게 찍혀 있었기 때문에 집배원이 배달한 것처럼 보였던 거지요. 그러나 그것은 집배원을 통해 배달된 것이 아니었습니다. 당신은 이게 무엇을 의미하는 것인지 아십니까?"

"그것은……." 내가 천천히 말했다.

"인편으로 오후 우편이 배달되기 전에 미리 우편함에 넣어졌던 것으로 나중에 다른 편지들과 함께 뒤섞이게 된 것이라고 할 수 있겠군요."

"바로 그렇습니다. 오후의 우편 배달은 약 3시 45분경에 배달되지요. 내 생각은 이렇습니다. 즉, 그 아가씨는 식품 저장실에서 창문을 통해 바깥을 내다보며(그곳은 관목들로 가려져 있지만 밖이 아주 잘 내다보이지요) 남자친구가 자기에게 사과하러 오지 않을까 지켜보고 있었던 겁니다."

"그때 그녀는 악의에 찬 편지를 배달한 사람이 누구인지 봤던 것이로군요."

"그것이 바로 내가 추측하는 바입니다, 버튼 씨. 물론 내가 틀릴 수도 있지만요."

"당신이 잘못 생각하고 있다고는 생각하지 않습니다. 그것은 간단한 문제지요. 그리고 충분히 설득력이 있기도 하지요. 아그네스는 익명의 편지의 주인공이 누구였는지 알고 있었을 겁니다."

제5장

공포

"물론이지요." 내쉬가 말했다.

"아그네스는 누가 그 편지들을 썼는지 알고 있었습니다."

"그렇다면 어째서 그녀는 신고하지 않은……?"

나는 말을 멈추고 미간을 찌푸렸다.

내쉬가 재빨리 말을 받았다.

"나는 그녀가 본 것이 무엇인지를 미처 깨닫지 못했었다고 생각합니다. 처음에는 말이지요. 그녀는 누군가가 이 집 우편함에 편지를 넣는 것을 봤지만, 그 사람을 익명의 편지와 결부시켜 생각한다는 것은 꿈에도 있을 수 없는 일이었을 겁니다. 그런 점에서 보면 그 사람은 전혀 의심이 가지 않는 그런 사람이겠지요.

그러나 그녀가 그 문제에 대해 생각하면 할수록 불안감은 점점 더 커졌겠지요. 그녀는 그 일에 대해 누군가에게 상의하고 싶었을 겁니다. 곤혹스러워하던 그녀는 바튼 양의 하녀인 패트리지(내가 듣기로는 어딘지 모르게 권위 의식이 있어 그녀의 판단이라면 주저 없이 받아들일 수 있다고 합니다)에게 자기가 어떻게 해야 할지 물어보기로 했던 겁니다."

"그래요, 바로 그겁니다." 나는 조심스럽게 말했다.

"아주 잘 들어맞는 추론입니다. 그리고 어찌어찌해서 익명의 편지의 주인공이 그 사실을 알아냈던 거지요. 그런데 어떻게 알아냈을까요, 총경님?"

"당신은 시골에서 살아 본 적이 없죠, 버튼 씨? 어떻게 소문이 퍼지게 되는지, 그것은 일종의 기적 같답니다. 우선 전화 통화를 생각할 수 있지요. 누가 그 말을 엿듣지는 않았습니까?"

나는 곰곰이 생각해보았다.

"내가 제일 처음 전화를 받았지요. 그러고는 패트리지에게 알려 주었고요."

"그 아가씨의 이름을 거론하면서?"

"물론, 그랬지요."

"누가 당신 말을 들었습니까?"

"내 여동생과 아마도 그리피스 양이 들었을 겁니다."

"오, 그리피스 양! 그녀는 그곳에서 무엇을 하고 있었습니까?"

내가 설명을 해주었다.

"그녀는 마을로 돌아간다고 했습니까?"

"우선 파이 씨 댁에 들를 거라고 했었지요."

내쉬 총경은 한숨을 쉬었다.

"그것이 바로 온 지역에 소문이 퍼지게 된 경로입니다."

나는 믿을 수가 없었다.

"당신은 그리피스 양이나 파이 씨가 일부러 그런 말을 남에게 퍼뜨렸을 거라고 생각합니까?"

"그런 정도면 이 지역에서는 새로운 소식이 됩니다. 당신에게는 이 사실이 놀랍겠지만 이런 작은 마을에서는 재봉사의 어머니에게 티눈이 났다면 모든 사람들이 그것에 대한 이야기를 듣게 될 정도랍니다. 그리고 이쪽에도 문제가 있지요. 홀랜드 양이나 로즈, 그들도 아그네스가 무슨 말을 했는지 들을 수 있었을 테지요. 또, 프레드 렌들이 있었습니다. 그날 오후 아그네스가 집으로 돌아갔다는 것이 그를 통해 퍼져 나갔을 수도 있거든요."

나는 흠칫 몸을 떨었다. 나는 창 밖을 내다보고 있었다. 눈앞에는 잘 손질된 잔디밭과 오솔길, 그리고 나지막하고 깔끔한 문이 보였다.

누군가가 문을 열고서 조금도 망설이지 않고 곧장 뜰 안으로 걸어 들어와 우편함에 편지를 집어넣었다. 나는 어렴풋이 내 마음의 눈으로 모호한 여인의 모습을 보았다. 얼굴은 알아볼 수 없었다. 하지만 그것은 내가 잘 아는 얼굴이 틀림없을……

내쉬 총경이 말을 이었다.

"그래도 그것은 범위를 좁힐 수 있는 단서가 됩니다. 우리는 언제나 이런 방법으로 시작해서 결국엔 범인을 잡게 되지요. 엄중하고도 끈기 있게 소거해나가는 것입니다. 이제 우리가 대상에 넣어 볼 사람들은 그리 많지가 않습니다.”

“무슨 말씀이신지?”

“오후 내내 근무하는 여점원들은 제외할 수 있지요. 그리고 여교장 역시 제외가 됩니다. 그녀는 학생들을 가르치고 있었거든요. 간호사도 마찬가지입니다. 나는 그녀가 어제 자리를 지켰다는 것을 알고 있습니다. 그들 중에서 누가 범인일 거라고 생각해본 적은 없지만, 어쨌든 이제는 확신할 수 있게 되었습니다.

아시겠지만, 버튼 씨, 우리는 한정시킬 수 있는 두 개의 확정된 시간대를 가지고 있지요. 어제 오후와 일주일 전 오후 시간이 바로 그것입니다. 즉, 시밍턴 부인이 죽은 것은 그날 오후 3시 15분(아그네스가 말다툼 끝에 집으로 돌아올 수 있는 가장 이른 시각)에서 집배원이 다녀갔을 4시 정각(집배원에 대해서는 보다 정확하게 시각을 맞출 수 있습니다)사이였습니다. 그리고 어제 2시 50분(메건 헌터 양이 집에서 떠난 시각)에서 3시 30분 혹은 아그네스가 옷을 갈아입지 않은 것으로 봐서 아마도 3시 15분 사이로 볼 수 있을 겁니다.”

“당신은 어제 무슨 일이 일어났을 거라고 생각합니까?”

내쉬는 얼굴을 찡그렸다.

“내가 무엇을 생각하느냐고요? 뭐 대강 이런 겁니다. 어떤 부인이 현관으로 걸어 들어와 벨을 누르고는 오후 방문객처럼 아주 침착하게 미소를 지으며……, 아마도 그녀는 홀랜드 양이나 혹은 메건 양이 있느냐고 물었거나 아니면 어떤 꾸러미를 들고 왔을 수도 있지요. 하여튼 아그네스는 명함이나 아니면 꾸러미를 받아들고 돌아섰을 테고, 숙녀처럼 보이는 우리의 방문객은 그녀가 전혀 예상치도 않고 있던 사이에 머리를 내리쳤을 테지요.”

“무엇으로 말입니까?”

내쉬가 말했다.

“이곳 부인들은 대개가 커다란 물건을 집어넣을 수 있는 손가방을 가지고 다닙니다. 그 안에 아무것도 들어 있지 않을 거라고 말할 수 있는 사람은 아마 한 명도 없을 겁니다.”

"그러고 나서 그녀의 목 뒷부분을 찌르고는 벽장에 집어넣었다는 겁니까? 여자에게는 힘든 일이 아니었을까요?"

내쉬 총경은 기묘한 표정을 지은 채 나를 쳐다보았다.

"우리가 추적하는 여성은 정상적인 여자가 아닐뿐더러, 벽장이 그리 멀리 떨어져 있는 것도 아니었고. 또한, 그처럼 정신적으로 불안한 사람들은 놀라운 힘을 발휘하게 될 수도 있지요. 그리고 아그네스는 그렇게 무거운 아가씨는 아니었습니다."

그는 잠시 멈추었다가 나에게 물었다.

"무엇이 메건 헌터 양으로 하여금 벽장 속을 들여다볼 생각을 하게 만들었을까요?"

"순전히 본능이었겠지요." 나는 이렇게 말하고는 물었다.

"무엇 때문에 범인은 그런 식으로 아그네스 양을 벽장 속에다 집어넣은 걸까요? 무슨 목적으로?"

"시체의 발견이 늦어지면 늦어질수록 정확한 사망시간을 알아내기 어려워지는 법입니다. 예를 들어 홀랜드 양이 들어오자마자 시체를 발견했다고 한다면 의사는 10분 내외로 그 오차를 줄일 수 있을 겁니다. 그러면 우리 숙녀분은 상당히 난처한 처지에 빠지게 되었을 테지요"

미간을 찌푸리면서 내가 말했다.

"그러나 만일 아그네스가 그 사람을 의심했다면……?"

내쉬는 내 말을 가로챘다.

"그렇지 않습니다. 문제는 그게 아닙니다. 그녀가 정말로 '수상하게' 생각했을 거라고 보십니까? 내 생각으로는, 그녀는 둔한 아가씨여서 단지 무엇인가가 잘못되었다는 느낌이 드는 막연한 의심을 품었을 겁니다. 그녀는 자신이 살인을 저지를 수도 있는 여인과 대면하고 있었다고는 추호도 의심하지 않았던 거지요"

"당신은 그것을 짐작했습니까?" 내가 물었다.

내쉬는 고개를 저었다. 그러고는 기분이 좋지 않은 듯 말했다.

"나는 알고 있었어야 했습니다. 그 자살 소동은 당신도 아시다시피 익명의 편지의 주인공을 무척이나 놀라게 하였지요. 그녀는 매우 놀란 겁니다. 공포란, 버튼 씨, 도무지 예측할 수 없는 겁니다."

그렇다. 공포! 우리는 그것을 예측했어야만 했다.

공포! 제정신이 아닌 사람의 두뇌에 대해……

"당신도 아실 거요."

내쉬 총경이 말을 꺼냈는데, 어쩐지 그의 말은 모든 것들을 무시무시하게 보이게 하였다.

"우리는 누군가 대단히 존경을 받은, 실로 훌륭한 사회적 지위를 가진 사람과 대면하고 있는 겁니다!"

이윽고 내쉬는 로즈와 한 번 더 면담을 해봐야겠다고 말했다. 나는 상당히 조심스럽게 함께 가도 되겠느냐고 그에게 물었다.

나의 당돌한 요청을 그는 기꺼이 받아들였다.

"당신의 협조를 진심으로 기쁘게 생각합니다, 버튼 씨."

"어쩐지 그 말은 좀 수상쩍게 들리는군요. 소설에서는 탐정이 누군가의 협조를 기꺼이 받아들이게 되면, 그 사람이 대개는 살인범이더군요."

내쉬는 잠시 웃음을 터뜨리고는 이렇게 덧붙였다.

"당신은 익명의 편지를 쓸 그런 타입이 아니랍니다, 버튼 씨."

그러고는 이렇게 덧붙였다.

"솔직히 말해서, 당신은 우리에게 많은 도움이 될 수 있습니다."

"기쁘기는 하지만 어째서 그런지는 알 수 없군요."

"당신이 이곳에서는 낯선 사람이라는 게 그 이유지요. 당신은 이곳 사람들에 대해 선입관을 가지고 있지 않습니다. 그리고 당신은, 이를테면 '사회적 교제'라는 걸 통해서 많은 사실을 알아낼 기회를 얻고 있습니다."

내가 중얼거리듯이 말했다.

"그 살인자는 훌륭한 사회적 지위를 가진 사람이지요."

"틀림없습니다."

"나보고 스파이 노릇을 하라는 겁니까?"

"찬성하시지 않는 겁니까?"

나는 그 말을 곰곰이 생각해보았다.

"아닙니다. 솔직히 말해서 그렇지 않습니다. 아무런 해도 끼치지 않는 여인을 자살하도록 충동질하고, 불쌍한 어린 하녀를 살해하는 그런 위험한 정신병자를 잡기 위해서라면 아무리 비열한 짓이라도 사양할 수가 없지요."

"당신이 옳게 보신 겁니다, 버튼 씨. 확실히 말씀드리겠는데 우리가 뒤쫓은 자는 위험한 인물입니다. 그녀는 똬리를 튼 방울뱀이나 코브라, 또는 검은 맘바만큼이나 위험한 여자지요."

나는 흠칫 몸을 떨면서 말했다.

"무척 서둘러야겠군요?"

"그렇습니다. 우리가 무기력하다고 생각하지 마십시오. 우리는 다방면으로 활동하고 있습니다."

그는 그 말을 으스스하게 내뱉었다.

나는 촘촘하고 광범위하게 펼쳐진 거미줄의 모습을 볼 수 있었다.

내쉬는 로즈와 이야기를 다시 나누어야겠다고 했다. 그는 그녀가 이미 두 번이나 다른 이야기를 했기 때문에 그녀를 좀더 추궁해보면 더욱더 진실의 실마리를 잡아낼 수 있을 것 같다고 말했다.

우리는 아침 설거지를 하고 있던 로즈를 찾아냈는데, 그녀는 즉시 하던 일을 멈추고 가슴을 움켜잡으며 아침 내내 몸이 찌뿌드드하다고 말했다.

내쉬는 그녀를 참을성 있게 대해 주면서도 한편으로는 엄하게 다루었다. 내게도 말했듯이, 처음에는 달래면서 말하다가 다음에는 엄하게 몰아붙였고, 이제는 그 두 가지를 섞어서 사용했다.

그녀는 봇물 터지듯이 지난 한 주간 아그네스의 태도를 소소한 일들까지도 과장해서 말했다. 아그네스가 무척이나 끔찍한 공포에 시달리는 것 같아서 로즈가 무슨 문제가 있느냐고 물으면, "내게 묻지 마세요." 하고 몸을 떨며 말했다고 했다.

"그녀가 나에게 말하면 곧 죽게 되기라도 할 것 같은 말투였답니다."

로즈는 다행스럽다는 듯이 눈을 굴리며 말을 끝냈다.

"그녀를 괴롭히는 것에 대해서 아그네스가 어떤 귀띔이라도 해주지 않았습니까?"

"전혀요. 그녀가 목숨 걱정을 했다는 것을 제외하고는요."

내쉬 총경은 한숨을 쉬며 전날 오후 행동에 대해 로즈가 자진해서 자세히 털어놓게 한 것만으로도 충분하다고 위로하며 그 문제에 대해서는 포기했다.

간단하게 설명하자면, 로즈는 2시 30분 버스를 타고 가서 가족과 함께 저녁 때까지 보낸 다음 8시 40분 버스로 네더 믹포드에서 돌아왔다는 것이다. 여기에 덧붙여 로즈는 오후 내내 심상치 않은 불길한 예감에 사로잡혀 있어서 그녀의 여동생이 왜 그러느냐고 묻기까지 했으며, 그녀는 시드 케이크(씨가 든 과자)를 한 조각도 먹을 수가 없었다는 등의 이야기들도 복잡하게 늘어놓았다.

부엌에서 나와 우리는 엘시 홀랜드를 찾아갔는데, 그녀는 아이들이 공부하는 것을 지켜보고 있었다.

언제나 그렇듯 엘시 홀랜드는 유능하고 친절했다. 그녀는 일어서서 말했다.

"자, 콜린, 브라이언과 이 세 문제를 풀도록 해요. 그리고 내가 돌아오면 대답할 수 있도록 준비해놓고."

그리고 나서 그녀는 우리를 육아실로 안내했다.

"여기가 어떻겠어요? 아이들 앞에서 이야기하지 않는 것이 좋을 것 같아서요."

"고맙습니다, 홀랜드 양. 다시 한 번 이야기해주시죠. 아그네스가 어떤 걱정이 있노라고 당신에게 한마디도 한 적이 없다고 확신했죠? 시밍턴 부인이 돌아가신 이후로 말입니다. 내 말뜻을 아시겠습니까?"

"물론이에요. 그녀는 아무 말도 한 적이 없어요. 매우 조용한 처녀였거든요. 아실 테지만, 말이 별로 없었지요."

"그렇다면 다른 사람의 말과는 전혀 다르군요!"

"그래요, 로즈는 지나치게 말이 많아요. 나는 가끔 그녀에게 주제넘은 짓을 하지 말라고 한답니다."

"좋습니다. 그럼, 어제 무슨 일이 있었는지 정확하게 말해주시겠습니까? 당신이 기억할 수 있는 모든 것을 말입니다."

"글쎄요, 우리는 보통 때처럼 점심을 들었어요. 1시 정각이었는데 우리는 약간 서둘렀지요. 나는 아이들이 게으름을 피우게 놔두지 않는답니다. 음, 그리고 시밍턴 씨는 사무실로 가셨고, 나는 아그네스를 도와서 저녁식사를 준비했어요. 아이들은 내가 데리러 갈 때까지 정원에서 뛰어놀고 있었지요.”

“당신은 어디에 갔었습니까?”

“콤 에이커로 들길을 따라갔어요. 아이들이 낚시를 하고 싶어 해서요. 그런데 미끼를 두고 와서 그것을 가지러 다시 돌아와야 했답니다.”

“그때가 몇 시였습니까?”

“그러니까, 우리는 2시 40분경에 출발했어요. 아니, 그보다 약간 늦었던가. 메건이 자전거를 타고 나가려 하고 있더군요. 그 애는 자전거에 아주 미쳐 있거든요.”

“내 말은 당신이 미끼를 가지러 돌아온 시각이 언제였느냐는 겁니다. 그때 집 안으로 들어왔습니까?”

“아뇨, 나는 그것을 집 뒤에 있는 온실에 놓아두었거든요. 그때 시각이 언제였는지는 잘 모르겠는데요. 아마 2시 50분쯤 되었을 거예요.”

“메건이나 아그네스를 보았습니까?”

“메건은 나갔을 거라고 생각해요. 아그네스는 보지 못했고요. 저는 아무도 보지 못했답니다.”

“그러고 나서 곧장 낚시하러 나갔습니까?”

“예, 우리는 개울을 따라 걸어갔어요. 하지만 아무것도 잡지 못했답니다. 별 성과가 없었지만 아이들은 좋아했어요. 브라이언은 옷을 흠뻑 적셨지요. 집에 돌아와서 그 애의 옷을 갈아입혀야 했거든요.”

“당신은 수요일에 차를 끓입니까?”

“예, 시밍턴 씨가 마실 차는 늘 거실에다 차려두지요. 그분이 돌아오시면 제가 차를 내와요. 아이들과 저는 공부방에서 마시고요. 차를 끓이는 도구들은 모두 그곳 벽장 속에 넣어둔답니다.”

“집에 돌아왔을 때가 몇 시였습니까?”

“4시 50분이었어요. 저는 아이들을 데리고 올라가 차를 준비하기 시작했어요. 5시에 시밍턴 씨가 돌아와서 저는 차를 가지고 내려갔지만 그분은 우리와 함께 공부방에서 마시겠다고 했답니다. 아이들은 무척 좋아했지요. 그러고 나서 우리는 동물잡기 놀이를 즐겼지요. 지금 와서 생각해보면 정말 모든 게 너무나도 끔찍한 것 같아요. 가엾은 그 아이가 줄곧 그 벽장 속에 죽은 채로 들어 있었으니 말이에요."

"누구든지 그 벽장을 사용합니까?"

"오, 그렇진 않아요. 단지 폐품 따위를 보관하는 데만 사용하는 걸요. 모자라든가 코트 같은 것은 당신들이 들어오는 현관 오른쪽에 있는 조그만 보관실에 걸어 둔답니다. 요 몇 달 동안은 그것 말고 다른 벽장을 사용한 사람이 전혀 없었을 거예요."

"알겠습니다. 그리고 말입니다. 당신은 혹시 집으로 돌아왔을 때 뭔가 좀 이상하다거나 아니면 비정상인 것 같다는 느낌은 받지 못했습니까?"

푸르고 아름다운 눈이 아주 크게 열렸다.

"오, 아뇨, 총경님. 그런 것은 전혀 없었답니다. 모든 것들은 평상시와 조금도 다름없이 아주 정상적이었어요. 그것이 바로 그토록 끔찍하게 여겨졌던 이유예요."

"그리고 일주일 전에도 아무런 이상이 없었습니까?"

"시밍턴 부인이 돌아가셨던 그날을 말씀하시는 것인가요?"

"그렇습니다."

"오, 그것은 끔찍한 일이었어요. 정말 너무나도 끔찍한 일이었답니다!"

"맞습니다. 그래요. 나도 알고 있습니다. 당신은 그날도 역시 오후 내내 밖에 있었습니까?"

"오, 물론이에요. 저는 언제나 오후에는 아이들을 데리고 밖으로 나가거든요—날씨만 좋다면. 우리는 아침에 공부해요. 그날 오후에 우리는 황무지로 올라갔는데 제가 기억하기로는 아주 멀리까지 걸어갔답니다. 너무 늦게 돌아온 게 아닌가 걱정했었는데, 왜냐하면 대문 안으로 들어섰을 때 길 저쪽에서 시밍턴 씨가 사무실에서 돌아오는 모습이 보였고 또한 그때까지 아직 주전자를 올려놓지 않았기 때문이었어요. 그렇지만 그때는 4시 50분밖에는 되지 않았었답니다."

"당신은 시밍턴 부인에게 올라가 보지 않았습니까?"

"오, 아니요. 저는 올라가 보지 않았답니다. 부인은 점심을 하신 다음에는 언제나 휴식을 취하곤 하셨거든요. 신경통으로 무척 고생하셨는데, 대개 식사한 다음에 특히 심했답니다. 그리피스 박사님은 부인에게 신경통 약으로 가루약을 주었어요. 부인은 자리에 누워서 잠을 자 보려고 애쓰곤 하셨답니다."

내쉬가 무심한 듯한 목소리로 물었다.

"그렇다면 그녀에게 우편물을 가져다주는 사람이 전혀 없었던가요?"

"오후 우편물을 말씀하시는 거예요? 아뇨, 제가 밖에서 돌아오면 우편함을 조사해보고 홀에 있는 탁자 위에 올려놓는답니다. 하지만 아주 가끔 시밍턴 부인이 직접 내려와서 자신의 우편물을 가져가기도 하셨어요. 부인이 오후 내내 주무시는 건 아니거든요. 보통 때는 대개 4시면 일어나시곤 했었답니다."

"당신은 그날 오후에 부인이 일어나지 않아서 그녀에게 이상이 있는 것이 아닌가 생각해보진 않았습니까?"

"오, 아뇨, 저는 꿈에도 그런 일이 있으리라고는 생각해보지 않았답니다. 그때 시밍턴 씨는 홀에서 코트를 벗어 걸고 있었고, 저는 그분에게 '차가 아직 준비되지 않았습니다. 하지만 주전자가 거의 끓을 때가 되었어요.'라고 말하자 그분은 고개를 끄덕이며 알았다고 대답하셨지요. 그러고는 '모나, 여보, 모나!' 하고 부인을 소리쳐 불렀어요. 그런데 시밍턴 부인이 대답하지 않자 그분은 위층에 있는 부인의 침실로 올라가셨답니다. 방에 들어가서 부인이 돌아가셨다는 사실을 안 시밍턴 씨는 더할 수 없는 충격을 받은 것 같았어요.

그분이 저를 찾길래 올라가 보았더니 '아이들을 이리 오지 못하게 해주시오.'라고 말씀하시더군요. 그러고 나서 그리피스 박사님께 전화를 걸었어요. 우리는 그만 주전자를 올려놓았던 것을 까맣게 잊고 있었는데 주전자는 밑바닥까지 새까맣게 타 버렸답니다! 오, 하나님, 정말 너무나도 끔찍한 일이었어요. 점심때만 하더라도 부인은 행복하고 즐거워하시는 것 같았는데 말이에요."

내쉬가 갑자기 물었다.

"부인이 그 편지를 받았다는 것에 대해 당신은 어떻게 생각하십니까, 홀랜드 양?"

엘시 홀랜드는 상당히 분개한 듯이 말했다.

“오, 그것은 정말 몹쓸 짓이었다고 생각해요. 정말 너무나도 추잡한 짓이죠!”

“물론, 그렇습니다. 하지만 나는 그런 뜻으로 물은 게 아닙니다. 당신은 그 편지의 내용이 진실이었을 거라고 생각했습니까?”

엘시 홀랜드는 단호하게 말했다.

“아뇨, 저는 정말로 그렇게 생각하지 않아요. 시밍턴 부인은 몹시 예민한 분이었어요. 정말로 아주 예민한 분이었어요. 부인은 정말 모든 일에 대해 신경 과민이셨답니다. 그리고 부인은 아주, 글쎄 뭐라고 할까, 아주 유별난 분이었다고 할 수 있어요.”

엘시는 갑자기 얼굴을 붉혔다. 그리고 다시 말을 이었다.

“그런……, 말할 수 없는 모욕이, 제 말은, 부인에게 커다란 충격을 준 것이 아닐까 생각해요.”

내쉬는 잠깐 침묵을 지키고 나서 그녀에게 물었다.

“당신도 그러한 편지를 받았습니까, 홀랜드 양?”

“아뇨, 그렇지 않아요. 저는 그런 것을 받은 적이 없답니다.”

“확실합니까? 부디(그는 한 손을 들었다), 서둘러 대답하지는 마십시오. 그런 편지들을 받는다는 일이 그리 유쾌한 일이 못 된다는 것을 잘 알고 있습니다. 그리고 간혹 사람들은 자신이 그런 편지들을 받았다는 사실을 인정하고 싶어 하지 않는답니다.

하지만 그것은 이번 사건에서 우리가 알고 있어야 할 매우 중요한 문제입니다. 우리도 그 편지의 내용이 터무니없는 거짓말투성이라는 사실을 너무나도 잘 알고 있으니 조금도 당황하실 필요가 없습니다.”

“그렇지만 저는 받지 않았어요, 총경님. 정말 받지 않았단 말이에요. 그런 것은 전혀 받아 본 적이 없다고 말씀드리는 거예요, 아시겠어요?”

그녀는 아름다운 눈에 눈물이 그렁그렁 맺힐 정도로 몹시 화를 냈다. 그녀의 완강한 부인은 거짓말이 아닌 것 같았다.

그녀가 아이들에게로 돌아갔을 때 내쉬는 말없이 창 밖을 내다보며 서 있었다.

"글쎄요." 그가 입을 열었다.

"그건 그렇다고 칩시다! 그녀는 그러한 편지들을 한 통도 받지 않았다고 했습니다. 그녀의 말은 사실인 것 같이 들리는군요."

"그녀가 편지들을 받지 않았다는 것은 틀림없어요. 나는 확신합니다."

"흠, 내가 알고 싶은 것은 어째서 그 악마가 그녀는 그냥 내버려뒀느냐 하는 겁니다. 도대체 그 이유가 무엇일까요?"

내가 그를 쳐다보자, 그는 다소 조바심을 내며 계속 말을 이었다.

"그녀는 예쁜 아가씨입니다, 그렇지 않습니까?"

"단순히 예쁘다기보다는 훨씬 그 이상이지요."

"물론입니다. 솔직히 말씀드리자면, 그녀는 흔히 볼 수 없는 미모를 소유하고 있지요. 게다가 그녀는 젊습니다. 그러니 그녀는 익명의 편지를 쓴 주인공이 노려볼 만한 먹이가 아닐까요? 하지만 도대체 무슨 까닭으로 그녀에게는 마수가 뻗치지 않은 걸까요?"

나는 고개를 저었다.

"그것은 정말 흥미 있는 일이라는 걸 당신도 알 테지요. 나는 그 문제에 대해 그레이브스에게 한번 거론해봐야겠습니다. 그는 우리에게 누구든지 편지를 받지 않은 사람이 있다면 자기에게 알려 달라고 부탁했거든요."

"그녀는 두 번째 사람이 되겠군요." 내가 말했다.

"그녀 말고도 에밀리 바튼이 있다는 사실을 잊지 마십시오."

내쉬는 보일 듯 말 듯하게 빙그레 웃으며 말했다.

"당신은 남이 하는 이야기들은 도무지 의심해보지 않는 것 같군요, 버튼 씨. 바튼 양은 그런 편지를 한 통, 아니 한 통 이상 받았던 것이 틀림없습니다."

"어떻게 당신이 그 사실을 알고 있습니까?"

"그녀와 함께 사는 그 헌신적인 수호신, 그녀의 하녀라고 하던가? 요리사라고 하던가? 아무튼 그 여자가 내게 이야기해줬답니다. 이름이 플로렌스 엘포드라고 하던가요? 그녀는 그 일에 대해 말할 수 없이 화를 내고 있더군요. 할 수만 있다면 그 작자의 피라도 마실 듯이 말입니다."

"그렇다면 도대체 무슨 이유로 에밀리 양은 그러한 편지를 받지 않았노라고

한 걸까요?”

“그것은 미묘한 감정상의 문제지요. 편지들에서 사용된 단어는 도무지 고상한 말이라고는 없으니까요. 바른 양은 될 수 있으면 상스럽고 품위가 없는 일들을 피하며 살아왔습니다.”

“그 편지에는 무슨 말이 쓰여 있었습니까?”

“뭐 다 그렇고 그런 것이지요. 그녀의 경우는 정말 터무니없는 내용이었답니다. 이왕 말이 나온 김에 하는 말인데, 그 내용은 그녀가 자기 어머니와 언니, 동생들을 독살했을 거라는 내용이었답니다!”

나는 도저히 믿을 수 없다는 듯이 말했다.

“그렇다면 당신은 그토록 위험한 정신병자가 곳곳에서 계속 일을 꾸미고 있는데도 도무지 그 여자의 정체를 알아낼 수 없다고 하시는 겁니까?”

“아니, 반드시 그 여자의 정체를 밝혀낼 겁니다.”

내쉬는 엄숙한 목소리로 덧붙였다.

“그녀는 계속해서 많은 편지를 보낼 테니까요.”

“하지만 내 생각으로는 더 이상 편지를 보내지 않을 텐데요. 이제는 더 이상 이런 짓을 하지 않을 겁니다.”

그는 나를 쳐다보았다.

“오, 그렇게 생각할 수도 있겠죠. 하지만 그녀는 계속 보낼 겁니다. 이해하실지 모르겠습니다만, 그녀는 이제 와서 하던 짓을 멈출 수가 없을 겁니다. 그녀의 행동은 병적인 욕망이기 때문이지요. 그 편지들이 계속해서 날아들 것이라는 사실에 대해서는 의심할 여지가 조금도 없습니다.”

나는 그 집을 떠나기 전에 메건을 찾아보았다. 그녀는 정원에 있었는데 이제는 거의 평상시 모습으로 되돌아온 것 같았다. 그녀는 나를 보자마자 아주 쾌활하게 인사했다.

나는 그녀에게 다시 우리 집으로 함께 돌아가지 않겠느냐고 물었지만, 그녀는 잠시 주저한 끝에 고개를 저으며 말했다.

“정말 고마운 말씀이지만, 나는 여기 남아 있어야겠어요. 결국, 저……, 글쎄요, 뭐라고 말해야 할지, 아무튼 이곳은 역시 우리 집이거든요. 그리고 아마도 아이들을 돌보는데도 다소나마 도움이 될 수 있을 것 같아요.”

“글쎄, 아가씨 좋을 대로 하는 수밖에 없지.”

“그래요. 나는 여기 있겠어요. 그리고 저, 내가……”

“그래, 무슨 말인데?” 내가 재빨리 물었다.

“저, 만일에 말이에요. 만일에 무슨 끔찍한 일이라도 벌어지게 되면 내가 당신에게 전화를 걸게요. 나는 도무지 어찌해야 좋을지 모를 것 같아서요. 그러면 와주시겠죠?”

나는 마음속으로 뭉클한 느낌을 받았다.

“물론 오고말고. 하지만 도대체 무슨 끔찍한 일이 일어날 거라고 생각하는 거지?”

“오, 나도 잘 모르겠어요.”

그녀는 도무지 갈피를 못 잡는 것 같았다.

“어쩐지 바로 오늘 같은 일이 또 일어날 것만 같아요. 그런 일이 다시 일어나지 않을까요?”

“무슨 쓸데없는 생각을! 다시는 그런 소리 말아요!”

내가 소리쳤다.

“그리고 더 이상 시체 따위에 대해서는 염두에 두지도 말고. 그것은 메건에게 좋은 일이 못 돼.”

그녀는 잠시 나에게 환한 미소를 지었다.

“물론 나도 알아요. 그것이 좋지 않다는 것을. 너무나도 소름끼치는 일이었어요.”

나는 그녀를 내버려두고 떠나는 것이 썩 마음에 내키지 않았지만, 결국 누가 뭐래도 그녀 말대로 그곳은 그녀의 집이었다. 그리고 이제는 엘시 홀랜드도 그녀에 대해 좀더 책임을 느끼게 되지 않았을까 하고 생각해보았다.

내쉬와 나는 함께 리틀 퍼스 저택으로 올라갔다. 내가 조애너에게 아침에 있었던 일들에 대해 설명해주는 동안 내쉬는 패트리지를 물고 늘어졌다.

이윽고 그는 몹시 낙담한 표정으로 우리에게 왔다.

“그녀에게는 도움이 될 만한 게 전혀 없어요. 그녀 말에 따르면 아그네스는 무슨 일인가에 대해 걱정하고 있었는데 어떻게 해야 좋을지 몰라서 패트리지 양의 충고를 듣고 싶다고 말했다는 겁니다.”

조애너가 물었다.

“패트리지는 그 사실을 누군가에게 말한 적이 있다고 하던가요?”

내쉬는 엄숙한 표정을 지으며 고개를 끄덕였다.

“그렇습니다. 그녀는 에머리 부인, 당신네 파출부인 그 여자에게 이야기했다고 하는군요. 자기보다 나이가 많은 사람의 충고는 기꺼이 받아들이기야 하지만, 무슨 일이든 자기네들 스스로 즉석에서 처리할 생각은 도무지 하지 않는 그런 젊은 여자들이 상당수 있는 것 같더군요. 아그네스는 그다지 현명한 아가씨는 아니었지만, 상당히 겸손하고 어떻게 처신해야 할지를 잘 알고 있었던 것 같아요.”

“사실이지 패트리지는 그때 몹시 의기양양해 하고 있었답니다.”

조애너가 중얼거리듯이 말했다.

“에머리 부인이 그 사실을 온 마을에 퍼뜨리고 다닌 모양이군요?”

“틀림없이 그럴 겁니다, 버튼 양.”

“상당히 궁금한 사실이 하나 있습니다. 도대체 무슨 이유로 내 동생과 내가 그 편지의 대상에 포함되었을까요? 우리는 이곳에선 이방인에 지나지 않고 또한, 우리에게 원한을 품고 있을 만한 사람도 없을 것 같은데요.”

“그 미친 작자가 건전한 심성을 가지고 있을 거라고 여기는 것은 잘못된 생각입니다. 이용할 수 있는 것이라면 무엇이든 가리지 않기 때문이지요. 그들의 원한은 인간성에 대한 것이라고 할 수 있지요.”

조애너가 신중하게 말했다.

“내 생각으로는 그런 생각은 바로 데인 캘드로프 부인이 언젠가 말했던 것과 똑같은 생각인 것 같군요.”

내쉬가 그게 무슨 소리냐고 묻는 듯한 시선으로 조애너를 쳐다보았지만, 그녀는 아무런 설명도 해주지 않았다.

“당신이 받았던 편지 봉투를 자세히 살펴본 적이 있습니까, 버튼 양? 만일에 그렇다면 그것이 실제로는 바튼 양 앞으로 적혀 있었던 것인데, 나중에 바튼(Barton)의 'a'를 'u'로 바꾸어 버튼(Burton)으로 고친 것일 수도 있다는 사실을 알 수 있을 텐데요."

그 말을 제대로만 해석할 수 있다면, 전체 사건에서 좋은 실마리가 될 수도 있었다. 그렇기는 하지만 우리는 아무도 그 속에 들어 있는 의미를 깨닫지 못했다.

이윽고 내쉬가 떠나고 둘만 남자 조애너가 입을 열었다.

"그 편지가 실제로 에밀리 양에게 보내질 의도로 쓰였다고는 생각하지 않죠, 오빠?"

"'당신은 얌전한 체하는 매춘부에 지나지 않아……'라고 한 말을 보면 전혀 그렇지 않다고 볼 수도 없는 것 같아."

내가 그 점을 지적하자 조애너도 동감을 표시했다. 그러고 나서 그녀는 나에게 마을에 내려가 보는 게 어떻겠냐고 했다.

"오빠는 사람들이 무슨 이야기들을 하는지 들을 수 있을 거예요. 틀림없이 오늘 아침에 일어난 사건에 대해서 떠들어댈 테니까요!"

나는 조애너에게 함께 내려가지 않겠느냐고 물었지만 뜻밖에 조애너가 거절하는 바람에 다소 놀랐다. 그녀는 정원을 좀 손질해야겠다고 했다.

나는 잠시 현관에 멈추어 서서 나지막한 목소리로 그녀에게 말했다.

"나는 패트리지가 어딘가 좀 이상하다고 생각해."

"패트리지!"

조애너의 목소리에 깃든 놀라움이 나로 하여금 그런 생각을 했다는 것에 대해 부끄러움을 느끼게 했다.

나는 황급히 변명하듯 말했다.

"아니, 그냥 좀 이상하다고 여겼던 것뿐이야. 그녀는 어떤 면에서 보면 상당히 기묘한 여자잖아. 아주 근엄한 노처녀인데다 어딘지 종교적인 광신에 빠진 것 같은 그런 부류의 사람이거든."

"이것은 종교적인 광신 같은 게 아니에요. 오빠가 나에게 이야기했던 그레이브스의 의견이 어느 정도는 일리가 있어요."

"글쎄, 그의 말은 섹스광이라는 것이지. 그 두 가지는 서로 매우 밀접하게

연관되어 있는 거라고 나는 생각해. 그녀는 매사에 자중하고 겸손할 줄도 알
며 또한 몇 년간 이 집에서 나이 많은 부인네들과 함께 갇혀 지내 왔었지.”

“도대체 어떻게 해서 오빠는 그런 생각을 하게 되었죠?”

“글쎄다. 우리는 그 일에 대해 단지 그녀의 일방적인 말만 들었을 뿐이지.
사실 아그네스가 그녀에게 무슨 말을 했었는지 알 게 뭐야? 가령, 아그네스가
패트리지에게 어째서 그날 자기네 집에 와서 편지를 남겨 두고 갔었는지를 물
어보았다고 치면, 아마도 패트리지는 그날 오후에 그녀에게 들러서 설명해주
겠다고 대답했을지도 모르는 일이잖아.”

“그렇게 하고 나서는 우리에게 와서 그 아가씨가 이곳에 와도 좋겠냐고 물
어봄으로써 그 사실을 은폐했을 수도 있다는 말이군요?”

“그렇지.”

“하지만 그녀는 그날 오후에 결코 밖에 나가지 않았어요.”

“너는 그것을 확신할 수 없어. 그때 우리는 밖에 있었다는 사실을 기억해야
지.”

“그렇군요. 그것도 있을 수 있는 일이에요.”

조애너는 그 문제에 대해 깊이 생각해보는 것 같았다.

“하지만 나는 그렇게 생각하지 않아요. 나는 패트리지가 그토록 교묘하게
그 편지들에서 자신의 흔적을 지울 정도로 머리가 뛰어나다고는 생각할 수 없
어요. 지문과 그밖에 모든 흔적을 깨끗이 없애버릴 수 있다고는 말이에요. 그
건 오빠가 생각하는 정도로 단순한 속임수와는 문제가 달라요. 그것은 고도의
기술적인 지식이라고요. 나는 그녀가 그런 것을 알고 있으리라고는 도저히 생
각할 수 없어요. 내가 생각하기로는……”

조애너는 잠시 망설이다가 천천히 덧붙였다.

“그게 모두 정말 여자가 한 짓이 틀림없을까요?”

나는 도무지 믿을 수가 없다는 투로 소리쳤다.

“남자의 소행이라고 생각하는 건 아니겠지?”

“아니, 평범한 남자는 아닐 거예요. 하지만 좀 별난 남자라면 가능할 수도
있지 않겠어요? 사실 말이지 나는 파이 씨가 아닐까 생각하고 있다고요.”

“파이 씨가?”

“오빠 그 사람이 범인일 가능성은 생각지 않은 모양이군요? 그는 어쩌면 외롭고 불행하고 또 악의로 가득 차 있는 그런 부류의 사람일 수도 있어요. 누구든 그를 대하면 웃음이 나오게 되리라는 건 오빠도 잘 알 거예요. 오빠 그가 마음속으로 정상적인 행복을 누리는 모든 사람들을 증오하고 있으며, 그들을 훼방 놓음으로써 기묘하고도 뒤틀어진 즐거움을 누리고 있다는 사실을 눈치 채지 못했나 보군요?”

“하지만 그레이브스는 분명히 중년의 노처녀가 범인일 거라고 말했어.”

“파이 씨도, 중년의 독신이에요.”

내가 천천히 말했다.

“그 사람은 그런 짓을 하기에는 도무지 어울리지가 않아.”

“물론 그렇다고 볼 수도 있죠. 그는 부자이기는 하지만 돈은 아무런 도움도 될 수 없어요. 나는 그가 어쩐지 정신적으로 불균형 상태에 있는 것 같다고 느끼고 있어요. 그는 무엇엔가 겁을 잔뜩 집어먹은 사람이에요.”

“그 사람도 편지를 받았다는 사실을 잊지 마라.”

“그게 정말인지 알 수가 없잖아요.” 조애너가 지적했다.

“우리가 단지 그렇게 믿은 것에 지나지 않아요. 그 사람이 연극을 꾸미는 건지도 모르잖아요?”

“우리의 도움을 받으려고 그런단 말이냐?”

“그래요. 그는 그런 생각을 하면서도 또한, 그런 사실을 드러내지 않을 정도로 현명한 사람이에요.”

“그렇다면 그는 아마도 일급 배우에 속할 게다.”

“그렇기는 하지만 오빠, 이런 일을 하는 사람은 누구이든 간에 일급 배우가 되어야 할 거예요. 그렇게 해야만 다소나마 즐거움을 누릴 수 있는 것 아니에요?”

“조애너, 제발 그렇게 무엇이나 다 아는 듯이 말하지 마라! 네 말을 듣고 있으면 정말 그렇게 느껴지는구나! 마치 네가 사람들의 정신 상태에 대해 도통한 것 같이 말이야.”

"아니요, 그렇게 말할 수도 있다고 생각해요. 나는 사람들의 심리 상태를 들여다볼 수 있다고요. 만일 내가 조애너 버튼이 아니고, 만일 내가 젊지도 않고 적당히 괜찮은 외모도 갖고 있지 않으며, 또 생활도 재미있게 보내지 못한다면, 만일 내가(글쎄 어떻게 말해야 좋을지 모르겠군요), 우리에 갇혀서 다른 사람들이 즐겁게 살아가는 모습을 지켜보고 있다면, 나에게는 자신을 괴롭히고 학대하며 더 나아가서는 파멸시키고 싶게 하는 암울하고 사악한 충동이 일어나게 되지 않겠어요?"

"조애너!"

나는 그녀의 어깨를 잡고 흔들었다.

그녀는 여린 한숨을 내쉬며 몸을 가볍게 떨고는 나에게 미소를 지었다.

"내가 오빠를 놀라게 했나 보군요, 제리? 하지만 나는 그런 가정이야말로 이 문제를 해결할 수 있는 지름길이라고 생각하고 있답니다. 오빠는 그 사람의 처지가 되어서 과연 그들이 어떻게 생각하며, 무엇이 그들로 하여금 그러한 행동을 하게 만드는 것인지 알아봐야 해요. 그러고 나면 아마도 그들이 다음에 어떤 행동을 할 것인지 알게 될 거예요."

"오, 맙소사!" 내가 부르짖듯이 말했다.

"나는 조용히 전원생활을 즐기며 시시콜콜한 시골 스캔들에나 관심을 기울이려고 이곳에 내려왔어. 시시콜콜한 시골 스캔들! 하지만 온통 비열하고 추잡한 소리로 가득 찬 중상모략과 살인사건이 나를 기다리고 있다니……!"

조애너의 말이 맞았다. 거리는 온통 그 사건에 관심이 있는 사람들로 가득 차 있었다. 나는 차례대로 모든 사람들의 반응을 알아보기로 작정했다.

우선 나는 그리피스를 만났다. 그는 말할 수 없이 피곤하고 지쳐 보였다. 그도 그럴 만했다. 살인이란 확실히 의사에게만 일상적으로 닥치게 되는 그런 일이 아니었지만, 그의 직업은 그로 하여금 재난 사건을 포함한 대부분의 사건에서 인간성의 추악한 일면과 죽음이라는 필연적인 사실에 직면하게 한 것이다.

"안색이 무척 나빠 보이는군요."

"내가요?" 그는 멍청한 표정을 지었다.

"오! 아마도 최근에 일어난 사건들에 대해 다소 걱정하고 있었기 때문일 겁니다."

"우리의 정신병자도 포함해서 걱정했나 보군요?"

"그거야 물론이지요."

그는 내게서 시선을 거두고는 거리 쪽을 쳐다보았다. 나는 그의 눈꺼풀이 미미하게 신경질적으로 떨리는 것을 보았다.

"당신은 그 일에 대해 짚이는 사람이 없습니까? 범인이 과연 누구일까요?"

"전혀. 도무지 알 수가 없어요. 나도 그것을 알았으면 좋겠군요."

그는 갑자기 조애너의 안부에 대해 묻고는, 잠시 망설이다가 그녀가 보고 싶어 할 만한 사진을 몇 장 가지고 있다고 말했다.

나는 그것을 그녀에게 전해 주겠다고 했다.

"오, 그럴 필요는 없습니다. 나중에 그쪽으로 지나가는 길에 들를까 생각 중이거든요."

나는 그리피스가 그 일(조애너가 그에게 관심을 보였던 일)을 잘못 받아들인 게 아닌가 걱정되기 시작했다. 조애너, 못돼먹은 것 같으니라고! 하긴, 그리피스는 그녀의 전리품으로 전락하기에는 지나치게 똑똑한 친구였다.

나는 그의 누나가 다가오는 것을 보고는, 그녀와 이야기를 하고 싶어서 그를 보냈다. 에이미 그리피스는 이것저것 다 생략하고 본론부터 이야기를 시작했다.

"정말이지 너무나도 충격적인 사건이었어요!"

그녀가 우렁찬 목소리로 외쳐 대며 말했다.

"내가 듣기로는 당신이 그곳에 있었다고 하던데요. 그것도 아주 일찍부터가 있었다고요?"

그 말 속에는 어떤 의문이 들어 있었다. 또한, '일찍부터'라는 말을 강조할 때 그녀의 눈동자는 반짝 빛이 났다. 나는 그녀에게 메건이 전화를 걸어왔었다고 말하고 싶지는 않았다.

"왠지 나는 어젯밤에 다소 마음이 편치 못했답니다. 그 처녀가 우리 집으로 차를 마시러 오기로 했었는데 오지 않았기 때문이었죠. 그래서 아침 일찍 그 집에 갔던 겁니다.”

“그렇다면 당신은 정말 끔찍한 공포를 직접 겪었겠군요? 당신은 정말 예리해요!”

“그렇습니다. 마치 내가 인간 경찰견이라도 된 듯싶습니다.”

“이번 사건은 우리가 라임스톡에서 겪은 첫 번째 살인이랍니다. 그 충격이란 이루 헤아리기 어려울 정도예요. 경찰이 그 시체를 제대로 다룰지나 모르겠어요.”

“그 점에 대해서는 걱정하지 않습니다. 그들은 시체를 다루는 데는 전문가들이거든요.”

“그녀가 열두 번도 더 문을 열어 주었던 것 같은데도 나는 도무지 그 처녀가 어떻게 생겼는지 기억할 수가 없어요. 조용하고 별로 두드러진 데가 없는 자그마한 처녀였던 것 같아요. 먼저 그녀의 머리를 내려쳐 기절시킨 다음 목뒤를 찌른 거라고 오웬이 말하더군요. 내 생각으로는 그녀의 남자친구가 범인인 것 같아요. 당신은 어떻게 생각하세요?”

“그게 당신이 얻은 해답입니까?”

“가장 그럴듯한 추측이라고 생각되지 않으세요? 그들 사이에는 격심한 말다툼이 있었을 거라고 생각해요. 이 근처에는 근친으로 태어난 자식들이 있는데, 그들 중 상당수에 좋지 않은 피가 흐르고 있다는군요.”

그녀는 잠시 멈추었다가 다시 말을 이었다.

“내가 듣기로는 메건 헌터가 그 시체를 발견했다고 하던데요? 그게 그녀에게는 상당한 충격이었을 거예요.”

나는 간단하게 대꾸했다.

“그렇습니다.”

“그녀를 위해서 그리 바람직한 일이 결코 못 된다고 생각해요. 내 생각에는 그녀는 정신적으로 별로 강하지 못한 것 같은데 그런 일은 그녀를 완전히 정신이 나가게 할 수도 있거든요.”

나는 갑자기 한 가지 결심을 하게 되었다. 나는 그녀에게 무언가 알아보기로 했다.

"한 가지 물어볼 것이 있는데요, 그리피스 양. 메건에게 어제 집으로 돌아가도록 설득한 게 당신이 아니었나요?"

"글쎄요, 내가 그녀를 설득했다고 딱 잘라 말할 수는 없지요."

나는 내 생각을 계속 밀고 나가기로 했다.

"하지만 당신이 그녀에게 뭐라고 했던 게 아닙니까?"

에이미 그리피스는 발을 단단하게 고정하고 나를 뚫어지게 바라보았다. 그녀는 어딘지 모르게 방어 태세를 취하는 것 같았다.

"그건 조금도 바람직한 게 못돼요. 젊은 여자가 자신의 책임을 회피한다는 것은 말이에요. 그녀는 아직 어리고 또한 세상에서 어떻게 떠들어대고 있는지 도통 모르고 있기 때문에, 그녀에게 넌지시 알려 주는 게 내 의무라고 여겼던 거예요."

"떠들어대다니—오!"

나는 너무도 화가 치밀어서 도저히 말을 계속할 수가 없었다.

에이미 그리피스는 그녀의 특징인, 사람을 미치게 하는 그 유들유들하고 자신만만한 태도로 계속 말해 나갔다.

"오, 분명히 말씀드리지만, 세상에 떠돌아다니는 헛소문에 모두 귀를 기울일 필요는 없어요. 그래요! 나는 사람들이 무슨 말들을 하는지 잘 알고 있답니다. 하지만 내 말을 좀 들어 보세요 나는 그런 소문 속에 진실이 들어 있다고는 한 번도 생각해본 적이 없어요. 단 한 번도 없단 말이에요! 그러나 당신은 사람들이 무슨 말을 하는지 모를 거예요. 사람들은 비뚤어진 심보로 고약한 말을 늘어놓고 있답니다. 정말이에요! 당신은 그 내용을 알고 있어야 해요. 그리고 또한 그녀가 살기 위해 돈을 번다는 것은 어쩌면 불행이라고도 할 수 있지요."

나는 어리둥절해하며 물었다.

"그녀가 살기 위해 돈을 번다니요?"

에이미가 계속 말을 이었다.

"당연히 그에게는 견디기 어려운 형편이겠지요. 그리고 나는 그녀가 바르게 처신했다고 생각합니다. 내 말은 그녀가 아무도 돌봐줄 사람이 없는 그 아이들을 그대로 내버려두고 잠시라도 주의를 게을리할 수 없었을 거라는 거예요.

그녀는 훌륭하게 처신을 해왔어요. 정말이지 너무나도 훌륭하게 말이죠! 나는 모든 사람들에게 그렇게 말한답니다. 하지만 그녀는 정말 거북한 입장에 놓여 있는 것이 사실이고, 또한 사람들도 그렇게 말할 거예요.”

내가 물었다.

“대체 당신은 누구에 대해 이야기하는 겁니까?”

에이미 그리피스는 조바심을 내며 말했다.

“아, 그거야 엘시 홀랜드에 대해서 말하는 거죠. 내 생각으로는 그녀는 정말로 훌륭한 아가씨이며, 오직 자신이 할 일만을 충실하게 해왔던 것 같아요.”

“그런데 사람들은 그녀에 대해 뭐라고 하던가요?”

에이미 그리피스는 웃음을 터뜨렸다. 그 웃음은 상당히 불쾌하게 생각하는 듯한 웃음이었다.

“사람들은 그녀가 벌써 두 번째 시밍턴 부인이 될지도 모른다는 가능성에 대해 점쳐 보는 거라고 말하고 있어요. 그녀는 온갖 수단을 다 동원해서 그 가엾은 홀아비를 위로하며, 그가 자기에게 도저히 의지하지 않을 수 없게 하고 있다고 말이에요.”

“하지만…….”

나는 정신적으로 상당한 충격을 느끼며 말했다.

“시밍턴 부인이 죽은 지 이제 겨우 일주일밖에 지나지 않았잖습니까!”

에이미 그리피스는 내 말에 동감한다는 듯이 어깨를 으쓱했다.

“물론 그렇지요. 그건 정말 너무나도 어처구니없는 소리예요! 하지만 당신은 사람들이 그 일에 대해 뭐라고 하는지 알아야 해요! 홀랜드라는 아가씨는 젊고 아름다워요. 그것도 그냥 아름답다는 정도가 아니라는 말이에요. 그리고 내 말 좀 들어 보세요. 가정교사가 된다는 것이 젊은 아가씨들에게는 그리 바람직한 것은 아니잖아요? 나는 사실 그녀가 안정된 가정과 남편을 원하고 그것을 위해 그녀가 동원할 수 있는 온갖 수단을 다 쏟아 붓는다 하더라도 뭐라고 탓할 수가 없을 거라고 생각해요.”

그녀가 다시 말을 이었다.

“물론 가엾은 시밍턴은 이러한 사실에 대해서는 전혀 생각지도 못하고 있어요. 그는 아직도 아내의 죽음에서 완전히 벗어나지 못하고 있답니다. 하지만 당신도 남자들이란 게 어떤 존재인지 잘 알 거예요. 그 아가씨가 계속 그 집에 머무르면서 그를 편안하게 해주고 세심하게 보살펴주며 또한 눈에 띌 정도로 아이들에게 헌신적으로 대해 준다면……, 글쎄요, 그렇게 된다면 그는 결국 그녀에게 의지하게 되지 않겠어요?"

나는 조용하게 말했다.

"그렇다면 당신은 엘시 홀랜드가 그런 꿍꿍이를 품은 천박한 여자라고 생각한다는 겁니까?"

에이미 그리피스는 얼굴을 붉혔다.

"천만에요. 절대로 그렇게 생각하진 않아요. 나는 다만 그 아가씨가 정말 안됐다고 생각할 뿐이에요. 사람들이 그토록 야비한 소리를 지껄여대니 말이죠. 바로 그것이 내가 메건에게 집으로 돌아가야 할 거라고 말했던 이유랍니다. 딕 시밍턴이 그 아가씨와 둘이서만 함께 지내는 것보다는 메건이 함께 있어주는 게 사람들이 보기에 더 나을 것 같아서요."

나는 그때야 비로소 모든 것이 이해되기 시작했다.

에이미 그리피스는 그녀 특유의 유쾌한 웃음을 터뜨렸다.

"당신은 놀라셨을 거예요, 버튼 씨. 말하기 좋아하는 조그만 동네 사람들이 무슨 생각을 하는지를 듣고 나니 어떠세요? 당신에게 이 말만은 해줄 수 있어요. 그들은 항상 나쁜 쪽으로만 생각한다는 사실을 말이죠."

그녀는 한바탕 웃음을 터뜨리고는 고개를 까딱해 보이고는 거리 저쪽으로 성큼성큼 걸어갔다.

나는 교회 옆에서 파이 씨를 만나게 되었다. 그는 에밀리 바튼과 이야기하고 있었는데, 상당히 흥분한 것 같았다.

파이 씨는 나를 보자 더할 수 없이 반갑다는 표정을 지으며 인사했다.

"아, 버튼 씨, 안녕하십니까? 정말 말할 수 없이 반갑군요! 그래, 당신의 매력적인 여동생은 잘 있습니까?"

나는 그에게 조애너는 잘 있다고 말해주었다.

"당신들은 마을 회의에 참석하지 않으셨더군요? 우리는 새로운 소식을 듣고 싶어서 모두 마음이 들떠 있답니다. 살인사건이라! 정말로 일요신문에 우리 마을에서 일어난 살인사건이 실리게 되다니! 범죄 중에서도 가장 치졸한 범죄 같아요. 어쩐지 추악한 냄새가 풍깁니다. 그 연약한 하녀를 그토록 무자비하게 살해하다니! 그 범행에 대해서는 도저히 좋게 봐 줄 구석이 하나도 없어요. 정말 아직도 믿어지지 않습니다.”

바튼 양이 떨리는 목소리로 말했다.

“그 사건은 충격적인……, 정말로 충격적인 사건이에요.”

파이 씨는 그녀를 돌아보았다.

“그렇지만 당신은 그것을 즐기는 것 같은데요, 부인. 당신은 그것을 은근히 즐기고 있을 겁니다. 자, 솔직히 말해보세요. 물론 그 범인을 비난하고 죽은 사람에 대해 몹시 안됐다고 말은 하면서도 묘한 흥분 같은 걸 느끼는 게 아닙니까? 나 역시도 거기에서 숨 막히는 스릴을 느끼고 있답니다.”

“무척이나 착한 아이였는데……” 에밀리 바튼이 말했다.

“그녀는 세인트 클로틸스 보육원에서 우리 집에 왔었답니다. 아무것도 모르는 순진한 아이였어요. 하지만 가르쳐 주는 대로 일을 잘 배웠답니다. 결국 그녀는 충분히 자기 몫을 해낼 수 있는 하녀가 되었지요. 패트리지도 그녀에 대해 무척 만족해했어요.”

내가 재빨리 끼어들었다.

“그녀는 어제 오후에 패트리지와 차를 마시러 오기로 했었답니다.”

나는 파이 씨 쪽으로 고개를 돌리고 말했다.

“에이미 그리피스 양이 당신에게 이야기했을 텐데요?”

나는 전혀 무관심한 어조로 말했고, 파이 씨는 겉으로 보기에는 아무런 의심도 하지 않는 듯이 대답했다.

“맞아요. 그녀가 그 일에 대해 말했답니다. 그녀는 하인들이 주인의 전화를 함부로 사용하는 것이 뜻밖이라고 말했지요.”

에밀리 양이 말했다.

“패트리지는 아마도 그런 짓을 한다는 것은 꿈에도 생각해본 적이 없었을 거예요. 그리고 나도 실은 아그네스가 그런 짓을 했다는 것을 듣고는 무척 놀랐답니다."

"당신은 시대에 뒤떨어져 있는 겁니다, 부인." 파이 씨가 말했다.

"우리 집 하인 부부는 전혀 아랑곳하지 않고 상시로 전화를 사용하며, 내가 제발 좀 그만두라고 할 때까지 집 안을 온통 담배 연기로 가득 채운답니다. 그렇지만 감히 그들에게 뭐라고 나무랄 수가 없어요. 비록 신경질적이기는 하지만 프레스코트는 뛰어난 요리사이고, 또한 프레스코트 부인도 집안일을 처리하는데 더할 나위 없이 솜씨가 좋거든요."

"정말 그것은 사실이에요. 우리는 모두 당신이 아주 운이 좋은 사람이라고 생각한답니다."

나는 대화가 자질구레한 집안일들로 빠져 들어가게 되기를 원치 않았기 때문에 얼른 끼어들었다.

"살인사건에 대한 소문이 순식간에 온 사방으로 퍼져 나갔나 봅니다."

파이 씨가 말했다.

"물론, 물론이지요. 푸줏간 주인, 빵집 주인, 양초 공장 등등 모르는 사람이 없어요. 라임스톡은 온갖 소문들로 가득 차 있어요. 아! 이제는 완전히 몰락해 가는 겁니다. 익명의 추잡한 편지들, 살인사건, 결국 범죄로 가득 찬 곳이 되어 버리고 말았잖아요."

에밀리 바튼이 신경질적으로 대꾸했다.

"사람들은 그렇게 생각하지 않아요. 그 두 사건이 서로 연관되어 있을 거라고는 전혀 생각하지 않아요."

파이 씨는 그 생각에 대해 반박을 했다.

"그건 깊이 생각해볼 가치가 있는 문제입니다. 그 처녀는 무엇인가를 알고 있었고 그 때문에 살해당했던 겁니다. 그렇습니다. 그것이 바로 가장 합리적인 생각인 겁니다."

"나는 도저히 그렇게 생각할 수가 없어요."

에밀리 바튼은 뜻밖에도 그렇게 말하고는 획 돌아서서 아주 빠른 걸음으로 가버렸다.

파이 씨는 그녀의 뒷모습을 지켜보았다. 그의 천사 같은 얼굴은 당혹감으로 잔뜩 찌푸려져 있었다.

그는 다시 나를 돌아다보며 부드럽게 고개를 흔들었다.

"참으로 감상적인 여인이에요. 매력적이기도 하지요. 당신은 그렇게 생각하지 않습니까? 완전히 구시대의 소중한 유물 같은 존재이지요. 아시겠지만, 그녀는 자기에게 맞는 시대에 사는 것이 아니에요. 그녀는 그보다 전 시대에 사는 것이죠. 그녀의 어머니는 아주 강한 성격의 여인이었을 겁니다. 그 노부인은 자기 가족들을 1870년대에 살도록 시간을 맞추어 놓았던 것이죠. 가족 모두가 유리 상자에 갇혀 지냈던 겁니다. 나는 그러한 유물 같은 존재를 찾아내는 걸 좋아한답니다."

나는 시대적인 유물 따위에 대해 이야기를 나누고 싶지 않았다.

"당신은 이번 사건에 대해 어떻게 생각하십니까?"

"무슨 말인지……?"

"익명의 편지들, 살인……."

"우리 마을에 몰아닥친 범죄에 대해 말입니까? 당신은 어떻게 생각합니까?"

내가 유쾌하게 말했다.

"내가 먼저 당신에게 물어보았는데요?"

파이 씨가 점잖게 말했다.

"아시다시피, 나는 일반적인 상례에 벗어난 것들을 연구하고 있습니다. 그러한 것들만이 나에게는 관심이 있죠. 겉으로 보기에는 도무지 그럴 것 같지 않은 사람들이 전혀 예상 밖의 행동을 하기도 하거든요. 리지 보어든 사건을 그 한 예로 들 수가 있어요. 그 사건에는 사실 합리적으로 설명할 수 있는 근거가 없습니다. 이번 사건에서 내가 경찰에게 충고할 수 있다면, 나는 그들에게 사람들의 성격을 연구해보라고 말해주고 싶습니다. 지문이나 필적을 감정하려고 현미경 따위를 들여다볼 생각을 말라는 거지요. 그 대신에 사람들의 손놀림은 어떠하며, 또한 사소한 버릇들과 식사는 어떤 식으로 하는지, 그리고 만일에 사람들이 가끔 분명한 이유도 없이 웃는다면 바로 그러한 점들을 주목해서 보라는 말입니다."

나는 눈썹을 치켜세웠다.

"미친 사람?"

"아주 완전히 미친 사람이지요." 파이 씨는 덧붙였다.

"그러나 당신은 그것을 결코 알아볼 수 없을 겁니다!"

"그게 누구입니까?"

그의 눈이 내 눈과 마주쳤다. 그는 미소를 지었다.

"아니요, 그건 안 됩니다, 버튼 씨. 그것은 중상모략이 될 수도 있어요. 우리는 더 이상 사람들을 중상모략할 수는 없습니다."

그는 가벼운 걸음걸이로 거리를 내려갔다.

의심

　내가 파이 씨의 뒷모습을 지켜보며 서 있을 때, 교회 문이 열리며 캘립 데인 캘드로프 목사가 밖으로 나왔다.
　그는 나를 보고 미소를 지었다.
　"안녕하십니까, 미스터 저……."
　내가 그를 도와주었다.
　"버튼이라고 합니다."
　"아, 그렇군요, 맞아요. 당신은 아마도 내가 당신을 기억하지 못한다고 여기실지 모르겠습니다만, 잠깐 당신 이름이 내 기억 속에서 사라졌던 모양입니다. 참으로 화창한 날씨로군요, 그렇지 않습니까?"
　나는 다소 퉁명스럽게 대답했다.
　"그렇군요."
　그는 나를 가만히 응시했다.
　"그런데 어찌된 영문인지……, 그 무슨 일인가가 있었죠? 오, 그렇군요. 시밍턴 씨 댁에서 일하던 가엾고 불행한 아이 때문에 그리 유쾌하지가 못하군요. 나는 그 사실을 도무지 믿을 수가 없답니다. 우리 마을에 살인자가 있다는 사실을 말입니다. 그러니까, 저……, 버튼 씨."
　"그 말은 상당히 환상적으로 들리는군요." 내가 말했다.
　그는 몸을 내 쪽으로 기울이며 말했다.
　"그밖에 또 다른 이야기들도 내 귀에 들어왔습니다. 내가 듣기로는 온 마을에 익명의 편지들이 날아들고 있다고 하던데, 당신도 그것에 대한 무슨 소문을 들어 보셨습니까?"
　"네, 들었습니다. 정말 가장 비열한 짓입니다."

그는 잠시 말을 멈추고는 생각에 잠겼다가 장황한 라틴 인용구들을 물줄기처럼 늘어놓기 시작하더니 내게 물었다.

"호라티우스(고대 로마의 시인)의 말이 적절하다고 생각지 않습니까?"

"정말 아주 적절한 표현이로군요." 내가 대답했다.

그곳에는 더 이상 이야기를 나눌 만한 사람이 없는 것 같아서, 나는 그 사건에 대해 시시콜콜한 의견 중에서 다소나마 도움이 될 만한 것은 없을까 생각에 잠겼다. 그 바람에 그만 담배와 셰리주 한 병을 놓아둔 채 집으로 돌아오고 말았다.

"추잡한 떠돌이 패들의 소행임이 분명해요."

사람들은 마치 평결이라도 내리듯이 말했다.

"문 앞에 다가와서 그들은 적선 좀 해달라고 애걸하다가 그 집에 있는 사람이라고는 하녀 하나뿐이라는 사실을 알게 되면 추잡한 본성으로 되돌아가게 되는 겁니다. 내 누이동생 도라가 콤 에이커 너머에 살고 있는데, 그녀도 끔찍한 일을 겪었답니다. 곤드레만드레 술에 취했던 그 작자가 저속한 싸구려 시집을 계속해서 사라고 조르더니만……."

그 이야기는 그렇게 계속되다가 결국에 가서는 용감한 도라가 용기를 내어 그 남자 앞에서 문을 쾅하고 닫고 안으로 도망쳐서 어떤 잘 알 수 없는 은신처(이 말을 언급할 때는 상당히 미묘한 느낌을 받았는데, 내가 생각하기로는 아마도 화장실을 말하는 것 같았다)에 숨어 있었다는 것으로 끝을 맺었다.

"그녀는 그곳에서 자기 주인이 돌아올 때까지 숨어 있었답니다!"

나는 점심시간 몇 분 전에 리틀 퍼스 저택으로 돌아왔다. 조애너는 우두커니 아무것도 하지 않으면서 거실 창가에 서 있었는데, 마치 그녀의 생각들은 몇 마일 저쪽에 떨어져 있는 것처럼 보였다.

내가 물었다.

"도대체 무슨 생각을 그리 골똘하게 하고 있었니?"

"오, 나도 잘 모르겠어요. 그냥 별로 대수롭지 않은 것들이에요."

나는 베란다로 나갔다. 의자 두 개가 철제 테이블 쪽으로 당겨져 있었고, 테이블 위에는 빈 셰리주 잔이 두 개 놓여 있었다.

나는 한동안 얼떨떨한 시선으로 의자 위에 있는 물건을 바라보았다.

"대체 이게 뭐냐?"

"오, 그건 아마도 병에 걸린 비장(脾臟)이나 뭐 그런 사진이에요. 그리피스 박사는 내가 그것을 보고 싶어 할 거라고 생각했던 모양이에요."

나는 다소 관심을 두고 그 사진을 들여다보았다. 모든 남자들은 저마다 각각 나름대로 여성을 유혹하는 수단을 가지고 있다. 하지만 나라면 이처럼 병든 비장 사진이라든가 하는 것으로 여성을 유혹하지는 않을 것이다. 의심할 것도 없이 이것은 조애너가 갖다 달라고 한 것이 분명했다!

"보기에 그리 좋은 것 같지는 않구나."

조애너도 정말 그렇다고 대꾸했다.

"그리피스는 좀 어떻더냐?"

"그 사람은 지치고 몹시 우울해 보였어요. 마음속에 무슨 걱정거리가 있는 것이 아닌가 싶어요."

"뭐, 도저히 치료할 수 없는 비장이라도 있는 게 아닐까?"

"주책없는 소리 좀 하지 말아요. 나는 진심으로 하는 소리란 말이에요."

"나는 그 남자가 마음속에 품은 걱정거리는 바로 너에 대한 것이라고 말하고 싶은데, 네가 그를 이젠 놔주었으면 싶구나, 조애너."

"오, 제발 입 좀 다물어요. 나는 아무것도 한 게 없단 말이에요."

"여자들은 언제나 그런 식으로 말하는 법이지."

조애너는 화를 발칵 내며 베란다에서 뛰쳐나갔다.

병에 걸린 비장 사진은 햇빛 속에서 오그라들기 시작하고 있었다. 나는 그것을 살짝 집어서 거실로 가지고 들어갔다. 그것은 나에게는 조금도 흥미가 없었지만 그리피스에게는 소중한 보물과도 같은 존재일거란 생각이 들었다.

나는 그 사진을 책갈피 사이에 끼워서 평평하게 눌러 두려고 몸을 굽혀 책장 맨 밑바닥에서 두꺼운 책을 한 권 끄집어내었다. 그것은 어느 목사의 설교집으로 대단히 두꺼운 책이었다.

그 책은 갑자기 내 손에서 자연스럽지 못하게 양쪽으로 펼쳐졌다. 나는 어째서 그렇게 된 것인지 곧 그 이유를 알게 되었다. 그 책 중간에 상당한 부분의 페이지가 깨끗하게 잘려나가 있었던 것이다.

나는 그 책을 들여다보며 우두커니 서 있었다. 다시 표지를 살펴보았다. 그것은 1840년에 인쇄된 것이었다.

전혀 의심할 바가 없는 것 같았다. 나는 잘려나간 부분으로 익명의 편지들이 작성되었을 거라고 생각하며 그 책을 들여다보았다. 과연 누가 그 부분을 잘라 냈을까?

글쎄, 우선 제일 먼저 생각해볼 수 있는 것은 에밀리 바튼이었다. 그녀가 아마도 가장 가능성이 많은 사람일 것이다. 아니면 패트리지일지도 모르고.

그러나 또 다른 가능성도 생각해볼 수 있었다. 그 페이지들은 누군가 이 방에 혼자 있었던 방문자, 이를테면 에밀리 양을 기다리며 이 방에 앉아 있던 사람에 의해 잘려나갔을 수도 있었다. 그게 아니라면 사업상의 일로 찾아왔던 누군가에 의해 잘려나갔을 수도 있다.

아니, 사실 그런 가능성이란 극히 있을 수 없는 일이다. 어느 날인가 은행원이 나를 만나러 찾아왔을 때, 패트리지가 그를 집 뒤쪽에 있는 조그만 서재로 안내했던 것을 본 적이 있었다. 그것은 사무적인 일로 방문하는 사람들을 그 서재로 안내하는 것이 이 집의 관례라는 사실을 명백하게 보여 주는 것이었다.

초대받은 손님이었을까? 경찰에서는 '훌륭한 사회적 신분'을 가진 사람일 거라고 말했었다. 그러면 파이 씨였을까? 아니면, 에이미 그리피스? 데인 캘드로프 부인은 아니었을까?

종소리가 들려서 나는 점심을 먹으러 아래층으로 내려갔다. 점심 뒤에 거실에서 조애너에게 내가 발견한 것을 보여 주었다. 우리는 있을 수 있는 모든 가능한 상황들에 대해서 검토해보았다. 그러고 나서 나는 그것을 경찰에 넘겨주기로 마음을 굳혔다.

경찰은 그 발견으로 크게 사기가 진작되었고, 결국 나는 행운을 가져다주는 사나이로 불리게 되었다. 그레이브스는 자리에 없었지만 내쉬가 있어서 그 사람에게 전화로 연락했다. 그들은 그 책에서 지문을 채취하고자 했지만 내쉬는 거기에서 뭔가 알아내리라고는 기대하지 않았다. 아니, 그가 기대하지 않았을 거라고 말할 수 있다.

거기에는 내 지문과 패트리지의 지문 외에는 다른 사람들의 지문이라고는 전혀 없었는데, 그것은 패트리지가 성실하게 그 책의 먼지를 털어냈다는 것을 의미하는 것이다.

내쉬는 나와 함께 다시 언덕으로 올라갔다.

나는 그에게 일이 어떻게 진척되어 가고 있느냐고 물었다.

"우리는 지금 범위를 좁혀 가는 중입니다, 버튼 씨. 혐의가 없을 것 같은 사람들은 제외하고 있지요."

"아, 그렇군요. 그렇다면 누가 남아 있습니까?"

"진치 양이 있지요. 그녀는 어제 오후에 어떤 집에서 한 손님과 만나기로 한 약속이 있었답니다. 그 집은 콤 에이커로 이르는 길에서 얼마 떨어지지 않은 곳에 있는데, 그 길은 시밍턴 씨 댁으로 통하는 길이지요. 그녀는 왔다 갔다 하는 도중에 그 집을 지나쳤을 겁니다. 1주일 전, 익명의 편지가 배달되고 시밍턴 부인이 자살했던 바로 그날은 그녀가 시밍턴 씨의 사무실에서 근무했던 마지막 날이었습니다.

시밍턴 씨는 처음엔 그녀가 오후 내내 사무실을 떠나지 않았다고 생각했지요. 그는 그날 오후 내내 헨리 러싱턴 경과 함께 있었는데 여러 번 벨을 울려서 진치 양을 불렀다고 합니다. 하지만 나는 그녀가 3시에서 4시 사이에 사무실을 비웠다는 사실을 알고 있습니다. 그녀는 고액권의 인지가 다 떨어져서 그것을 사려고 밖으로 나갔던 겁니다. 사환이 갈 수도 있었지만, 그녀는 머리가 아파서 바깥 공기를 좀 쐬고 싶다고 말하고는 자기가 가겠다고 했답니다. 뭐 그리 오랫동안 나가 있지는 않았지만요."

"그렇지만 그 일을 하기에는 충분했겠지요?"

"그렇습니다. 마을 저쪽 끝으로 가서 우편함에 편지를 집어넣고 급히 돌아오기에는 충분한 시간이었습니다. 하지만 누군가가 그녀를 시밍턴 씨 댁 근처에서 보았다는 사람이 있는지 아직 알아내지 못했다는 걸 말씀드려야겠군요."

"그것을 본 사람들이 있을까요?"

"있을 수도 있고, 없을 수도 있지요."

"그밖에 또 의심이 가는 사람이 누구입니까?"

내쉬는 앞쪽을 아주 똑바로 바라보았다.

"우리는 그 누구도 제외할 수가 없다는 사실을 당신도 이해하실 겁니다. 그 누구도 절대."

"물론이죠. 나도 그것을 잘 알고 있습니다."

그는 엄숙한 표정으로 말했다.

"그리피스 양은 어제 소녀단 일로 브렌튼에 갔었습니다. 그녀는 예정보다 상당히 늦게 그곳에 도착했다고 하더군요."

"당신은 그렇게 생각하진……."

"오, 물론 그렇게 생각하진 않습니다. 하지만 결코 알 수 없는 일이지요. 그 리피스 양은 아주 건전하고도 건강한 정신을 가진 여성처럼 생각됩니다만 그 러나 그건 결코 알 수 없는 일이라고 할 수 있지 않습니까?"

"일주일 전에는 어떠했습니까? 그녀가 우편함에 그 편지를 집어넣었을 수도 있었을까요?"

"그것도 가능한 일입니다. 그녀는 그날 오후에 시내에서 쇼핑하고 있었거든 요."

그는 잠시 말을 멈추고 생각에 잠겼다가 다시 말을 이었다.

"그것은 에밀리 바튼 양에게도 마찬가지로 적용됩니다. 그녀는 어제 오후 일찍 쇼핑하러 외출했었습니다. 그리고 일주일 전에는 친구들을 만나러 시밍 턴 씨 댁으로 통하는 길을 걸어갔었고"

나는 도저히 믿을 수 없다는 듯이 고개를 저었다. 리틀 퍼스 저택에서 페이 지가 잘려나간 책이 발견되었다는 사실은 그 저택의 소유자를 직접적으로 지 목하도록 범위를 한정시킨다는 것을 나도 알고는 있었지만, 내가 기억하기로 는 어제 에밀리 양이 돌아왔을 때는 무척이나 명랑하고, 행복하고, 흥분된 표 정을……

빌어먹을! 그것은 온통 흥분된……, 그렇다. 그것은 몹시 흥분된 표정이었다! 뺨을 온통 핑크빛으로 물들이고 그녀의 눈은 광채를 띠고 있었다. 무슨 이유인지는 알 수 없지만……그 이유를 알 수 없는…….

내가 탁한 목소리로 말했다.

"제기랄! 이번 사건은 도무지 종잡을 수가 없군요! 정말 기분이 좋지 않습니다. 어떤 것을 보고, 무슨 생각을 하든……."

내쉬도 같은 생각을 하고 있다는 듯이 고개를 끄덕였다.

"그렇습니다. 정신병자일지도 모르는 범인과 대치하고 있다는 것은 그리 유쾌한 일이 못 되지요."

그는 말을 멈추고 잠시 생각에 잠겼다가 다시 말을 이었다.

"그리고 파이 씨도……."

내가 날카롭게 말했다.

"당신은 그를 의심하고 있습니까?"

내쉬는 미소를 지었다.

"오, 물론입니다. 우리는 그를 줄곧 염두에 두고 있었지요. 그는 아주 괴상한 성격을 가지고 있는데 뭐 별로 훌륭한 성격이라고는 할 수 없죠. 그는 알리바이가 전혀 없습니다. 두 번 모두 정원에 혼자 있었다고 합니다."

"그렇다면 당신들은 단지 여성들만 의심하는 것이 아니로군요?"

"나는 그 편지를 남자가 작성했다고는 생각하지 않습니다. 사실 말씀드리자면, 나는 그것이 남자의 소행이 아니라는 것을 확신하고 있습니다. 그것은 그레이브스도 마찬가지입니다. 하지만 파이 씨만은 예외입니다. 다시 말씀드리자면, 그는 비정상적으로 여성적인 기질을 지니고 있기 때문입니다. 아무튼 우리는 어제 오후에 모든 사람들의 행적을 체크하고 있답니다. 알다시피, 살인사건이기 때문이죠. 당신은 전혀 혐의가 없습니다. 행적이 확실하거든요."

그는 싱긋이 웃어 보이며 이야기를 계속했다.

"당신 여동생도 마찬가지죠. 시밍턴 씨는 사무실에 들어간 이후로 그곳을 떠나지 않았으며, 그리피스 박사는 시밍턴 씨 댁과는 다른 방면으로 왕진을 나갔었다고 하는데, 우리는 그가 왕진을 들렀던 곳을 모두 조사해보았습니다.

아시겠지만, 우리는 모든 것을 철저히 해야 하거든요.”

그는 잠시 말을 멈추었다가 다시 미소를 지으며 이야기를 계속했다.

나는 천천히 물어보았다.

“그렇다면, 당신은 그들 세 사람으로 범위를 좁힌 겁니까? 파이 씨, 그리피스 양, 그리고 바튼 양. 이 세 사람으로 말입니다.”

“오, 아뇨 그렇진 않습니다. 우리는 그 밖에도 두 사람을 더 추가하고 있습니다. 그중에는 교구목사님의 부인도 포함되어 있지요.”

“그녀에게도 혐의를 두고 있다고요?”

“우리는 모든 사람들을 빠짐없이 검토해봤습니다만, 특히 데인 캘드로프 부인은 좀 지나칠 정도로 이번 사건에 대해 공개적으로 관심을 기울이고 있더군요. 내가 무슨 말을 하는지 아실지 모르겠군요. 그렇다고 하더라도 역시 그녀도 범행을 저질렀을 가능성이 충분히 있습니다. 그녀는 어제 오후에 새들을 관찰하며 숲 속에 있었다고 하는데 새들은 그녀를 위해 말해줄 수가 없거든요.”

오웬 그리피스가 경찰서 안으로 들어오자 그는 휙 돌아다보았다.

“안녕하십니까, 내쉬. 오늘 아침 나에게 물어볼 게 있어서 들렀다고 들었습니다만, 그래, 뭐 중요한 일입니까?”

“금요일에 심리가 열리게 되었습니다만, 당신은 괜찮으실지 모르겠습니다, 그리피스 박사님.”

“좋습니다. 모어스비와 내가 오늘 밤 우체국장과 만나 밀린 일을 처리하도록 하지요.”

내쉬가 말했다.

“한 가지 더 말씀드릴 게 있습니다, 그리피스 박사님. 시밍턴 부인이 무슨 가루약을 복용하고 있었는데, 당신이 그녀에게 처방해준 것이라고 하던데요?”

그는 말을 멈추었다.

오웬 그리피스가 궁금한 듯이 물어보았다.

“무슨 말씀이신지?”

“그 가루약을 과용하게 되면 치명적인 결과를 가져올 수도 있습니까?”

“그렇지 않습니다.” 그리피스가 냉담하게 말했다.

“정량보다 25배가량을 복용하지 않는 한 말이지요!”

“하지만 당신이 언젠가 그녀에게 그 약을 복용하면 안 된다는 주의를 주었다고 홀랜드 양이 내게 말하더군요.”

“아, 그건, 좋습니다. 시밍턴 부인은 자기에게 지어 준 약이라면 무엇이든지 과용하는, 두 배로 복용하게 되면 두 배 이상으로 효과가 있을 거라고 생각하는 그런 여자였습니다. 당신도 사람들이 비록 페나세틴(진통 해열제)이나 아스피린일지라도 과용하는 것을 원치 않을 겁니다. 그것은 심장에 좋지 않기 때문이지요. 그리고 사인에 대해서는 전혀 의심할 바가 없습니다. 그건 청산가리에 의한 사망이었습니다.”

“아, 그것은 나도 잘 알고 있습니다. 당신은 내 말을 제대로 이해하지 못하는 것 같군요. 나는 단지 당신이라면 자살을 기도할 때 청산가리를 먹기보다는 차라리 수면제를 과용하는 쪽을 택할 거라고 생각했던 거지요.”

“오, 물론 그렇습니다. 그렇지만 한편으로는 청산가리가 더 극적이고 또한 목적을 이루는데도 아주 확실하죠. 예를 들어 바르비투르산염에 대해 말씀드리자면, 복용한 지 얼마 지나지 않아서 금방 치명적인 상태에 이르게 되지요.”

“잘 알았습니다. 고맙습니다, 그리피스 박사님.”

그리피스가 돌아가고 나서 나도 내쉬에게 인사를 하고 나왔다.

나는 천천히 걸어서 집으로 올라갔다. 조애너는 집에 없었다. 아니, 정확히 말하면 적어도 그녀가 집에 있다는 흔적은 볼 수가 없었고, 전화기 받침대 위에는 그녀가 나에게 부탁하는 것으로 여겨지는 아무렇게나 휘갈겨 쓴 아리송한 메모가 한 장 남아 있었다.

“만일 그리피스 박사한테서 전화가 오면 나는 화요일에는 갈 수 없고 수요일이나 목요일에는 갈 수 있을 거라고 전해 주세요.”

나는 눈썹을 찌푸린 채로 거실로 들어갔다. 나는 그 방에서 가장 안락한 팔걸이의자에 털썩 주저앉아 다리를 쭉 뻗고는 모든 상황을 검토해보려고 애썼다.

오웬이 오는 바람에 나와 총경이 나누던 대화가 방해를 받은 것이 생각나자 갑자기 화가 치밀어 올랐는데, 그때 막 총경은 혐의가 가는 또 다른 두 사람에 대해 언급하던 중이었다.

나는 그들이 누구인지 정말 궁금했다. 그중 한 사람은 혹시 패트리지가 아닐까? 뜯겨 나간 책이 바로 이 집에서 발견되었기 때문에 말이다. 그리고 아그네스도 자기가 늘 도움을 받고 상의하는 사람이라면 자신을 죽이리라고는 조금도 의심하지 않았을 테니까 말이다. 그렇다! 패트리지를 혐의 대상에서 제외할 수는 없을 것이다.

그렇다면, 또 다른 한 사람은 누구일까? 혹시 내가 전혀 알지 못하는 사람일까? 클리트 부인인가? 그렇지 않다면, 이 지방의 어떤 범죄자?

나는 눈을 감았다. 그러고는 이 기묘하게도 전혀 그럴 것 같지 않은 네 사람을 차례대로 곰곰이 생각해보았다.

얌전하고 나약한 에밀리 바튼은 어떤가? 그녀에게 불행한 점들은 무엇이 있을까? 애정에 굶주렸던 생활? 아주 어렸을 때부터 억눌리고 억압받아 왔던 생활 때문이었을까? 지나치게 많은 희생을 강요당했기 때문에? '별로 점잖은 짓이 아니라'면서 무슨 일이든 토론하는 것을 그녀가 이상할 정도로 두려워하는 이유는 또 뭘까? 그것은 사실 그녀가 그러한 문제에 대해 속으로는 누구보다 깊은 관심이 있다는 증거가 아닐까?

아니면 내가 지나치게 프로이트식 사고방식에 집착해 있는 것은 아닐까? 언젠가 어떤 의사가 얌전한 요조숙녀들이 마취에서 깨어날 때 중얼거리는 소리는 정말 뜻밖의 내용이었다고 내게 이야기했던 것이 생각났다.

"당신은 숙녀들이 그런 단어들을 알고 있으리라고는 도저히 상상도 못할 겁니다!"

에이미 그리피스는? 그녀에게는 확실히 억압당하거나 '어쩔 수 없이 억제당한' 면은 전혀 없었다. 쾌활하고, 마치 남성처럼 원기 왕성하며 성공적인 삶을 누리고 있었다. 게다가 정신없을 정도로 바쁜 생활을 하고 있었다. 하지만 데인 캘드로프 부인은, 에이미 그리피스를 "가엾은 사람!"이라고 말했었다.

그리고 또 무언가가(무언가가 있었는데) 어떤 기억이……, 아! 그게 무엇인지 이제 생각이 났다.

오웬 그리피스가 다음과 같은 말을 했었다.

"내가 북쪽 지방에서 개업하고 있을 때 익명의 편지 소동에 휘말렸던 적이 있었습니다."

그 사건도 역시 에이미 그리피스의 소행이었을까? 확실히 그냥 우연의 일치로 보기에는 다소 무리가 있었다. 두 번씩이나 똑같은 소동에 휘말렸다는 것이 말이다.

그런데 그 범인은 곧 잡혔다고 했다. 그리피스는 범인이 어떤 여학생이었다고 했다.

나는 갑자기 추위를 느꼈다. 아마도 창문 틈새로 들어오는 찬 공기 때문인 것 같았다. 나는 의자에서 불편한 듯이 몸을 뒤척였다. 어째서 나는 갑자기 그토록 기묘하고 혼란스러운 기분을 느꼈던 것일까?

계속 생각해 나갔다. 혹시 에이미 그리피스가? 정말 에이미 그리피스가 아니었을까, 그 여학생이 아니라. 그리고 에이미는 이곳으로 내려와서 또다시 그 장난을 치기 시작한 것은 아닐까? 그리고 그것이 바로 오웬 그리피스가 그토록 불행하고 악몽에 시달린 듯한 표정을 지은 원인은 아닐까? 확실히 그는 의심스러웠다. 그래, 그는 분명히 수상쩍은 데가 있었다.

파이 씨는? 뭐 사실 그는 썩 괜찮은 사람으로 보이지는 않는 것 같았다. 나는 그가 모든 일에서 연극하듯 가장을 하며, 일부러 우스꽝스럽게 보이도록 꾸미는 모습을 충분히 상상할 수 있었다.

그 전화기 받침대 위에 있던 메모, 어째서 그것에 대한 생각을 영 떨쳐버릴 수가 없을까? 그리피스와 조애너……. 그는 내 동생에게 빠져 있다. 아니, 메모가 나를 걱정시킨 이유가 아니다. 그게 아니라 다른 거였는데…….

내 감각들은 마치 물에 잠기듯이 점점 더 잠 속으로 빠져들어 갔다.

나는 바보 천치처럼 마음속으로 똑같은 말을 되뇌고 있었다.

"아니 땐 굴뚝에서 연기가 날 리 없어. 아니 땐 굴뚝에서 연기가 날 리 없어……그건 분명해……그 모두가 함께 연결되어 있어……."

나는 메건과 함께 거리를 내려가고 있었고, 엘시 홀랜드가 옆으로 지나갔다. 그녀는 마치 신부처럼 차리고 있었는데, 사람들이 그녀를 흘끔거리며 중얼거리고 있었다.

"드디어 그녀는 그리피스 박사와 결혼하게 되었다더군. 몇 년 전부터 그렇게 하기로 은밀하게 약속했다는 모양이야."

우리는 교회 안에 있었고, 데인 캘드로프 목사가 라틴어로 예배를 보고 있었다.

그런데 갑자기 데인 캘드로프 부인이 벌떡 일어나서 큰소리로 외쳤다.

"그 일을 당장 중지시켜야 해요. 그 일을 중지시켜야만 해요!"

나는 내가 잠을 자는 것인지 깨어 있는 것인지 도무지 알 수가 없었다.

머리가 점점 맑아지면서 나는 리틀 퍼스 저택의 거실에 있고, 데인 캘드로프 부인이 막 문을 통해 안으로 들어와서는 내 앞에서 몹시 격렬한 어조로 이야기하며 서 있는 것을 알게 되었다.

"그 일을 중지시켜야 해요!"

나는 벌떡 일어났다.

"무슨 말씀이신지?" 내가 물었다.

"내가 잠이 들었던 것 같군요. 무슨 말을 하셨습니까, 부인?"

데인 캘드로프 부인은 주먹으로 한쪽 손바닥을 탁하고 쳤다.

"그 일을 중지시켜야 해요. 그 편지들! 살인! 가엾고 순진한 아그네스 웨들 같은 어린것들이 계속 살해당하도록 내버려둘 수는 없어요! 내 말을 아시겠어요?"

"당신 말이 정말 옳습니다. 하지만 어떻게 대처하자는 말인지요?"

데인 캘드로프 부인이 말했다.

"무슨 대책이든지 세워야 하잖아요?"

나는, 정말 내가 생각해도 고상한 태도로 미소를 지었다.

"어떻게 했으면 좋겠습니까?"

"모든 것을 깨끗하게 치워 버리는 거예요! 나는 이곳이 더럽혀지지 않은 곳이라고 말했던 적이 있어요. 그러나 그건 내가 잘못 생각했던 거예요. 이곳은 이제 철저히 더럽혀졌어요."

나는 이제 짜증을 느꼈다. 그래서 별로 내키지 않는 태도로 말했다.

"알았습니다, 부인. 하지만 도대체 어떻게 하시겠다는 겁니까?"

데인 캘드로프 부인이 똑같은 태도로 말했다.

"어떻게 해서든지 그 일을 못하게 해야죠."

"그 일에 대해서는 경찰이 최선을 다하고 있습니다. 부인은 그리 걱정하지 않아도 됩니다."

"아그네스가 어제 살해당한 것을 보면, 그 사람들이 최선을 다한다는 것만으로는 충분치가 않아요."

"그렇다면 당신은 그 사람들이 최선을 다해 수사를 진행하는 것보다도 더 좋은 방법을 알고 있습니까?"

"거기에 대해서는 전혀 아는 바가 없어요. 전혀 말이죠. 바로 그것이 내가 전문가의 도움을 요청하려는 이유예요."

나는 고개를 저었다.

"그거야 당연하겠죠. 런던경시청은 군경찰 책임자의 요청을 받을 때만 출동을 합니다. 그리고 그쪽에서 이미 그레이브스라는 그 방면의 전문가를 파견했답니다."

"나는 그런 종류의 전문가를 말하는 것이 아니에요. 익명의 편지라든가, 아니면 살인에 대해 잘 아는 그런 사람을 뜻하는 것이 아니라는 말이에요. 나는 사람들에 대해 잘 아는 그런 사람을 말하는 거예요. 무슨 말인지 모르시겠어요? 우리가 필요한 사람은 인간의 사악함에 대해 많은 것을 아는 그런 사람이에요!"

그것은 기묘한 관점이었다. 하지만 어쨌든 그것은 새로운 자극을 주는 참신한 관점이었다.

내가 더 이상 뭐라고 말하기도 전에 데인 캘드로프 부인은 나를 향해 고개를 끄덕이고는 재빨리 확신에 찬 어조로 다음과 같이 말했다.

"지금 곧바로 그 일에 대해 알아봐야겠어요."

그리고 그녀는 다시 문을 통해 밖으로 나갔다.

그다음 한 주일은 내가 겪어 본 어떤 때보다도 가장 기묘한 나날들이었던 것 같다. 그것은 마치 이상한 꿈을 꾸는 것 같은 그런 상태였다. 전혀 현실 같지가 않았다.

아그네스 웨들에 대한 심리가 열리자 라임스톡의 호기심이 온통 그쪽으로 집중되었다. 새로운 사실이 밝혀진 것은 전혀 없었고 배심은 단지 '누군지 알려지지 않은 사람, 또는 사람들에 의한 살인'으로 평결을 내릴 수밖에 다른 도리가 없었다.

살해당함으로써 한때 관심이 쏠렸던 불쌍한 아그네스 웨들은 조용하고 오래된 교회 묘지에 정중하게 매장되었고, 라임스톡의 생활은 다시 이전과 같이 계속되었다.

아니, 마지막 말은 사실이 아니었다. 결코 이전과 같지 않았다…….

거의 모든 사람의 눈에는 호기심 같기도 하고 겁에 질린 것 같기도 한 빛이 어려 있었다. 이웃과 이웃이 서로 경계의 눈빛으로 살펴보았다. 심리에서 분명하게 밝혀진 사실이 한 가지 있었다. 그것은 아그네스 웨들을 살해한 범인이 외부인일 가능성은 거의 없다는 사실이다. 부랑자들이나 낯선 사람들이 그 지역에서 목격되거나 보고된 일도 전혀 없었다. 그렇다면 라임스톡의 어디에선가 아무런 방어 능력도 없는 가엾은 소녀의 머리를 내려치고 날카로운 부엌칼로 찌른 범인이 대낮에 거리를 활보하며 쇼핑을 즐기고 있다는 것이 된다.

그런데 아무도 그자가 누구인지 모른다.

이미 말했듯이, 하루하루가 마치 꿈결처럼 지나갔다. 나는 만나는 사람마다 새로운 시선, 살인자일 가능성이 있다는 시선으로 바라보았다. 그것은 정말이지 별로 유쾌한 기분은 아니었다. 그리고 어둠이 찾아오면 커튼을 내리고 조애너와 나는 아직도 환상적이고 믿어지지 않는 모든 여러 가지 가능성에 대해서 끊임없이 반복해서 검토해보고 서로 의견을 교환하곤 했다.

조애너는 파이 씨가 범인일 거라고 끈덕지게 고집했다. 나는 다소 마음이 흔들렸다가 다시 진치 양이 범인일 거라고 생각했던 내 본래의 주장으로 돌아갔다. 그러면서도 우리는 범인일 가능성이 있는 이름들을 계속해서 검토해보았다.

파이 씨?

진치 양?

데인 캘드로프 부인?

에이미 그리피스?

에밀리 바튼?

패트리지?

그러고 나서, 우리는 신경질적으로 초조하게 무슨 일이 일어나지 않을까 하고 마음을 졸이며 기다렸다.

하지만 아무런 일도 일어나지 않았다. 아무도, 우리가 아는 한 더 이상 아무도 편지를 받지 않았다. 내쉬 총경은 정기적으로 마을에 모습을 드러내곤 했지만 그가 무슨 일을 하는지, 경찰이 어떤 올가미를 쳐놓았는지 나는 전혀 알지를 못했다. 그레이브스 경위는 다시 돌아갔다.

에밀리 바튼이 차를 마시러 왔었고, 오웬 그리피스는 왕진을 다녔다. 우리는 파이 씨네 가서 함께 셰리주를 마셨다. 그리고 목사관에 차를 마시러 갔다.

나는 데인 캘드로프 부인이 우리가 마지막으로 만났던 그날에 보였던 격렬한 태도를 전혀 보이지 않는 것을 알고 상당한 재미를 느꼈다. 아마도 그녀는 그 일을 모두 잊어버렸나 보다고 생각했다.

그녀는 이제 주로 콜리플라워(꽃양배추의 일종)와 양배추를 보호하기 위한 흰 나비 구제에 대해 관심을 기울이는 것 같았다.

그날 목사관에서 보낸 오후는 정말로 우리가 보낸 가장 평화스러운 한때였다. 목사관은 매력적인 낡은 저택으로 흐릿한 장밋빛 크레톤 사라사천으로 장식된 크고 안락한 거실이 있었다. 데인 캘드로프 부부는 손님 한 사람과 함께 지내고 있었는데, 그 손님은 온화한 모습의 나이가 많은 부인으로 흰 털실로 무엇인가를 뜨개질하고 있었다.

우리가 차와 함께 아주 맛있는 핫 스콘(핫케이크의 일종)을 먹고 있을 때, 목사가 들어와서는 부드럽고 유창한 화술로 우리를 편안하게 해주었다. 정말 매우 재미있는 시간이었다.

나는 우리가 살인사건에 대한 화제에서 벗어나리라고는 생각하지 않았다. 왜냐하면 우리는 도저히 그 문제에서 벗어날 수가 없었기 때문이다.

손님인 마플 양은 당연히 그 문제로 짜릿한 전율을 느꼈던 것 같다. 그녀는 변명하듯이 말했다.

"시골에서 그러한 사건이 벌어졌다는 이야기는 별로 들어 보지 못했거든 요."

그녀는 죽은 아가씨가 자신의 하녀인 에디스와 닮은 것 같다고 말했다.

"아주 괜찮은 하녀랍니다. 몸집이 작고 무척 고분고분하지만, 가끔 일을 처리하는데 다소 느린 것이 흠이라면 흠이지요."

마플 양 역시 익명의 편지들로 말할 수 없는 고통과 어려움을 겪었던 친척 (사촌의 조카딸의 시누이)이 있었기 때문에, 우리는 매력적인 노부인에 대해 깊은 관심을 기울이게 되었다.

"하지만 이것 보세요."

그녀가 데인 캘드로프 부인에게 말했다.

"마을 사람들은……, 저, 읍내 사람들을 말하는 거예요. 뭐라고들 하던가요? 그 사람들은 어떻게 생각하고 있나요?"

조애너가 말했다.

"모두들 클리트 부인의 소행이라고 생각할 거예요."

데인 캘드로프 부인이 말했다.

"오, 그렇지 않아요. 이젠 그렇지 않아요."

마플 양은 클리트 부인이 누구냐고 물었고, 조애너가 마을의 무당이라고 말했다.

"그게 사실인가요, 데인 캘드로프 부인?"

목사는 마녀의 사악한 능력에 대해 장황한 라틴 인용구를 중얼거렸는데, 내 생각으로는 우리 모두 그것을 겸허하게 듣고 있었지만 한편으로는 도무지 이해하지 못했기 때문에 아무 말 없이 듣고 있었던 것 같다.

"그녀는 아주 어리석기 짝이 없는 여자랍니다." 목사의 아내가 말했다.

"남에게 자신을 과시하고 싶어 해요. 보름달이 뜨는 밤이 되면 그녀는 약초 따위를 뜯으러 밖으로 나가는데, 모든 사람들이 그 사실을 알게 한답니다."

마플 양이 말했다.

"그리고 어리석은 처녀들은 그녀를 찾아가서 도움을 받으려 할 거라고 생각하는데요?"

나는 목사가 다시 지루한 라틴어를 우리에게 늘어놓으려 하는 것을 알고는 급히 서둘러서 물었다.

"하지만 어째서 이제는 사람들이 그녀를 의심하지 않게 된 거죠? 마을 사람들은 그 익명의 편지가 그녀의 소행이었다고 생각했었는데요."

드디어 마플 양이 나서기 시작했다.

"오! 그 아가씨는 칼에 찔려 살해당했다죠? 정말 소름끼치는 일이에요! 글쎄요. 바로 그 점이 클리트 부인이라는 여자에게서 모든 혐의가 사라지게 한 이유가 아닐까요? 왜냐하면 당신도 아시겠지만, 그녀가 그 아가씨를 저주했다면 그 아가씨는 저주로 시름시름 앓다가 죽어갔어야 했기 때문이랍니다."

"그토록 낡은 미신들을 아직도 믿고 있다니 정말 알 수가 없는 노릇이로군요."

목사가 말했다.

"초기 기독교 시절에는 지역적인 미신들이 슬기롭게 기독교 교리에 융합되었고 좋지 않은 대부분 관습도 점차로 제거되었지요."

데인 캘드로프 부인이 말했다.

"우리가 이곳에서 다루어야 할 것은 미신이 아니에요. 그것은 엄연히 존재하는 사실들이에요."

"그리고 아주 불쾌한 사실들이기도 하지요." 내가 말했다.

"당신도 얘기했듯이, 버튼 씨." 마플 양이 말했다.

"당신(내가 지나치게 개인적으로 구는 거라면 용서하세요)은 이곳에선 이방인이고, 또한 세상에 대한 다양한 지식과 다양한 삶의 형태에 대한 풍부한 지식을 가지고 있잖습니까? 그런 점에서 볼 때 당신은 이 끔찍한 문제를 해결할 수 있는 해답을 틀림없이 찾아내실 거라고 여겨지는데요."

나는 미소를 지었다.

"가장 훌륭한 해답을 찾긴 했는데, 바로 꿈속에서였지요. 꿈속에서는 모든 것이 잘 들어맞았고, 멋지게 해결되었답니다. 그러나 불행하게도 꿈에서 깨어나

자 그만 모든 것이 터무니없다는 사실을 알게 되었죠. 정말 터무니없더군요.”

“그렇다고 하더라도 역시 무척 흥미 있는 일이에요. 그 터무니없다는 꿈이 어떤 내용인지 말해주시겠어요? 정말 듣고 싶군요.”

“오, 그것은 말입니다. ‘아니 땐 굴뚝에서 연기가 날 리 없다’는 어리석기 짝이 없는 말로 시작됩니다. 사람들이 그 말을 싫증이 나도록 떠들어대고 있었습니다. 그리고 그다음에 나는 그 말과 전쟁 용어를 혼동하게 되었지요. 연막, 휴지(비유적으로 휴지와 다름없는 엉터리 조약이라는 뜻으로 쓰임), 전화 메모, 아니 그것은 다른 꿈이었습니다.”

“그 꿈은 어떻게 되었나요?”

노부인이 꿈 이야기에 상당한 관심을 보였기 때문에 나는 그녀가 나폴레옹의 《꿈의 책(이것은 나의 옛날 유모가 정말 좋아했던 책이다)》을 끔찍이도 많이 읽었을 거라고 확신했다.

“아! 그 꿈에서는 말이죠, 엘시 홀랜드(당신도 아시겠지만 시밍턴 댁의 가정 교사입니다)가 그리피스 박사와 결혼을 하게 되었고 목사님께서 라틴어로 예배를 드리고 있었습니다.”

데인 캘드로프 부인이 남편에게 속삭였다.

“아주 그럴 듯하군요, 여보.”

“그런데 데인 캘드로프 부인이 일어나서 결혼 예고(교회에서 식을 올리기 전에 연속 세 번 일요일에 예고하여 이의가 없는지를 물음)를 중지시키고는 ‘그 일을 중지시켜야 해요!’라고 말했답니다. 하지만 그 부분은……”

나는 미소를 지어 보이고는 덧붙였다.

“꿈이 아니라 사실이었더군요. 나는 잠에서 깨어나 부인이 나에게 그 말을 하며 서 있는 것을 보았지요.”

“내 말이 당연하잖아요?”

데인 캘드로프 부인의 말투가 아주 온화한 어조여서 나는 마음이 흐뭇했다.

마플 양이 눈썹을 찌푸리며 물었다.

“그런데 그 전화 메모라는 것은 어떻게 된 겁니까?”

“아, 내가 좀 멍청하게 굴었나 보군요. 사실은 그것은 꿈하고는 관계가 없었습니다. 그것은 꿈을 꾸기 바로 전에 있었던 일이지요. 내가 홀 안으로 들어와 보니 조애너가 누군가에게서 전화가 오면 전해 달라고 메모를 써 놓은 것이 있더군요."

마플 양은 나를 향해 몸을 기울였다. 그녀의 양쪽 뺨은 핑크빛으로 붉게 물들어 있었다.

"당신에게 쪽지 내용이 무엇이냐고 묻는다면 나를 아주 염치가 없고 무례하기 짝이 없는 여자라고 생각하시겠어요?"

그녀는 그렇게 말을 하면서 조애너에게 살짝 시선을 던졌다.

"내가 사과를 드려야겠군요, 아가씨."

하지만 조애너는 그 부탁을 아주 기꺼이 받아들였다.

"오, 나는 아무렇지도 않아요."

조애너는 노부인을 안심시켰다.

"나는 그게 어떤 내용이었는지 잘 기억이 나지 않는군요. 하지만 아마 오빠는 잘 기억하고 있을 거예요. 아마도 별로 중요하지 않은 시시한 내용이었을 거예요."

나는 기억을 더듬어 가며 메모의 내용을 들려주었는데, 노부인이 넋을 잃고 진지하게 귀를 기울이는 모습을 보고는 말할 수 없이 기분이 좋았다.

나는 밋밋한 내용이 그녀를 실망시킬지도 모르겠다고 걱정했으나, 아마 그녀는 로맨스에 대해서는 상당히 감상적인 관념이 있었는지 내가 말을 마치자 나에게 고개를 끄덕이며 미소를 지어 보이는 것이 상당히 흥미 있어 하는 것 같았다.

"알았어요. 나도 그것이 그런 내용이었을 거라고 생각했답니다."

데인 캘드로프 부인이 날카롭게 물었다.

"그와 같다니, 그게 무슨 말인가요, 제인?"

마플 양이 대답했다.

"뭐, 아주 일상적으로 흔히 볼 수 있는 그런 거예요."

그녀는 잠깐 나를 주의 깊게 살펴보고 나서, 갑자기 전혀 생각하지도 못했던 이야기를 꺼냈다.

"나는 당신이 매우 현명한 젊은이라는 것을 알 수 있어요. 다만, 당신은 자신에 대해 충분한 확신을 하지 못하고 있을 뿐이지요. 자신을 가지세요!"

조애너는 믿을 수 없다는 듯이 콧소리를 냈다.

"제발 오빠를 그처럼 비행기 태우지 마세요. 그렇지 않아도 오빠는 자신에 대해서 아주 자신만만하답니다. 오빠는 자기가 아주 현명하다고 생각하고 있어요."

"그 입 좀 다물고 있어라, 조애너. 제발! 마플 양은 나를 잘 이해하고 계시는 거야."

마플 양은 다시 뜨개질을 하며 깊이 생각에 잠긴 어조로 말했다.

"당신도 잘 알고 계시겠지만, 살인을 완벽하게 저지른다는 것은 마치 교묘한 속임수를 써서 마술을 부리는 것과 아주 흡사한 것이라고 볼 수 있지요."

"재빠른 손놀림으로 상대방의 눈을 속인다는 겁니까?"

"단순히 눈을 속이는 것과는 다른 거예요. 상대방을 속이려면 사람들로 하여금 엉뚱한 사물과 엉뚱한 곳으로 한눈을 팔도록 유도해야 하지요. 잘못된 방향 지시라고 부르던가, 뭐 그래야 할 거예요."

"글쎄요." 내가 한마디 했다.

"그 말은 범인이 우리로 하여금 정신병자로 여기도록 엉뚱한 곳으로 시선을 유도했다는 겁니까?"

마플 양이 말했다.

"내 생각으로는 누군가 아주 정상적인 사람 중에서 범인을 찾아야 할 거라는 생각이 드는군요."

내가 신중하게 말했다.

"그렇습니다. 내쉬 총경도 그렇게 말하더군요. 그리고 훌륭한 사회적 신분을 가진 사람일 거라는 사실도 강조했답니다."

마플 양도 동감을 표시했다.

"맞아요. 그것은 매우 중요한 사실이에요."

그 점에 대해서는 모두 동의하는 것 같았다.

나는 캘드로프 부인에게 이야기했다.

"내쉬 총경은 이렇게 생각하고 있답니다. 앞으로도 계속 더 많은 익명의 편지들이 오게 될 거라고 말이죠. 그런데 그 점에 대해 부인은 어떻게 생각하십니까?"

그녀가 천천히 대답했다.

"글쎄요, 아마 그럴 거라고 나도 생각합니다."

"경찰이 그렇게 생각한다면, 의심할 것도 없이 그 편지들이 계속 보내질 거예요."

마플 양이 상당히 확고한 어조로 말했다.

나는 계속 끈질기게 데인 캘드로프 부인을 잡고 늘어졌다.

"당신은 아직도 그 편지를 보낸 사람에 대해 동정을 느끼고 있습니까, 부인?"

그녀는 얼굴을 붉히며 강경한 어조로 되물었다.

"왜, 그런 감정을 품고 있으면 안 되기라도 합니까?"

"나는 당신 생각에 동의할 수가 없군요." 마플 양이 말했다.

"이번 경우에는 도저히 용서받을 수가 없어요."

나는 열띤 목소리로 말했다.

"그 편지들은 한 여인을 자살하도록 몰고 갔을 뿐만 아니라, 도저히 말로 표현할 수 없는 정신적인 고통과 온갖 불화를 빚어낸 원인이기도 하지 않습니까!"

마플 양이 조애너에게 물었다.

"당신도 그런 편지를 한 통 받았습니까, 버튼 양?"

조애너는 침을 꼴깍 삼키며 말했다.

"오, 물론이에요! 그것은 정말이지 말로는 도저히 표현할 수가 없는 끔찍스러운 내용이었답니다."

"내가 생각하기로는 젊고 예쁜 아가씨들이야말로 그 편지를 보낸 자의 제물이 될 수 있는 가장 적합한 대상인 것 같군요."

"바로 그 점 때문에, 엘시 홀랜드 양이 그런 편지를 전혀 받아 본 적이 없었다는 사실은 좀 이상한 일이라고 여겨진답니다."

마플 양이 물었다.

"엘시 홀랜드라는 아가씨가 시밍턴 씨 댁의 가정교사, 즉 당신 꿈속에 나타났던 바로 그 여자인가요, 버튼 씨?"

"그렇습니다."

조애너가 엘시 홀랜드의 말을 믿을 수 없다는 듯이 이야기했다.

"그녀는 설사 그런 편지를 받았다고 해도 아니라고 말할 거예요. 아마 틀림없을걸요."

내가 나섰다.

"아니야. 나는 그녀의 말을 믿어. 그녀는 그런 것을 전혀 받아 본 적이 없을 거야. 그것에 대해서는 내쉬도 동의했지."

마플 양이 말했다.

"이봐요, 버튼 씨, 그건 정말 흥미 있는 사실이로군요. 지금까지 내가 들은 이야기 중에서 가장 흥미가 있는 사실이에요. 유독 그녀만이 익명의 편지의 마수에서 벗어나 있다니 말이지요. 그건 정말 한번 깊이 생각해볼 가치가 충분히 있는 사실이에요."

집으로 돌아가는 길에 조애너는 나에게 내쉬가 말했던 그 익명의 편지들이 계속 날아들 것이라는 사실에 대해 발설하지 말았어야 했다고 말했다.

"어째서 안 된다는 거지?"

"데인 캘드로프 부인이 바로 범인일지도 모르기 때문이에요, 아시겠어요?"

"너는 정말로 그럴 거라고 믿은 건 아니겠지!"

"나도 확실하게는 모르겠어요. 하지만 그녀는 좀 이상한 여자예요."

우리는 다시 모든 가능성에 대해 빠짐없이 검토해보기 시작했다.

내가 익스햄프턴에 갔다가 돌아오게 된 것은 그로부터 이틀이 지난 저녁때였다. 나는 그곳에서 저녁을 먹고 자동차로 출발했는데 미처 라임스톡에 들어서기도 전에 날이 어두워졌다.

자동차 라이트에 뭔가 이상이 생겨 속도를 줄이고는 라이트 스위치를 여러 번 작동시켜 보고 나서야 가까스로 어디가 고장 났다는 것을 알게 되었다. 한참 동안 이것저것 만져 보느라고 쓸데없이 시간을 낭비하기는 했지만, 마침내

라이트를 제대로 작동하게 하는 데 성공했다.

거리는 아주 삭막했다. 라임스톡에서는 어둠이 깃든 뒤에는 아무도 밖으로 나돌아다니지 않는다. 전방에 몇 채의 집들이 보였고 그중에는 여성협회의 볼품없는 박공식 건물도 있었다. 그 건물은 희미한 달빛 속에서 어렴풋이 모습을 드러내고 있었는데, 어떤 알 수 없는 충동이 나로 하여금 그 건물을 살펴보러 가도록 자극했다. 사실, 그 건물의 대문을 통해 어떤 인물이 은밀하게 숨어 들어가는 희미한 그림자를 언뜻 본 것 같기도 했고, 아닌 것 같기도 했다.

설혹 그것이 사실이었다고 하더라도 단지 막연한 느낌에 지나지 않았기 때문에 그렇게 깊이 새기지는 않았지만 그래도 나는 갑자기 그곳을 살펴보고 싶다는, 주체할 수 없는 호기심을 느꼈다.

대문이 살짝 열려 있어서 나는 그것을 가만히 밀어젖히고는 안으로 들어갔다. 얼마 가지 않아서 현관에 도착했다. 그곳에서 나는 잠시 머뭇거리면서 서 있었다.

도대체 이곳에서 내가 무슨 짓을 하려는 거지? 나 자신도 확실히 알 수가 없었는데 바로 그때 아주 가까운 곳에서 무엇인가가 스치는 듯한 희미한 소리가 들렸다. 그것은 마치 여인들의 옷자락이 스치는 소리 같았다.

나는 재빨리 돌아서서 그 소리가 들려온 방향으로 건물 모퉁이를 끼고 돌아갔다.

아무도 보이지 않았다. 계속해서 나는 모퉁이를 돌아갔다. 건물 뒤쪽으로 나왔을 때, 불과 내 앞으로 2피트 정도밖에 떨어져 있지 않은 곳에 창문이 하나 열려 있는 것을 보았다.

나는 그쪽으로 살그머니 다가가 귀를 기울였다. 아무 소리도 들을 수 없었지만 무슨 이유에서인지는 몰라도 건물 안에 누군가가 있다는 확신을 느꼈다.

내 등의 상처는 아직 곡예를 할 만큼 충분히 회복되지 않았지만 창문턱으로 올라가서 건물 안으로 들어가는 것 정도는 할 수 있었다. 그런데 그만 불행하게도 나는 소리를 내고 말았다.

나는 창문 안쪽에 바짝 붙어서 귀를 기울여 보았다. 다행히 발각되지는 않은 것 같았다. 잠시 뒤 나는 손을 앞으로 내밀고 살금살금 안으로 걸어갔다.

그때, 나는 내 오른쪽 전방에서 극히 미미한 소리를 들을 수 있었다.

나는 주머니 속에 들어 있던 손전등을 꺼내어 스위치를 켰다.

그러자 즉시 나지막하고 날카로운 목소리가 말했다.

"빨리 전등을 끄시오."

나는 그 말에 따라 불을 끄면서 목소리의 주인공이 내쉬 총경이라는 것을 깨달았다. 그는 내 팔을 붙잡고 나를 끌고 문을 통해서 복도로 나갔다. 그곳은 외부에 있는 사람에게 우리의 존재를 노출할 염려가 있는 창문이 전혀 없는 곳이었다. 그는 램프의 스위치를 올리고는 화가 났다기보다는 유감이라는 시선으로 나를 쳐다보았다.

"하필이면 바로 그 순간에 뛰어들게 되었습니까, 버튼 씨?"

"정말 죄송하게 되었습니다. 방해할 생각은 전혀 없었습니다."

내가 사과를 했다.

"하지만 무슨 일인지는 몰라도 안에 들어와 봐야겠다는 육감이 들어서요."

"아마 그러셨을 테지요. 그런데 혹시 누군가를 보지 못했습니까?"

나는 잠시 머뭇거리다가 그에게 말했다.

"뭐라고 확실하게 말씀드릴 수가 없군요. 누군가가 정문을 통해 안으로 몰래 들어가는 것을 본 듯한 느낌을 받았던 것이 사실이긴 하지만, 실제로 누군가를 확실하게 본 것은 아닙니다. 그러고 나서 건물 주변에서 옷자락 스치는 듯한 소리를 듣게 되었지요."

내쉬는 고개를 끄덕였다.

"그건 사실입니다. 당신 육감이 맞았던 겁니다. 사실 당신이 이곳에 오기 전에 누군가가 이 건물로 다가오고 있었습니다. 여자인지 남자인지는 몰라도 창문 옆에서 잠시 망설이다가 재빨리 모습을 감추었는데 내 생각에는 아마도 당신이 그때 움직이는 소리를 들었던 것 같습니다."

나는 다시 한 번 진지하게 사과를 했다.

"그런데 무슨 계획이라도 가지고 있었던 모양이죠?"

"나는 그 익명의 편지의 주인공이 편지 보내는 걸 그만두지는 않을 거라고 믿고 있습니다. 아마 그녀도 그것이 위험하다는 사실을 잘 알고는 있을 테지만, 그 짓을 계속하지 않을 수는 없을 겁니다. 그것은 마치 술이나 마약 중독과도 같은 것이기 때문이죠."

나는 고개를 끄덕였다.

다시 내쉬가 말을 계속했다.

"이제 당신도 아실 테지만, 버튼 씨, 나는 그자가 누구든지 간에 편지들이 가능한 한 모두 똑같이 보이도록 하고 싶어 할 거라고 생각합니다. 그녀는 그 책에서 뜯어낸 페이지들을 가지고 있기 때문에 글자들을 오려내어 편지를 만드는 데 계속 이용할 수 있습니다. 그러나 봉투를 만드는 데는 어려움이 따르지요. 그녀는 같은 타자기로 봉투에 주소를 치고 싶어 할 겁니다. 다른 타자기를 사용한다든지 아니면 손으로 쓰는 데 따르는 위험을 감수할 수는 없지요."

나는 도무지 믿을 수 없다는 어조로 물었다.

"당신은 정말로 그녀가 그 게임을 계속할 거라고 생각하십니까?"

"그렇습니다. 나는 그것을 확신하고 있습니다. 그리고 또 한 가지 당신에게 자신 있게 말할 수 있는 것은 그녀가 자신감으로 넘쳐 있는 것 같다는 사실입니다. 그런 자들은 늘 쓸데없는 자만심으로 가득 차 있게 마련이지요. 뭐 그건 그렇다 치고, 나는 타자기를 이용하려고 어두워진 다음에 여성협회 건물로 들어가려고 한 사람이 누구였는지 생각해봐야겠습니다."

"진치 양이 아니었던가요?"

"그럴 수도 있겠죠."

"아직도 확실히 모르시는 겁니까?"

"나는 아직 모르고 있습니다."

"하지만 의심이 가는 사람은 있겠죠?"

"그렇습니다. 그러나 누구인지는 몰라도 무척 교활한 자입니다, 버튼 씨. 모든 속임수에 대해 통달하고 있는 녀석이지요."

나는 내쉬가 폭넓게 쳐놓은 그물을 마음속으로 상상해볼 수가 있었다. 의심스러운 사람에 의해 쓰인 모든 편지와 개인에 의해 투서된 편지들이 철저히 검열되고 있다는 사실을 나는 추호도 의심하지 않았다. 조만간 그 범인은 점차 대범해져 조심성을 잃게 되고 따라서 실수를 범하게 될지도 모른다.

거듭 나는, 내 지나친 호기심으로 일을 그르치게 된 것을 사과했다.

내쉬 총경은 허심탄회하게 말했다.

"오, 하지만 그거야 어쩔 수 없는 일이지 않습니까? 다음에는 좀더 운이 좋겠지요. 너무 자책하지 마십시오."

나는 어둠 속으로 걸어 나왔다. 어떤 희미한 그림자가 내 차 옆에 서 있었다. 나는 깜짝 놀랐다가 곧 그것이 메건이라는 것을 알았다.

"안녕하세요! 이것이 당신 차일 거라고 생각했어요. 대체 무엇을 하고 있었어요?"

"그건 오히려 내가 메건에게 물어볼 말인데? 그래, 대체 무얼 하는 거지."

"산책하러 나왔어요. 밤에 산책하는 걸 좋아하거든요. 간섭을 하거나 쓸데없는 소리를 하는 사람도 전혀 없고, 또 밤하늘의 별들과 상쾌한 밤 냄새를 좋아해요. 낮에 보던 모든 것들도 밤에는 무척이나 신비스럽게 보인답니다."

"그건 그렇다 치고, 밤에 나돌아다니는 것은 고양이나 마녀들밖에는 없어. 집에서 무척 걱정하고 있을 텐데."

"아니요. 식구들은 나에 대해 걱정하지 않을 거예요. 내가 어디에 있든, 무엇을 하든 결코 신경 쓰지 않거든요."

"그래, 요즈음은 어떻게 지내고 있지?"

"그런대로 괜찮게 지내고 있어요."

"홀랜드 양이 메건이나 동생들을 모두 잘 보살펴 주고 있지?"

"엘시야 잘하고 있죠. 하지만 그녀도 나같이 완전한 멍청이는 어떻게 해볼 도리가 없을 거예요."

"잘 대해 주지 않는가 보군. 그게 사실이겠지?" 내가 말했다.

"자, 빨리 올라타. 내가 집까지 태워다 줄 테니까."

메건이 가족들에게 도무지 관심 밖의 인물이라는 것은 사실이 아니었다. 우리가 그 집에 도착했을 때, 시밍턴 씨가 문 앞 계단 위에서 메건을 기다리고 있었다.

그는 우리를 쏘아보았다.

"안녕하시오, 메건이 거기 있습니까?"

“그렇습니다. 내가 그녀를 데리고 왔습니다.”

시밍턴은 메건에게 날카로운 목소리로 말했다.

“한마디 말도 없이 이처럼 밖으로 나간다는 것은 도저히 있을 수 없는 일이야, 메건. 홀랜드 양이 너 때문에 얼마나 걱정했는지 알고 있기나 해?”

메건은 뭐라고 중얼거리면서 그를 지나쳐 집 안으로 들어갔다.

시밍턴은 한숨을 내쉬며 말했다.

“돌봐줄 어머니가 없는 다 큰 계집애는 정말 커다란 골칫덩어리입니다. 학교에 다니기에는 너무 나이가 많은 것 같고…….”

그는 나를 상당히 수상쩍다는 눈길로 바라보았다.

“당신이 그 애를 드라이브시켜주려고 데리고 나간 겁니까?”

나는 그 일은 그 정도로 덮어두는 것이 상책이라고 생각했다.

제7장

사랑

그다음 날 나는 완전히 제정신이 아니었다. 그날의 일을 돌이켜 생각해보면, 사실 그런 말로밖에는 달리 설명할 수가 없다.

매달 한 번씩 나는 마커스 켄트에게 진찰을 받으러 가기로 되어 있었다. 나는 런던에 올라갈 때 기차를 이용했다. 조애너가 올라가지 않고 남아 있겠다고 한 것은 정말 뜻밖의 일이었다. 보통 때 같으면 그녀는 몹시 가고 싶어 했을 테고, 우리는 런던에서 이틀 정도를 지내다 내려오게 되었을 것이다.

하지만 이번에는 내가 올라갔다가 그날 저녁 기차로 내려오자고 했는데도 조애너는 거절했다. 그것이 나를 무척 놀라게 했다.

그녀는 할 일이 많다며, 또한 이렇게 멋진 날씨를 쾌적한 시골에서 보내지 않고 왜 그 지저분하고 답답한 기차에서 몇 시간을 보내야 하는지 이유를 모르겠다고, 아주 수수께끼 같은 말을 한 것이다. 그녀의 말은 물론 의심할 것도 없는 사실이지만 도무지 조애너답지 않은 소리였다.

그녀가 차가 필요하지 않다고 해서 나는 차를 타고 역까지 간 다음에 돌아올 때 타려고 역 근처에 주차해놓기로 했다.

라임스톡 역은 철도회사들의 애매모호한 이유로 마을에서 약 반 마일 가량 떨어진 곳에 세워져 있었다. 중간 정도 갔을 때 나는 아무런 목적도 없는 듯이 걸어가는 메건을 만나게 되었다. 나는 메건을 불러 세웠다.

"안녕, 메건, 지금 무얼 하는 거지?"

"방금 산책하러 나온 길이에요."

"하지만 그렇게 즐거운 산책으로는 보이지 않는데? 마치 풀죽은 개처럼 힘없이 걷고 있는데 그래?"

"글쎄요, 뭐 어디에 가겠다고 딱 목적지를 정해 놓고 나온 것은 아니에요."

"그렇다면 나와 함께 역으로 가서 내가 떠나는 것을 배웅해주면 좋겠는데."

이렇게 말하며 내가 자동차 문을 열자 메건이 훌쩍 올라탔다.

"당신은 어디 가시는 거예요?"

"런던에 가는 길이지. 내 주치의를 만나러 말이야."

"상처가 아직도 다 낫지 않았나요?"

"아니, 상처는 이제 완전히 다 나았다고 할 수 있지. 내 주치의도 그 점에 대해서는 매우 만족해할 거라고 생각하고 있어."

메건은 고개를 끄덕였다.

이윽고 우리는 역에 도착했다. 나는 차를 세워 두고 역 안으로 들어가 매표소에서 기차표를 샀다. 플랫폼에는 불과 몇 사람밖에 없었는데, 내가 아는 사람은 하나도 없었다.

메건이 말했다.

"1페니만 빌려 주시겠어요? 자동판매기에서 초콜릿을 사 먹을까 해서요."

"자, 여기 있어, 꼬마 아가씨."

나는 그녀의 손에 동전을 하나 쥐여 주었다.

"클린 껌이나 다른 청량 과자들은 초콜릿만큼 좋아하지 않나 보군."

"나는 초콜릿을 제일 좋아해요."

그녀는 내가 그녀를 놀리려고 한 말이라는 것을 전혀 의심하는 기색이 없었다. 그녀는 초콜릿 자동판매기 쪽으로 걸어갔고, 나는 울화가 치밀어 오르는 듯한 기분을 느끼며 그녀를 지켜보았다.

그녀는 찌그러진 구두, 거칠고 조잡한 스타킹을 신고 유별나게 맵시가 없는 점퍼와 스커트를 입고 있었다. 도무지 봐 줄 데라곤 한군데도 없었다.

대체 그 꼬락서니가 왜 나를 화나게 한 것인지 그 이유를 알 수가 없었지만, 내가 화가 난 것은 사실이었다.

나는 그녀가 돌아오자 그만 핏대를 세우며 말했다.

"어째서 메건은 그 꼴 보기 싫은 스타킹을 계속 신고 있는 거지?"

메건은 놀라서 자기 스타킹을 내려다보았다.

"내 스타킹이 뭐 어때서요? 나는 아무렇지도 않은걸요."

"아무렇지도 않다니, 정말 눈뜨고는 볼 수 없을 정돈데. 정말이지 참고 볼 수가 없어. 그리고 또, 그 닳아빠진 양배추 같은 풀오버(머리부터 입는 소매가 달린 스웨터)는 어째서 아직도 입고 있는 거야?"

"이건 아직도 입을 만해요, 그렇잖아요? 나는 이것을 몇 년 동안이나 입고 지내 왔는걸요."

"그건 나도 충분히 짐작이 가. 하지만 어째서 메건은……."

바로 그 순간 기차가 플랫폼으로 들어와서 나는 그녀에게 하던 훈계를 중단해야 했다.

나는 자리가 비어 있는 일등칸에 올라타서는 창문을 끌어내리고, 도중에 끊어진 대화를 다시 시작하려고 몸을 차창 밖으로 내밀었다.

메건은 얼굴을 들어 나를 올려다보았다. 그러고는 어째서 화를 내느냐고 물었다.

"나는 화가 난 게 아니야."

나는 마음에도 없는 거짓말을 꾸며댔다.

"메건의 그 단정치 못한 옷차림과 자신이 사람들에게 어떻게 보이는지를 신경 쓰지 않는 무신경함에 안타까움을 느끼고 있을 뿐이야."

"사실 나는 그렇게 멋지게는 보이지 않을 거예요. 그렇다고 해서 그게 무슨 문제가 되나요?"

"그만둬! 나는 메건이 예쁘게 옷을 차려입은 모습을 보고 싶어. 과연 어떤 모습일지. 할 수만 있다면 메건을 런던에 데려가서 머리에서 발끝까지 지금과는 전혀 다르게 꾸며주고 싶다고."

메건이 말했다.

"당신이 정말로 그렇게 하실 수 있다면 좋겠어요."

기차가 천천히 움직이기 시작했다.

나는 메건의 치켜세운, 무엇인가를 몹시 갈망하며 꿈꾸는 듯한 애처로운 얼굴을 내려다보았다.

그리고 바로 그때, 내가 앞에서도 말한 바 있던 미친 듯한 열정이 나를 완전히 사로잡았다. 나는 문을 열고 한 손을 내밀어 메건을 움켜잡고 간단하게 그녀를 기차 안으로 끌어올렸다.

포터가 뭐라고 큰소리로 투덜거렸지만, 어쩔 수 없다는 듯이 다시 문을 '쾅' 하고 닫았다. 나는 성급한 행동으로 그녀를 끌어올려 놓았던 발판에서 다시 그녀를 들어 올렸다.

그녀는 한쪽 무릎을 손바닥으로 비비며 내게 물었다.

"도대체 어떻게 하려고 이러는 거예요?"

"그냥 잠자코 있어. 이제 메건은 나와 함께 런던으로 가는 거야. 내가 메건에게 무엇인가를 해주지 않는 한 메건은 절대로 자신에 대해서 깨닫지 못할 거야. 나는 메건이 마음만 먹는다면 어떻게 보일 수 있는지 보여 주려는 거야. 나는 이제 더 이상 메건이 아무렇게나 차려입고 다니는 것을 견딜 수가 없어."

"오!"

메건은 황홀한 듯이 나지막한 목소리로 탄성을 질렀다.

검표원이 다가오자 나는 메건에게 왕복 차표를 한 장 끊어주었다. 그녀는 몹시 존경스러운 시선으로 나를 쳐다보며 자기 자리에 앉았다.

"저, 말이에요." 그녀는 검표원이 자리를 떠나자 내게 말했다.

"당신은 무척 충동적인 성격인 것 같아요, 그렇죠?"

"무척 충동적인 성격이라고 할 수 있지. 이런 성격은 바로 우리 집안 내력이야."

그 당시 내게 몰아닥쳤던 충동에 대해 어떻게 설명해야 할지……. 그때 메건의 표정은 마치 산책하러 나가는 주인이 함께 데려가지 않아 혼자 남게 된 개가 몹시 따라가고 싶어 하며 안타까워하는 것과도 흡사했다. 그렇지만 이제 그녀는 결국 산책에 따라와도 좋다는 허락을 받고 기뻐서 어쩔 줄 모르는 개처럼 주체할 수 없이 즐거운 표정을 짓고 있었다.

"런던에 대해 잘 모르지, 메건?"

"아뇨, 나도 런던에 대해서는 제법 알고 있다고요. 학교에 다닐 때 늘 그리로 다녔거든요. 그리고 런던에 있는 치과에도 다니고 팬터마임도 구경하러 가곤 했답니다."

내가 침울하게 말했다.

"아니, 이번에는 그때와는 좀 다른 런던이 될 거야."

우리가 런던에 도착한 것은 내가 할리가(일류 의사들이 개업한 거리)에서 마커스 켄트와 만나기로 약속한 시간보다 30분가량 이른 시각이었다.

우리는 택시를 타고 곧장 조애너의 단골 의상실인 미로탱으로 향했다. 미로탱의 주인은 세속적인 인습에 구애됨이 없이 자유롭고 유쾌하게 살아가는 서른여섯 살의 여인으로, 그녀의 이름은 메리 그레이였다. 나는 항상 그녀를 좋아했다.

내가 메건에게 말했다.

"메건은 이제부터 내 사촌 누이가 되는 거야."

"어째서요? 꼭 그렇게 해야 할 이유라도 있는 건가요?"

"이유 같은 건 따질 필요가 없어." 내가 말했다.

메리 그레이는 몸에 꼭 달라붙는 감청색 이브닝드레스에 온통 정신이 팔려 있는 어떤 뚱뚱한 여인과 꼭 붙어 있었다.

나는 그녀를 그 여인으로부터 떼어서 한쪽으로 끌고 갔다.

"내 말을 들어 봐요. 이번에 올라오는 길에 내 사촌 누이를 데리고 왔어요. 조애너도 함께 오려고 했지만 사정이 생겨서 오지 못했답니다. 하지만 그녀는 당신에게 모든 것을 맡기라고 하더군요. 자, 저 아가씨가 어떻게 보이는지 당신도 아시겠죠?"

메리 그레이는 감정이 풍부한 목소리로 말했다.

"그야 물론이죠!"

"그거야 어떻든, 나는 그녀를 머리에서 발끝까지 아주 세심하게 신경을 써서 아름답게 보이도록 꾸며주고 싶습니다. 당신에게 모든 것을 맡기겠습니다. 스타킹, 구두, 속옷 등등 모든 것을 말입니다. 그건 그렇고, 조애너의 머리를 손질해주는 남자도 이 근처에서 가게를 열고 있죠, 그렇지 않습니까?"

"앤트완을 말씀하시는 건가요? 모퉁이를 돌면 그의 가게가 있어요. 내가 그것도 함께 알아볼게요."

"정말이지 당신은 놀라운 분입니다."

"오, 나도 이 일이 재미있는걸요. 돈과는 별개로 이 일을 즐기고 있어요. 하지만 오늘날에는 그것을 결코 무시할 수가 없지만요. 내 고객 중에서 반이나 되는 아주 못돼먹은 부인네들은 그들에게 보낸 청구서를 아예 내지도 않는답니다. 하지만 이번 일은 정말 재미있을 거예요.”

그녀는 저쪽에 약간 떨어져 서 있는 메건에게 민첩하고 직업적인 시선을 던졌다.

“저 아가씨는 아름다운 용모를 가지고 있군요.”

“당신 눈은 X선처럼 투시력이라도 지닌 모양이로군요. 나에게는 볼품없게 보일 뿐인데요.”

메리 그레이는 웃음을 터뜨렸다.

“그것은 이 분야에서 터득하는 자격증이라고도 할 수 있답니다. 자신을 지구상 그 누구와도 닮지 않게 보이려고 하는 아가씨들은 그런 차림을 함으로써 자부심을 느끼는 모양이에요. 그들은 그것을 소위 귀엽고 순박한 모습이라고 부르기도 한답니다. 때론 어떤 아가씨는 자신이 사람들에게 어떻게 보이는지 미처 깨닫기도 전에 세월이 다 지나가 버리기도 하지요. 하지만 조금도 걱정하지 마세요. 모든 걸 내게 맡겨 두세요.”

“좋습니다. 6시경에 그녀를 데리러 오겠습니다.”

마커스 켄트는 나를 보고 상당히 만족해했다. 그는 기대했던 것보다 내가 훨씬 더 건강해졌다고 말했다.

“당신은 마치 코끼리처럼 튼튼한 골격을 가진 것 같습니다. 이렇게 완전히 회복이 될 수 있다니 말이오. 아무튼 시골의 맑은 공기 속에서 밤이 늦도록 일하거나 쓸데없이 흥분하는 일이 없는 생활은, 그런 따분한 생활을 견뎌 낼 수만 있다면 사람에게는 더할 나위 없이 좋지요.”

“나는 당신이 하신 말씀 중에서 앞의 두 가지에 대해서는 찬성하지만, 시골에서 생활한다고 해서 흥분으로부터 자유로워질 수 있다고는 생각하지 않습니다. 조애너와 나는 지금 지내는 곳에서 엄청난 흥분을 겪었답니다.”

“그래, 어떤 종류의 흥분이었습니까, 버튼 씨?”

“살인입니다.”

마커스 켄트는 입술을 오므리고는 휘파람을 불었다.

"목가적인 사랑의 비극적 결과였습니까? 농부의 아내가 자기 남편의 젊고 아름다운 정부를 살해하기라도 한 겁니까?"

"천만에요, 전혀 그렇지가 않답니다. 어떤 교활하고 냉혹하고 비정상적인 자가 행한 살인이에요."

"어째서 내가 그 사건에 대한 기사를 보지 못했을까? 그런데 경찰은 그 살인자를 언제 체포했습니까?"

"아직 범인은 잡지 못했고, 게다가 범인은 여자랍니다! 남자가 아니고 말이에요!"

"저런! 라임스톡도 당신에게 적당한 곳이 아닌 것 같군요."

나는 단호한 어조로 말했다.

"그렇습니다. 그건 사실이지요. 하지만 나를 거기서 빼내려고 하진 마십시오."

마커스 켄트는 마음이 착잡해진 모양인지 잠시 뒤에 말했다.

"그렇다면 바로 그 이야긴가 보군! 혹시 범인이 금발 마녀로 밝혀지지는 않았습니까?"

나는 엘시 홀랜드에 대해 일종의 죄책감 같은 것을 느끼며 말했다.

"천만에요, 그렇지 않습니다. 나에게 있어서 지대한 관심을 끈 것은 오직 범죄 심리학밖에는 없답니다."

"아, 그것도 괜찮겠지요. 지금까지는 당신이 아무런 손해도 입지 않은 것이 확실하지만, 당신이 말한 그 비정상적인 정신 상태의 살인자가 당신을 해치지 않는다는 보장은 전혀 없는 겁니다."

"그 문제에 대해서는 조금도 두렵지 않습니다."

"오늘 저녁에 나와 함께 식사하는 것이 어떻겠습니까? 그렇게 하면 당신이 겪은 그 끔찍한 살인사건에 대해 나에게 이야기해줄 수 있을 겁니다."

"말씀은 고맙지만 선약이 있어서 사양해야겠군요. 정말 죄송하게 되었습니다."

"어떤 숙녀분과 데이트? 맞지요? 그렇군요. 당신 몸이 회복되었다는 것은 그 점으로 봐서도 확실히 알 수가 있습니다.”

“나도 당신이 그렇게 말하리란 것을 충분히 짐작하고 있었습니다.”

나는 데이트 상대로서 메건을 생각하자 정말 우스워서 견딜 수가 없었다.

나는 상점이 문 닫을 시간인 6시 정각에 미로탱에 도착했다. 메리 그레이는 진열대 밖에 있는 계단 맨 위에서 나를 맞이했다. 그녀는 나에게 아무 말도 하지 말라는 듯이 자기 입술에 손가락을 갖다 댔다.

“당신은 아마 틀림없이 커다란 충격을 받게 될 거예요! 비록 나 자신을 너무 치켜세우는 말이 될지는 몰라도, 정말이지 나는 훌륭한 작품을 하나 만들었답니다.”

나는 커다란 전시실 안으로 들어갔다. 메건은 큰 거울에 자신의 모습을 비추어 보고 있었다. 정말 나는 거의 그녀를 알아보지 못했다는 것을 독자 여러분에게 밝혀야겠다!

잠깐 동안 나는 숨도 제대로 쉬지 못할 정도였다. 하늘거리는 버들가지처럼 날씬하게 뻗은 종아리와 발은 고운 실크 스타킹과 적당한 높이의 구두 때문에 더욱 돋보였다. 그렇다, 아름다운 팔다리와 아담한 체구—그녀의 날씬한 몸매가 이루는 곡선은 모두가 독특한 아름다움을 풍기고 있었다.

머리는 얼굴에 잘 어울리도록 산뜻하게 손질되어 있었고 마치 윤기가 흐르는 밤처럼 아름다운 갈색으로 빛나고 있었다. 그들은 얼굴만은 꾸미지 않고 그대로 남겨둘 줄 아는 뛰어난 감각이 있었다. 그녀는 화장을 전혀 하지 않았거나 또는 화장을 했더라도 아주 엷게 했는지 조금도 드러나 보이지 않았다. 그녀의 입술은 립스틱을 바를 필요가 없었다.

더구나 그녀에게는 내가 전에는 전혀 알아보지 못했던 참신하고 순수한 자신감이 고운 목선을 따라 흐르고 있었다. 그녀는 살짝 수줍은 듯한 미소를 띠고는 나를 진지하게 바라보았다.

메건이 말했다.

“나도 제법……, 괜찮게 보이죠, 예?”

“괜찮다고? 괜찮다는 말은 전혀 어울리지가 않아! 그보다 훨씬 더 아름다운 걸. 이리 와. 우리 함께 나가서 저녁식사를 하지. 메건을 스쳐 지나가는 남자들이 고개를 돌려 당신을 한 번 더 쳐다보지 않을 수 없을 거야. 아니, 그냥 지나친다는 것은 도저히 있을 수 없는 일이야. 그런 작자는 아마도 눈이 삐었거나 아니면 메건을 보고 너무도 황홀해서 도저히 눈을 뜰 수 없는 사람일 거야. 메건은 다른 아가씨들을 죄다 초라하게 보이게 할 거야.”

메건은 미인이라고 할 수는 없었지만, 그녀에게는 다른 여자들에게서 찾아보기 어려운 독특하고 매력적인 아름다움이 있었다. 그것은 그녀의 개성이었다. 그녀가 앞장서서 레스토랑으로 들어가고 웨이터가 서둘러 우리를 향해 다가오자, 나는 다른 사람들이 갖지 못한 어떤 진기한 보물을 가진 사람처럼 자랑스러움을 느꼈다.

우리는 먼저 칵테일을 주문해서 그 맛과 향기를 한동안 즐기고 나서 식사를 했다. 식사가 끝나자 우리는 춤을 추었다. 메건은 몹시 춤을 추고 싶어 했고 나도 그녀를 실망시키고 싶지 않았지만, 무슨 이유에서인지는 몰라도 나는 그녀가 춤을 잘 추지 못할 거라고 생각했다. 하지만 그것은 틀린 생각이었다. 그녀는 춤을 대단히 잘 추었다. 마치 깃털처럼 가볍게 내 팔에 안겨 몸과 다리를 리듬에 따라 부드럽게 움직여 나갔다.

“오, 이거 놀랐는데! 메건이 이렇게 춤을 잘 추리라고는 생각지 못했어!”

그녀는 다소 놀란 것 같았다.

“아니요, 아주 잘 추는걸요. 학교에 다닐 때 매주 댄스 시간이 있었거든요.”

“댄서를 키우는 댄스 교습소보다도 더 잘 가르쳤나 보군.”

우리는 다시 테이블로 돌아왔다.

“이곳 음식은 별로 좋지 않죠?”

그녀는 즐거운 듯한 한숨을 길게 내쉬었다.

“모든 게 다 별로예요!”

“내 생각도 그래.”

정말 완전히 정신이 나간 저녁이었다. 나는 그때까지도 정신을 못 차리고 있었다.

메건이 불안한 목소리로 말하는 바람에 허공에서 헤매고 있던 나는 땅에 떨어져서 정신을 차렸다.

"우리, 집에 돌아가야 하잖아요?"

나는 입이 딱 벌어졌다. 그렇다, 나는 제정신이 아니었던 것이 틀림없었다. 모든 것을 완전히 잊고 있었던 것이다! 나는 내가 창조해낸 피조물과 함께 지내면서 현실과는 동떨어진 세계에서 환상에 젖어 있었던 것이다.

내가 나지막이 부르짖었다.

"하나님 맙소사!"

나는 마지막 기차가 이미 떠났다는 것을 깨달았다.

"거기 그대로 있어. 전화를 걸어야겠어."

나는 루웰린 자동차 대여 회사에 전화를 걸어 가장 크고 빠른 차를 가능한 한 빨리 보내 달라고 주문했다.

나는 다시 메건에게 돌아왔다.

"마지막 기차는 이미 떠났어. 그래서 할 수 없이 자동차로 돌아가야겠어."

"우리 둘이서요? 그거 정말 재미있겠는데요!"

그녀는 무척 착한 아가씨였다. 모든 일에 대해 그토록 즐거워하고, 내가 하는 말이면 어느 것 하나 싫다고 투정을 부리거나 법석을 떠는 일이 없이 고분고분하게 순종하며 받아들였다.

이윽고 자동차가 도착했다. 빠르게 차를 몰아도 라임스톡에는 아마도 아주 늦게 도착할 터였다.

죄책감을 느끼며 나는 메건에게 말했다.

"집에서는 아마 메건을 찾으러 사람들을 여기까지 보냈을 거야!"

그러나 메건은 마음에 전혀 동요를 일으키지 않는 것 같았다.

"오, 나는 그렇게 생각하지 않아요."

그녀는 막연하게 대꾸했다.

"나는 종종 밖에 나갔다가 점심때가 지나도록 집에 들어가지 않는 경우가 있었는걸요."

"그럴 수도 있겠지. 메건, 그렇지만 지금은 점심은 물론이고 차 마시는 시간과 저녁 시간도 지나서 돌아가는 거라고."

그런데도 메건의 행운의 별은 스러지지 않고 더욱 밝게 빛나고 있었다.

메건의 집은 불이 다 꺼지고 정적에 싸여 있었다. 메건의 말에 따라 우리는 집 뒤로 돌아가서 로즈 방의 창문에 돌을 던졌다.

일은 생각대로 순조로이 진행되어 로즈가 밖을 내다보았다. 로즈는 깜짝 놀라 터져 나오는 탄성과 두근거리는 가슴을 진정시키며 우리에게 문을 열어 주었다.

"아니, 도대체 이게 어찌 된 일이죠. 나는 아가씨가 잠자리에 든 줄 알고 그렇게 말했는데요. 선생님과 홀랜드 양(그녀는 홀랜드 양의 이름을 꺼낸 다음에 희미하게 코웃음을 쳤다)은 일찍 저녁을 드시고 함께 드라이브를 나가셨어요. 나는 도련님들을 돌보느라고 눈을 뗄 수가 없었답니다. 계속 놀겠다고 칭얼거리는 콜린을 달래느라고 육아실에 있을 때 아가씨가 들어오는 소리를 들었는데, 내려가 보니 아가씨가 보이지 않아서 잠자리에 들었나 보다 생각했지요. 그래서 선생님이 들어오셔서 아가씨에 대해 물었을 때 자고 있다고 말씀드렸던 거예요."

나는 메건의 처지 때문에 오히려 유리해졌다고 말함으로써 그녀의 장황한 설명을 중단시켰다.

"안녕히 주무세요." 메건이 작별 인사를 하며 말했다.

"오늘은 정말 너무도 고마웠어요. 오늘은 내 생애에서 가장 멋진 날이었답니다. 정말 너무나 즐거웠어요."

나는 그때까지도 약간 마음이 들떠 있는 채로 집으로 돌아가서는 운전사에게 팁을 후하게 주면서, 자고 가는 것이 어떻겠냐고 물었다. 하지만 그는 그날 밤 안으로 돌아가야 한다고 말했다.

우리가 이야기를 나누는 동안 홀 문이 열렸다. 운전사가 차를 몰고 떠나자 조애너가 나오면서 말했다.

"왜 이제야 돌아온 거예요, 예?"

"나 때문에 걱정했었나 보구나?"

나는 안으로 들어가 문을 닫았다. 조애너가 거실로 들어가자 나도 그녀를 따라 들어갔다. 삼발이 위에는 커피포트가 올려져 있었고, 내가 위스키 소다수를 타서 마시는 동안 조애너는 자기가 마실 커피를 끓였다.

"오빠 때문에 걱정했다고요? 흥, 천만에요. 걱정하기는커녕 나는 오빠가 런던에서 묵으며 한번 흥청망청 놀아보자고 마음을 돌렸나 보다 생각했었지요."

"흥청망청 놀기는 했지. 뭐, 그것도 따지고 보면 그렇게 생각할 수 있을 거야."

나는 조애너에게 싱긋이 웃어 보이다가 그만 웃음을 터뜨렸다.

조애너는 대체 무슨 일로 그렇게 웃느냐고 물었다. 나는 그녀에게 모든 것을 이야기해주었다.

"오, 저런! 오빠는 제정신이 아니었던 것이 틀림없어요. 미쳐도 아주 단단히 미쳤던 거예요!"

"나도 그렇게 생각한다."

"그렇다고 해도, 오빠, 그런 일을 할 수는 없잖아요? 이런 지방에서는 안 돼요. 그 일은 내일이면 라임스톡 전체에 퍼지게 될 거예요."

"나 역시 그럴 거라고 생각해. 하지만 그렇다고 해도 결국 메건은 어린애에 불과하잖아."

"그렇지 않아요. 그녀는 어린애가 아니에요. 이제 스무 살인걸요. 스무 살이나 먹은 처녀를 런던으로 데려가서 옷을 사주고는 소문을 피할 수 있을 것 같아요? 이제 큰일 났어요, 오빠. 아마도 오빠는 메건과 결혼해야 할지도 모르겠군요. 정말 안됐어요, 쯧쯧."

조애너의 말은 농담 반, 진담 반이었다. 하지만 그 순간 나는 아주 중요한 사실을 깨달았다.

"빌어먹을! 설사 내가 그녀와 결혼하게 된다고 하더라도 개의치 않아! 사실 나는 그렇게 되기를 바라고 있는지도 몰라."

아주 우스꽝스러운 표정이 조애너의 얼굴에 떠올랐다. 그녀는 자리에서 일어나 문쪽으로 걸어가며 냉랭하게 말했다.

"그렇군요. 나도 진작부터 짐작하고 있었어요."

그녀는 얼이 빠져서 한 손에 술잔을 든 채 멍하니 서 있는 나를 남겨두고 거실에서 떠났다.

한 여성에게 결혼을 신청하는 남자의 태도가 평상시와 별로 다를 바가 없을 줄은 정말 몰랐다.

소설에서는 대개 여성에게 프러포즈하는 남자란 침이 마르고 목이 타며 자꾸만 칼라가 조여드는 듯한 답답한 기분을 느끼고 아울러 가련할 정도로 초조한 심경에 빠지게 되는 법이다.

그런데 나는 전혀 그런 기분을 느끼지 않았다. 일단 프러포즈하기로 마음을 먹자 나는 가능한 한 빨리 그 일을 매듭짓고 싶었을 뿐이다. 난처한 지경에 빠지게 될 경우를 대비해서 별도로 마음의 준비를 해둘 필요가 있는 줄도 몰랐다.

나는 11시경에 시밍턴 네 집으로 걸음을 옮겼다. 벨을 누르고 로즈가 나오자 나는 메건 양을 만나고 싶다고 말했다.

최초로 나에게 쑥스러움 같은 기분이 들게 한 것은, 무슨 일로 내가 메건을 찾고 있는지 다 알고 있다는 듯한 로즈의 시선 때문이었다.

그녀는 나를 작은 모닝 룸으로 안내했다. 그 방에서 메건을 기다리는 동안 이 집안 식구들이 메건을 심하게 꾸짖어 난처한 지경에 빠지게 한 것은 아닌지 걱정스러웠다.

문이 열리고 그녀가 들어오는 것을 돌아보고 나는 안도의 한숨을 내쉬었다.

메건의 태도에서는 수줍어하거나 당황하는 기색을 전혀 찾아볼 수가 없었다. 그녀의 머리는 아직도 윤기가 흐르는 갈색으로 빛나고 있었고, 어제 그녀가 보여 주었던 당당한 분위기가 몸 전체에 풍기고 있었다. 그녀는 다시 평상시에 입던 낡은 옷으로 갈아입었으나, 예전에 그 옷을 입었을 때의 모습과는 전혀 다른 자신의 모습을 연출하고 있었다.

자신의 진정한 매력을 깨닫게 된다는 것은 한 처녀에게 지대한 영향을 미치는 모양이다. 그 순간 나는 메건이 한층 성장했다는 사실을 깨달았다.

그때야 비로소 나는 상당히 당황했고 도저히 다정하게 말할 수 없음을 느꼈다.

"안녕, 메기!"

이것은 다정한 연인 사이의 인사라고는 볼 수 없는 딱딱하고 의례적인 말에 지나지 않았다.

"이봐, 메건, 혹시 어제 일로 꾸지람을 듣지는 않았어?"

메건은 나를 안심시켜주려는 듯이, "오, 아니요."라고 말하고 나서 잠시 눈을 깜박이다가 다시 말을 이었다.

"물론 나도 그러리라고 생각했어요. 식구들이 그 일을 몹시 수상하게 여겨 수도 없이 잔소리를 늘어놓는 거예요. 그렇지만 사람들은 아무 일도 아닌 것을 가지고 온통 야단법석을 떤다는 사실을 당신도 아실 거예요."

심한 꾸지람도 메건에게는 밑 빠진 독에 물을 붓는 격으로 아무런 소용이 없는 것 같았다. 나는 마음이 한결 가벼워졌다.

"내가 오늘 아침에 당신을 만나러 온 것은, 당신에게 말하고 싶은 것이 있기 때문이야. 당신도 알다시피 나는 당신을 아주 좋아하고, 또한 당신도 나를 좋아할 거야."

메건은 상당히 들떠서 열띤 어조로 말했다.

"물론, 나는 당신을 말로 표현할 수 없을 정도로 끔찍이 좋아한답니다."

"그리고 우리는 아주 의좋게 지낼 수 있을 거야. 그래서 하는 말인데, 우리가 결혼한다면 얼마나 좋을까 생각하고 있어."

"오!" 메건이 한숨을 쉬었다.

메건은 상당히 뜻밖이라는 표정을 지었다. 단지 그뿐이었다. 몹시 놀라거나 심한 충격을 받지는 않았다. 단지 상당히 의외여서 조금 놀란 듯한 표정을 지었을 뿐이다.

그녀는 내 의중을 확인하려는 듯이 물어보았다.

"정말로 나와 결혼하실 생각이세요?"

"이 세상 그 무엇보다도 더 절실히 원하고 있어."

이 말은 틀림없는 사실이었다.

"나를 사랑하고 있다고 말씀하시는 거예요?"

"물론이지. 나는 당신을 정말로 사랑하고 있어."

그녀의 눈은 엄숙한 빛을 띠고 딱딱하게 굳어졌다.

"나도 당신을 세상에서 가장 훌륭하고 멋진 분이라고 생각하고 있어요. 하지만 당신을 사랑하지는 않아요. 내 마음은 그래요.”

“나는 당신이 나를 사랑하게 만들겠어.”

“아마도 그렇게 되지는 않을 거예요. 나는 남에 의해 만들어지는 것을 원치 않아요.”

그녀는 잠시 생각에 잠겼다가 다시 엄숙한 어조로 말을 이었다.

“나는 당신의 아내로 적합하지 않아요. 나는 사랑스러운 존재라기보다는 오히려 증오의 대상이에요.”

그녀는 마음속의 걱정을 드러내 보이며 말했다.

내가 희망과 진정이 가득 찬 목소리로 말했다.

“미움이란 오래지 않아 사라지는 것이지만, 사랑은 영원토록 지속하는 거야.”

“그게 정말인가요?”

“그것은 내가 항상 확신하는 진실이지.”

다시 한동안 침묵이 흐르고 나서 내가 말했다.

“그렇다면 거절한다는 뜻인가, 응?”

“그래요, 내가 드릴 수 있는 대답은 그것뿐이에요.”

“나에게 한 가닥 실오라기 같은 희망이라도 남겨 주지 않겠어?”

“그게 무슨 소용이 있어요?”

“물론, 그렇다고 해서 무슨 소용이 되지는 않겠지. 하지만 사실은 그렇지 않아. 당신이 뭐라고 하든 나는 계속 희망을 버리지 않을 테니까 말이야.”

아무튼 그 일은 그렇게 끝났다.

줄곧 내게서 떠나지 않는 로즈의 관심 어린 시선이 다소 귀찮을 정도로 따갑게 느껴졌다. 나는 막연한 심정으로 그 집을 나섰다.

내가 그 집을 도망치듯 빠져나오기에 앞서 로즈는 할 말이 무척 많은 모양이었다. 그녀가 나에게 한 말은 다음과 같은 내용이었다.

그녀는 그 끔찍했던 날 이후로 늘 마음이 편치 않았다고 말했다. 그 아이들과 불쌍한 시밍턴 씨에 대한 동정심만 없었다면 그녀는 그 집에 눌러 있지는 않았을 것이다. 그녀는 그들이 조속한 시일 내에 다른 하녀를 구하지 않는다면 더 이상 그 집에 머물러 있지 않을 작정이지만, 살인사건이 일어난 집에서 다른 하녀를 구한다는 일이 그렇게 쉬운 일은 절대 아니지 않은가! 그리고 홀랜드 양에 대해 말하자면, 틈틈이 시간이 나는 대로 집안일을 도와준 것은 무척 고마운 일이다.

그녀는 아주 온순하고 공손하지만, 그거야 다 그렇고 그런 이유가 있기 때문이 아니겠는가? 그녀가 꿈꾸는 것은, 어느 날인가 차지하게 될 이 집의 여주인 자리 때문이 아니겠는가! 시밍턴 씨, 그 가엾은 남자는 아무것도 모르고 있지만. 누구나 홀아비란 흑심을 품은 여성의 제물이 되는 불쌍하고 가련한 존재라는 것을 자신은 너무도 잘 알고 있다고 했다. 그렇지만 만일 홀랜드 양이 돌아가신 마님의 자리를 차지하지 못하게 된다면, 그것은 결코 노력이 부족했기 때문만은 아닐 것이다.

나는 몹시 그 자리를 빠져나가고 싶었지만, 로즈는 자신이 늘어놓는 악담에 도취해 있는 동안 내 모자를 단단하게 움켜쥐고 있었기 때문에 그렇게 할 수는 없어서 다만, 나는 그녀의 말에 대해 기계적으로 동감을 표시했다.

하지만 그녀의 말 속에 진실이 들어 있는지는 사실 의심스러웠다. 정말로 엘시 홀랜드가 두 번째 시밍턴 부인이 될 가능성을 마음속으로 그린 걸까? 그게 아니라면, 그녀는 단지 고상하고 친절한 마음씨를 가진 진실한 아가씨로서 여주인을 사별한 가족을 돌보는 일에 최선을 다하는 것일까?

경우야 어찌 되었든 그 결과는 마찬가지가 될 것 같았다. 그거야 뻔하지 않겠는가! 시밍턴의 어린 자식들은 어머니가 필요했다. 엘시는 부드러운 성품을 지니고 있는데다가 그 누구와도 견줄 수 없는 아름다운 여인이다. 그 점은 남자라면 누구라도 알아볼 수 있다. 시밍턴처럼 점잔만 빼는 족속이라고 할지라도 그녀의 매력에 이끌리지 않을 수 없을 것이다.

내가 이런 생각에 몰두하는 것은 메건에 대한 생각을 억지로라도 몰아내고자 노력했기 때문이었다는 것을 잘 알고 있다.

여러분은 내가 메건에게 청혼한 것이 순전히 어리석은 자아도취에 빠져서 한 행동으로, 거절을 당해도 싸다고 말할지 모른다. 하지만 실은 전혀 그런 것이 아니다. 메건은 내게 속한 여인이다. 그녀의 일은 곧 나의 일이고 그녀를 보살피고 행복하게 해주고 어떤 위험으로부터도 돌봐주는 것은 내가 당연히 걸어가야 할 길이라는 것을 절실하고 확실하게 느꼈기 때문에 그녀에게 청혼한 것이다. 또한 나는 그녀도 마찬가지로 그렇게 생각하길 기대했다. 그녀와 내가 서로에게 속해 있다는 것을 굳게 믿었다. 그렇다, 바로 그것이었다.

아무튼 나는 절대 포기하지 않았다. 절대로 포기할 수가 없었다! 메건은 그 누구도 아닌 바로 내 여인이었으며, 나는 기필코 그녀를 내 아내로 삼을 작정이었다.

잠시 생각해본 다음 나는 시밍턴의 사무실로 갔다. 메건은 자신에 대한 꾸지람들을 별로 대수롭지 않게 받아들일지는 몰라도 나는 모든 것을 확실하게 해두고 싶었다.

시밍턴은 한가롭게 휴식을 취하고 있어 내가 찾아가자 기꺼이 자기 방으로 맞아들였다. 내가 입술을 굳게 다물고 태도마저 딱딱하게 굳어 있어, 시밍턴이 그다지 호의적인 방문으로 여기지는 않았을 거라고 생각했다.

"안녕하십니까? 공식적으로 볼일이 있어서가 아니라, 개인적인 일로 찾아오게 되어 혹시 폐가 되지 않을까 염려스럽군요. 될 수 있으면 간단하게 말씀드리도록 하겠습니다. 이런 말씀을 드리게 되어서 어떨지 모르겠지만, 내가 메건을 사랑하고 있다는 것을 당신도 아시게 될 겁니다. 그녀에게 청혼했지만 거절당했습니다. 하지만 나는 그것을 마지막 말로 받아들이지는 않습니다."

나는 시밍턴의 표정이 변하는 것을 보며 터무니없을 정도로 쉽게 그의 마음을 읽을 수 있었다. 그의 입장에서 보면, 메건은 그의 집에서 조화를 이루지 못하는 이질적인 존재였다. 그는 공정하고 인정이 많은 사람이어서, 죽은 아내의 딸을 집에서 몰아낸다는 것은 꿈에도 생각해본 적이 없을 거라고 확신했다. 그렇지만 메건이 나와 결혼하면 그것이 하나의 구원이 되리라는 것은 거의 확실한 일 같았다. 얼어붙었던 넙치가 녹듯이 그의 굳은 표정이 풀렸다.

그는 나에게 조심스럽고도 미미한 미소를 지었다.

"솔직히 얘기하자면, 버튼 씨, 당신도 잘 알겠지만 나는 그런 일에 대해서는 전혀 생각해본 바가 없습니다. 물론 당신이 그 애에 대해 상당히 관심을 기울여 왔다는 것은 잘 알고 있지만, 우리는 늘 그 애를 아직도 어리다고 생각해 왔답니다."

내가 무뚝뚝하게 말했다.

"그녀는 결코 어린애가 아닙니다."

"아니, 그렇지 않습니다. 나이가 찼다고 해서 다 어른이 되는 건 아니지요."

"그녀는 자신이 마음만 먹는다면 언제라도 자신의 나이에 어울리게 처신할 수가 있습니다."

나는 여전히 화가 가시지 않은 어조로 말했다.

"그녀가 아직 성인이 아니라는 사실을 잘 알고 있습니다. 하지만 한두 달만 지나면 그녀도 성인이 될 겁니다. 원하신다면 나에 대한 모든 것을 당신에게 말씀드리겠습니다. 나는 꽤 부유한 편에 속하고, 이제껏 아주 건전한 생활을 해왔습니다. 나는 그녀를 보살펴 주고 행복하게 해주는 일이라면 내가 할 수 있는 모든 것을 바칠 생각입니다."

"물론 그러시겠지요. 하지만 그 문제는 오로지 그 애 자신에게 달린 겁니다."

"그녀도 때가 되면 마음을 돌릴 겁니다. 다만 그 일에 대해 당신에게 확실하게 알려 두고 싶다고 생각했을 따름입니다."

그는 그 점에 대해 충분히 이해했다고 말했고, 우리는 우호적으로 헤어졌다.

시밍턴의 사무실에서 나오다가 나는 에밀리 바튼과 맞닥뜨렸다. 그녀의 팔에는 쇼핑 바구니가 하나 들려 있었다.

"안녕하세요, 버튼 씨. 나는 당신이 어제 런던에 갔었다고 들었는데요. 그게 사실인가요?"

그렇다, 그녀는 확실히 모든 것을 들어서 알고 있었던 것이다. 그녀의 눈빛은 상냥했지만 역시 호기심으로 가득 차 있었다.

"내 주치의에게 상처가 어느 정도 나았는지 보이려고 런던에 갔었지요."

에밀리 양은 미소를 지었다. 그녀의 미소는 어쩐지 마커스 켄트를 연상시켰다. 그녀는 나지막한 목소리로 속삭였다.

"내가 듣기로는, 메건이 거의 기차를 놓칠 뻔했다고 하던데요. 그녀는 기차가 막 떠나려고 할 때 간신히 올라탔다고 하더군요."

"내가 그녀를 도와주었지요. 내가 그녀를 기차 안으로 끌어들였던 겁니다."

"당신이 이곳에 있었다는 것은 정말 천만다행이었어요. 그렇지 않았다면 무슨 일이 일어났을지도 모르는 일이라고요."

얌전하고 호기심이 강한 나이 많은 노처녀가 한 남자를 그토록 바보같이 느끼게 할 수 있다는 것은 정말 보기 드문 일이 아닐 수 없다!

데인 캘드로프 부인이 갑자기 나타나서 나는 더욱 큰 곤경에서 벗어나게 되었다. 그녀는 자기 친구인 노처녀에게 자중하라고 하면서도, 정작 자기 자신의 말은 직설적인 표현으로 가득 차 있었다.

"안녕하세요." 그녀가 말했다.

"내가 듣기로는 당신이 메건을 도와서 그녀가 멋진 옷을 사입도록 해주었다고 하던데요? 정말이지 당신은 매우 생각이 뛰어난 분이에요. 남자들에게는 그처럼 실제적인 사고가 필요한 법이지요. 나는 오랫동안 그 처녀에 대해 걱정해왔답니다. 머리가 좋은 처녀들은 종종 어딘가 모자란 멍청이로 오인 받기가 쉬운 법이거든요, 그렇지 않은가요?"

참으로 주목할 만한 말을 한마디 던지고 나서 그녀는 생선 가게로 뛰어들어 갔다.

내 곁에 남아 있던 에밀리 양은 눈을 찡긋해 보이며 나에게 말했다.

"데인 캘드로프 부인은 참으로 놀라운 사람이에요. 당신도 아시겠지만, 그녀는 거의 언제나 정확하게 판단한답니다. 정말 놀라운 일이 아닐 수 없어요."

내가 말했다.

"그 점이 바로 그녀에 대해 오히려 경계하게 하기도 하죠."

데인 캘드로프 부인이 다시 생선 가게에서 뛰쳐나와 우리와 합류했다. 그녀는 커다란 붉은 왕새우를 들고 있었다.

"당신은 파이 씨 같은 사람과 정반대 성격이 어떤 건지 생각해본 적이 있어요? 아주 활기에 넘치고 건장한, 그런 것이 아닐까요, 버튼 씨?"

나는 조애너와 만나게 되는 것이 약간 두렵기는 했지만, 집에 돌아왔을 때 그런 걱정이 필요 없다는 것을 알게 되었다. 그녀는 밖에 나가서 점심때가 되도록 돌아오지 않았다. 이것은 패트리지를 몹시 짜증 나게 하였다. 그녀는 앙트레(생선과 고기 사이에 나오는 요리)용 접시에 2인분의 허릿살로 만든 춉 요리를 내놓으면서 심통이 난 어조로 말했다.

"버튼 양은 점심때 맞춰서 돌아오겠다고 단단히 말했는데요."

나는 조애너의 실수를 보상하려고 2인분의 춉 요리를 먹어 치워야 했다. 별일은 없을 거라고 생각하면서도, 조애너가 어디에 있는지 궁금했다. 그녀가 늦어진 이유에는 전혀 예상치 못했던 우여곡절이 있었다.

조애너가 갑자기 거실로 들이닥친 것은 3시 30분이 지날 때였다. 바깥에서 자동차가 멈추는 소리를 듣고 나는 그리피스가 온 것이 아닐까 생각했으나, 자동차가 떠나고 조애너 혼자만이 안으로 들어왔다.

얼굴이 몹시 상기되어 있는 것으로 봐서 무슨 일인가로 마음이 상당히 심란한 것 같았다.

"무슨 일이지?" 내가 물었다.

조애너는 입을 열려다가 다시 다물고 한숨을 푹 내쉬며, 의자에 털썩 주저앉아서는 멍하니 앞을 바라보았다.

이윽고 그녀가 말했다.

"오늘 정말 엄청난 일을 겪었어요."

"대체 무슨 일이 있었던 거냐?"

"정말 도저히 믿어지지 않는 일을 겪었어요. 그건 정말로 끔찍한……."

"글쎄, 도대체 무슨 일이냐니까?"

"산책하러 나갔거든요. 그냥 평소와 같은 그런 산책이었어요. 언덕을 넘어서 황무지 쪽으로 계속 걸어갔었죠. 몇 마일쯤 걸었을 거라고 생각했어요. 어떤 분지로 내려가게 되었지요. 거기에는 농가 한 채가 몹시 황량하고 쓸쓸하게 서 있더군요. 목이 몹시 말라서 우유나 뭐 마실 것이 있는지 알아볼 생각으로 그 농가 마당 안으로 천천히 걸어 들어갔는데, 그때 문이 열리며 오웬이 나오는 거였어요."

"그래?"

"그는 간호사가 도착한 모양이라고 생각했다는 거예요. 그 농가에는 아기를 낳고 있는 여인이 있었거든요. 그는 다른 의사를 불러오라고 보낸 간호사를 기다리고 있었던 거지요. 뭔가 일이 심상치 않았던 거예요."

"그래서?"

"그래서 그가 나에게 이렇게 말하더군요. '오, 어서 들어와요. 당신이 좀 도와줘야겠습니다. 아무도 없는 것보다는 낫겠지요.' 내가 도와줄 수 없을 거라고 했더니, 그는 그게 무슨 소리냐고 하더군요. 그런 일은 한 번도 해본 적이 없고, 또한 아무것도 모른다고 했는데도 말이에요. 그는 그게 도대체 무슨 상관이 있느냐고 하면서 나를 몹시 나무라는 거예요.

그리고 이렇게 말했어요. '당신도 여자입니다. 그렇지 않습니까? 당신은 계속해서 내게 의학에 상당히 관심이 있는 듯이 말했어요. 게다가 간호사가 되었으면 좋겠다고 말한 적도 있지 않습니까? 당신이 한 말은 모두 허풍에 지나지 않았나요? 만약 허풍이었다 하더라도 이것은 현실이에요. 아무 쓸모도 없는 허풍쟁이 바보처럼 굴지 말고 고결한 인간으로서 행동하세요!'

나는 정말로 내 생애에서 가장 어려운 일을 했어요, 오빠. 여러 가지 의료 도구들을 챙기고, 끓이고, 그것들을 넘겨주었지요. 지금 나는 거의 서 있기조차도 어려울 정도로 몹시 지쳤어요. 정말 끔찍한 일이었답니다. 하지만 그는, 그 산모와 아기를 모두 구했어요. 아기는 무사히 태어났지요. 정말 한때는 아기를 무사히 구해 낼 수 있을지 의문이었답니다. 오, 하나님 맙소사!"

조애너는 손으로 얼굴을 가렸다.

나는 몹시 흐뭇한 심정으로 그녀를 바라보며 마음속으로부터 오웬 그리피스에게 경의를 표했다. 그는 조애너를 그 일로 현실에 대해 깨우치도록 해주었던 것이다.

"홀에 가면 너에게 온 편지가 한 통 있을 게다. 아마 폴한테서 온 것 같더구나."

"응?" 그녀는 잠시 생각에 잠겼다가 다시 말했다.

"오빠, 나는 의사들이 무슨 일을 하는지 전혀 몰랐어요. 그 사람들은 정말로 대단한 용기가 있어야 할 거예요.”

나는 홀에 가서 조애너에게 편지를 가져다주었다. 그녀는 편지를 뜯고는 그 내용을 막연한 시선으로 훑어본 다음 바닥에 떨어뜨렸다.

“그는, 정말……, 놀라운 일을 한 거예요. 일종의 투쟁 같았어요. 그 일은 아마도 그의 전공은 아니었을 거예요! 그는 나에게 무례하고 거칠게 행동했지만 정말로 놀라운 일을 해냈던 거예요.”

나는 상당히 흐뭇해하며 조애너가 거들떠보지도 않는 폴의 편지를 내려다보았다. 이제 조애너는 분명히 폴에게서 벗어난 것이다.

모든 일이 결코 예상했던 대로 일어나지는 않는 법이다. 다음 날 아침 조애너는 그녀대로, 나는 나대로 각자의 개인적인 문제로 골똘해 있을 때 느닷없이 내쉬의 전화가 걸려 왔다.

내쉬가 몹시 흥분한 목소리로 말했다.

“드디어 우리는 그녀의 정체를 알아냈습니다, 버튼 씨!”

나는 깜짝 놀라 그만 수화기를 놓칠 뻔했다.

“당신 말은……”

그가 내 말을 막았다.

“당신 쪽에서 누군가 엿듣게 될 염려는 없습니까?”

“아니오, 그렇지는 않은 것 같습니다만. 글쎄요, 혹시라도…….”

부엌으로 통하는 휘장 문이 약간 열린 채로 흔들렸던 것 같은 생각이 들긴 했다.

“괜찮으시다면, 경찰서로 오는 게 어떻겠습니까?”

“그게 좋겠군요. 내가 그리로 가도록 하겠습니다, 즉시.”

나는 조금도 지체하지 않고 곧장 경찰서로 달려갔다. 경찰서 안쪽에 있는 방에는 내쉬와 파킨스 순경이 이마를 맞대고 앉아 있었다. 내쉬는 얼굴에 온통 미소를 짓고 있었다.

“정말로 지루한 추적이었습니다. 그렇지만 우리는 드디어 종착역에 이르게 되었지요.”

그는 테이블 건너 쪽에서 한 통의 편지를 흔들어 보였다.

이번 편지는 그 내용도 모두 타자기로 친 것이었다. 내용은 상당히 부드러운 말투로 되어 있었다.

상당히 부드러운 협박조로 끝을 맺고 있었다.

내쉬가 말했다.

"이 편지는 오늘 아침 홀랜드 양에게 온 것입니다."

파킨스 순경이 상당히 경멸하는 투로 말했다.

"그녀가 전에 이런 편지를 한 통도 받지 않았다는 것은 정말 터무니없는 거짓말 같습니다."

"누가 보낸 겁니까?" 내가 물었다.

상당히 의기양양해하던 기색이 내쉬의 얼굴에서 점차로 사라졌다. 그의 얼굴은 몹시 지치고 근심스러운 빛을 띠었다.

"그 일에 대해서는 상당히 유감이라고 생각하는데, 점잖은 남성에게는 몹시 견디기 어려운 충격을 주게 될 테니까 말이죠. 하지만 그거야 어쩔 수 없는 일이지요. 어쩌면 그 사람도 이미 그 일을 짐작하고 있었는지도 모릅니다."

"도대체 누가 보낸 겁니까?" 내가 다시 물었다.

"에이미 그리피스 양입니다."

그날 오후 내쉬와 파킨스는 에이미 그리피스에 대한 체포영장을 가지고 그리피스의 집으로 갔다.

내쉬의 요청에 의해 나도 그들과 함께 가게 되었다.

내쉬 총경이 나에게 심각한 어조로 말했다.

"그 의사 선생은, 당신을 무척 좋아하고 있습니다. 그는 이곳에 친한 친구들이 별로 없거든요. 당신에게 그리 고통스러운 일이 아니라면, 버튼 씨, 그가 그 뜻밖의 충격으로부터 견뎌낼 수 있도록 당신이 그를 위로해주면 큰 도움이 되겠습니다."

나는 그들과 함께 가겠다고 말했다. 그 일이 썩 마음에 내키지는 않았지만, 아무튼 그런대로 다소나마 도움이 될 수 있을 것 같았다.

벨을 누르고 그리피스 양을 찾아왔다고 하자, 우리는 응접실로 안내되었다.

엘시 홀랜드, 메건, 그리고 시밍턴이 그곳에서 차를 마시고 있었다.

내쉬 총경은 아주 신중하게 행동했다. 그는 에이미에게 잠시 개인적으로 이야기를 나눌 수 있겠느냐고 정중한 어조로 물었다.

그녀가 일어나서 우리가 있는 쪽으로 다가왔다. 그녀의 눈 속에는 무슨 일인지 궁금해하는 기색이 언뜻 비쳤던 것 같았다. 그게 사실이었다 하더라도, 그런 기색은 곧 사라져서 다시 평소 그녀의 눈빛으로 돌아왔다. 그녀는 평상시와 조금도 다름 없이 아주 쾌활한 태도였다.

"내게 무슨 볼일이 있으신가요, 총경님? 글쎄요, 내 자동차 라이트가 다시 말썽을 부린 것은 아닌지 모르겠군요. 그렇지는 않을 텐데. 자, 저쪽으로 가시지요."

그녀는 응접실에서 나가 조그만 서재로 그를 안내했다.

나는 응접실 문을 닫으면서 시밍턴의 머리가 갑자기 들리는 것을 보았다. 법률적으로 훈련된 그는 직감적으로 사건과 연결지어 생각하고, 내쉬의 태도에서도 무슨 일인가가 있다는 것을 알아차린 것 같았다. 그는 자리에서 반쯤 일어나 있었다.

그것이 내가 문을 닫고 다른 사람들을 따라가기 전에 본 장면이다.

내쉬 총경은 자기가 찾아온 목적을 밝혔다. 그의 태도는 아주 침착하고 정중했다. 그는 그녀에게 주의 사항을 알려 주고는 자기와 동행해야겠다고 말했다. 그녀에 대한 체포영장을 제시하며 영장의 내용을 읽어 주었다.

지금은 그 영장의 정확한 법률적인 용어들은 거의 다 잊어버렸지만, 그것은 그 편지 사건에 대한 기소였지 살인사건에 대한 기소는 아니었다.

에이미 그리피스는 고개를 번쩍 치켜들고는 폭소를 터뜨렸다. 그리고 나서 그녀는 몹시 격앙된 목소리로 분노를 터뜨렸다.

"도대체 이건 정말 어처구니없는 일이로군요! 마치 내가 그런 더럽고 추잡한 편지들을 보내기라도 한 것 같군요. 당신은 혹시 머리가 돈 게 아닌가요? 나는 그따위 지저분한 소리라곤 단 한마디도 써 본 적이 없단 말이에요."

내쉬 총경은 엘시 홀랜드에게 온 편지를 보여 주고 나서 말했다.

"당신은 이 편지를 썼다는 사실을 부인하시겠습니까, 그리피스 양?"

그녀는 잠시 주춤하는 것 같았지만, 그것은 극히 짧은 찰나에 불과했다.

"물론 나는 쓰지 않았어요. 결코 한 번도 본 적이 없는 편지예요."

내쉬가 침착한 목소리로 에이미 그리피스에게 말했다.

"이 점을 당신에게 분명히 밝혀야겠습니다, 그리피스 양. 당신이 그저께 저녁 11시에서 11시 30분 사이에 여성협회에서 타자기로 이 편지들을 치는 걸 목격한 사람이 있습니다. 그리고 어제 당신은 편지 한 꾸러미를 손에 들고 우체국에 들어갔습니다."

"나는 결코……."

그때 문이 열리며 시밍턴이 들어왔다. 그가 날카로운 목소리로 에이미 그리피스에게 말했다.

"대체 이게 무슨 일이오? 에이미, 만일 무슨 잘못이 있다면 당신은 모든 것을 법률적으로 처리해야 할 겁니다. 만일 내가 필요하다면……."

그녀는 시밍턴이 더 이상 말을 하지 못하게 했다. 손으로 얼굴을 가리고는 의자에 털썩 주저앉았다. 그러고 나서 그녀가 말했다.

"나가요, 딕. 제발 좀 나가 주세요. 당신은 필요 없어요! 제발, 당신은 필요 없단 말이에요!"

"당신은 변호사가 필요해요, 에이미."

"당신은 상관하지 마세요, 나……, 나는 그것을 도저히 견딜 수가 없을 거예요. 당신이 알게 되는 것을 정말로 원치 않는단 말이에요. 이 모든 것을. 제발 좀……."

그러자 그도 그녀의 생각을 이해한 것 같았다. 그는 침착한 목소리로 말했다.

"익스햄프톤에 있는 마일드메이를 오라고 하겠소. 그러면 되겠지?"

그녀는 고개를 끄덕였다. 이제 그녀는 흐느끼고 있었다.

이윽고 시밍턴이 그 방에서 나갔다. 문간에서 그는 오웬과 부딪쳤다.

"대체 이게 무슨 일이오?"

오웬이 격렬한 목소리로 물었다.

"우리 누님이……."

"정말 유감스러운 일입니다, 그리피스 박사님. 죄송하게 되었습니다. 하지만 우리도 이렇게 할 수밖에 다른 도리가 없군요."

"당신은 우리 누님이, 그 편지 사건에 책임이 있다고 생각하는 겁니까?"

"그 점에 대해서는 의심할 바가 전혀 없는 것 같습니다, 그리피스 씨."

이렇게 말한 내쉬는 에이미 쪽으로 돌아섰다.

"자, 그리피스 양, 우리와 함께 가주셔야겠습니다. 그리고 잘 아시겠지만, 당신은 변호사를 선임할 모든 권리를 보장받게 될 겁니다."

오웬이 떨리는 목소리로 외쳤다.

"에이미!"

그녀는 그를 쳐다보지도 않고 그의 옆을 스치고 지나갔다.

"나에게 묻지 마. 아무런 말도 하지 마. 그리고 제발 그런 눈으로 나를 쳐다보지도 마!"

그들은 밖으로 나갔다. 오웬은 마치 꿈을 꾸는 사람처럼 얼빠진 표정으로 서 있었다.

나는 잠시 기다렸다가 그에게로 다가갔다.

"무엇이든 내가 할 수 있는 일이 있으면 말해주시오, 그리피스"

그는 여전히 꿈을 꾸는 사람처럼 몽롱한 목소리로 말했다.

"에이미가? 아니야, 나는 도저히 믿을 수가 없어요."

나는 자신이 없는 목소리로 말했다.

"착오일 수도 있습니다."

그가 천천히 말했다.

"설사 그것이 사실이라고 하더라도 누님은 그런 식으로 하지는 않았을 겁니다. 아무리 그렇다고 해도 나는 도저히 믿을 수가 없어요. 도저히 믿을 수가 없단 말입니다.”

그는 의자에 무너지듯 주저앉았다. 나는 그에게 기운을 차릴 수 있도록 뭔가 마실 것을 찾아서 갖다 주고나서야 나도 쓸모가 있다는 것을 알았다.

그는 그것을 받아서 단숨에 꿀꺽 들이마셨는데, 그것이 상당히 도움된 것 같았다.

“처음에는 그 사실을 도저히 받아들일 수가 없었습니다. 하지만 이제는 괜찮습니다. 정말 고맙습니다, 버튼 씨. 그러나 더 이상 당신이 도울 수 있는 일이 없어요. 누구도 더 이상 할 수 있는 일이라곤 하나도 없습니다.”

그때 문이 열리며 조애너가 들어왔다. 그녀의 얼굴은 몹시 창백하게 질려 있었다. 그녀는 오웬에게로 다가가며 나를 쳐다보았다.

그녀가 말했다.

“이제 그만 나가 보세요, 오빠. 이건 오빠 같은 남자가 할 일이 아니라 바로 내가 할 일이에요. 이 일은 나에게 맡겨 두고 오빠는 그만 나가 보세요.”

문을 나설 때 나는 조애너가 오웬이 앉아 있는 의자 곁에 무릎을 꿇고 앉는 것을 보았다.

진실

그다음 24시간 동안 일어난 사건에 대해서는 논리 정연하게 설명할 자신이 별로 없다. 여러 가지 무수한 사건이 서로 아무런 관계도 없이 마구 발생했다.

조애너는 몹시 창백하고 일그러진 표정으로 돌아왔다.

나는 그녀를 달래 주려고 무척 애쓰며 다음과 같이 말했다.

"그래, 이제는 누가 구원의 천사가 된 거냐?"

그러자 그녀는 고통스럽게 일그러진 표정으로 억지 미소를 지으며 말했다.

"그 사람은 내 마음 같은 건 받아 주지 않겠대요, 오빠. 그는 정말이지 너무나 자존심이 강하고 완고하기 짝이 없는 남자예요!"

그래서 내가 말했다.

"내가 사랑하는 아가씨도 마찬가지로 나를 받아 주지 않겠다고 하니……."

우리는 잠깐 아무 말 없이 앉아 있었는데, 이윽고 조애너가 입을 열었다.

"우리 버튼 가(家)의 사람들은 확실히 그 방면에는 소질이 없는 것 같아요!"

"너무 상심할 것 없어, 조애너. 우리는 아직도 서로 필요로 하고 있어."

조애너가 말을 받았다.

"하지만 이제는 무슨 이유에서인지는 몰라도, 그것조차 나를 그리 안심시켜 주지 못하고 있어요, 오빠……."

다음날 오웬이 찾아왔다. 그는 조애너에 대해 도가 지나칠 정도로 극찬을 늘어놓았다. 조애너는 정말 믿기 어려울 정도로 훌륭한 여성이라고 말이다! 그는 조애너가 자기를 찾아와 자기가 원하기만 한다면 즉시 기꺼이 결혼하겠다고 했지만 그녀의 청혼을 받아들일 수 없었노라고 했다. 그것은 그녀가 싫어서가 아니고, 그녀가 너무도 착하고 훌륭해서 그 소식이 신문지상에 실리자마자 떠들어댈지도 모를 그런 추잡한 소문 따위에 그녀를 연루시키고 싶지 않아서였다고 말했다.

나는 조애너를 좋아했고, 또한 그녀는 어떤 어려움이 있을지라도 충분히 이겨 낼 수 있는 그런 여성이라는 것을 잘 알고 있었지만 나 역시도 내 동생이 그런 쓸데없는 소문에 휘말리게 되는 것이 싫었다. 나는 오웬에게 너무 지나칠 정도로 고매하게 굴지 말라고 짜증을 내며 말했다.

번화가로 내려가자 나는 모든 사람들이 쉴 새 없이 혓바닥을 놀려대는 것을 알게 되었다. 에밀리 바튼은, 자기는 한 번도 에이미 그리피스를 믿었던 적이 없었노라고 말했다. 식료품점 마누라는, 자기는 언제나 그리피스 양이 수상한 눈빛을 띤 것 같다고 생각했다고 말했다.

내쉬에게 에이미 그리피스에 대한 사건이 이제 종결되었다는 사실을 듣게 되었다. 그 집을 수색한 결과 뜻밖에도 에밀리 바튼의 책에서 뜯겨 나간 부분이 발견되었다. 그것은 다른 은밀한 곳을 다 제쳐놓고, 낡은 벽지 두루마리로 감싸진 채 계단 밑 벽장 속에 감추어져 있었다.

"사실 그곳은 기가 막힐 정도로 훌륭한 장소이기도 하지요."

내쉬 총경이 상당히 감탄한 듯한 어조로 말했다.

"여기저기 뒤지기를 좋아하는 하인이 책상이라든가 자물쇠를 채운 장롱 서랍을 몰래 뒤져 보지 않으리라고는 감히 장담할 수 없을 겁니다. 하지만 그런 낡은 테니스공과 벽지 따위로 가득 차 있는 폐품 창고들은 그 안에 물건들을 더 집어넣게 될 때를 제외하고는 결코 열리는 적이 없는 법이거든요."

내가 말했다.

"그 여자는 그래서 그곳을 감추기 위한 장소로 택한 모양이군요."

"그렇습니다. 범죄자의 심리란 대개 비슷비슷하게 마련이지요. 이왕 말이 나온 김에 죽은 하녀에 대해 말씀드리자면, 우리는 계속 조사한 결과 한 가지 사실을 알게 되었습니다. 그리피스 박사의 조제실에서 상당히 크고 무거운 조제용 절굿공이가 없어졌습니다. 그것이 바로 그녀가 아그네스를 때려서 기절시켰던 그 흉기라고 여겨집니다."

"가지고 다니기에는 상당히 어색한 물건인 것 같은데요."

"그리피스 양의 경우에는 그렇지가 않습니다. 그날 오후 그녀는 소녀단에 들를 예정이었지만, 도중에 적십자 매점에 들러서 꽃과 채소를 사 두려고 했기 때문에 굉장히 커다란 바구니를 가지고 나갔거든요."

"부엌칼은 찾아내지 못했습니까?"

"그렇습니다. 그건 결국 찾지 못할 것 같습니다. 그 가련한 악마는 미쳤을지는 몰라도, 흉기에 묻은 핏자국을 그대로 두어 우리가 그것을 쉽게 발견하게 할 정도로는 미치지 않았을 겁니다. 그러므로 그녀는 부엌칼을 범행에 사용한 다음 깨끗이 닦아서 다시 찬장에 놓아두었을 겁니다."

"나도 당신들이라고 해서 모든 것을 다 밝혀낼 수 있으리라고는 보지 않습니다."

나는 내쉬의 말에 공감을 표시했다.

목사관은 그 소식을 들을 수 있는 마지막 장소였다.

마플 양은 그 소식으로 몹시 실망에 잠겨 있었다.

그녀는 그 문제에 대해 나에게 아주 진지한 태도로 말했다.

"그건 사실이 아니에요, 버튼 씨. 그게 사실이 아니라는 것을 나는 확신하고 있답니다."

"내 생각에는 충분히 근거가 있는 사실인 것 같습니다. 그들은 오랫동안 잠복해 있다가 실제로 그녀가 그 편지를 작성하는 장면을 목격했다고 합니다."

"물론, 그렇겠지요. 아마도 그랬을 거예요. 그래요, 나도 그 점에 대해서는 이해할 수가 있어요."

"그리고 또한, 그 편지들을 작성하는데 사용된 책의 페이지들이 그녀의 집에 숨겨져 있던 것도 찾아냈다고 합니다."

마플 양은 한동안 나를 가만히 응시했다. 그리고 나서 그녀는 아주 나지막한 목소리로 말했다.

"하지만 그것이 바로 끔찍한, 실로 악랄한 흉계예요."

데인 캘드로프 부인이 갑자기 우리에게 들이닥치며 말했다.

"무슨 일이에요, 제인?"

마플 양은 절망적인 목소리로 속삭이고 있었다.

"오, 하나님 맙소사, 어쩌면 좋지요? 어떻게 하면 좋을까요?"

"대체 무엇이 당신을 괴롭히는 거예요, 제인?"

마플 양이 말했다.

"틀림없이 흑막이 있어요. 하지만 나는 이제 너무 늙었고, 아는 것도 없고, 또 나 자신이 너무도 어리석게만 느껴져요."

나는 상당히 곤혹스러움을 느끼고 있었는데, 마침 데인 캘드로프 부인이 자기 친구를 데리고 가서 마음이 놓였다.

하지만 그날 오후에 나는 다시 마플 양을 보게 되었다. 나는 상당히 늦어서야 집으로 돌아가는 길이었다.

그녀는 마을 끝에 있는 클리트 부인의 오두막집 근처의 작은 다리 옆에 서 있었는데, 하필이면 그 많은 사람 중에서 메건하고 이야기를 나누고 있었다.

나는 메건을 만나고 싶었다. 온종일 그녀를 찾아 헤매고 다녔던 터였다. 나는 걸음을 빨리했다. 하지만 내가 그들에게 가까이 가기도 전에 메건은 돌아서서 다른 방향으로 멀어져 갔다.

그것은 나를 화나게 했고, 나는 그녀를 따라가려 했지만 마플 양이 나를 가로막았다.

"당신과 이야기하고 싶었답니다." 그녀가 말했다.

"안 됩니다, 지금 메건을 쫓아가면 안 돼요. 그건 결코 현명한 일이 못될 거예요."

그녀가 나를 잡아두려고 하자 나는 거칠게 한마디 대꾸해주려고 했지만, 그녀가 다시 말을 이었다.

"그 아가씨는 정말 대단한 용기를 가지고 있어요. 그것도 가장 높은 차원의 용기를 말이에요."

나는 여전히 메건을 뒤쫓아 가고 싶었지만, 마플 양이 계속 말을 이었다.

"지금은 그녀를 만나려고 애쓰지 마세요. 지금 당신에게 무슨 말을 하고 있는지 나는 아주 잘 알고 있어요. 이것만은 얘기할 수 있어요. 메건은 지금 자신의 용기가 꺾이지 않고 온전하게 보존될 수 있도록 노력하는 중이랍니다."

그 노부인의 말 속에 들어 있는 어떤 의미가 나를 오싹하게 하였다. 마치 그녀는 내가 알지 못하는 무엇인가를 아는 것 같았다.

나는 불안을 느끼면서도 도대체 무엇 때문에 그러는지 그 원인을 알 수가 없었다.

나는 집으로 돌아가지 않았다. 번화가 쪽으로 다시 올라가며 아무런 목적도 없이 거리를 헤맸다. 나는 아무것도 알 수가 없었다. 내가 무엇을 기다리는 것인지, 아니면 무슨 생각을 하는 것인지…….

그러다가 나는 그 끔찍하고 지긋지긋한 노인인 애플리 대령에게 붙들리고 말았다. 그는 보통 때처럼 내 예쁜 누이동생이 잘 있는지를 묻고는 다음과 같이 말했다.

"그리피스의 누이가 아주 돌아 버렸다고 하던데, 그게 대체 무슨 소리입니까? 사람들이 그녀가 모든 사람들을 그토록 괴롭혀 왔던 편지 사건의 범인이라고 합니다만? 처음에는 그 사실을 도저히 믿을 수가 없었지만, 지금은 근거가 확실한 사실이라고 합니다."

나는 충분히 근거가 있는 사실이라고 말했다.

"글쎄요, 아무튼 우리의 경찰력도 그런대로 상당히 훌륭하다고 할 수 있겠지요. '그들에게 시간을 주시오. 그것으로 충분합니다. 그들에게 시간을 주시오!' 바로 이런 말이 되겠지요. 웃기는 일은, 이번 익명 편지 사건에서도 마찬가지였지만 그 일을 꾸민 범인은 언제나 이처럼 말라비틀어진, 도무지 매력이라고는 없는 늙은 여편네들이라는 겁니다. 비록 그리피스 양이 나이가 좀 많은 것을 빼고는 그렇게 보기 흉하지 않다고는 하지만 말입니다. 아무튼 이 지방에서는 고상한 여인들이란 눈을 씻고 찾아봐도 도무지 볼 수가 없으니. 물론 시밍턴네 가정교사인 홀랜드 양은 별도로 치고 하는 말입니다만. 그녀는 칭찬해줄 만한 가치가 충분히 있는 여인입니다. 게다가 무척 상냥한 아가씨이기도 하죠. 누구든지 그녀에게 조그만 도움이라도 베풀면 그녀는 그 일을 가지고 그렇게 고마워할 수가 없답니다.

언젠가 이런 일이 있었습니다. 바로 얼마 전에 나는 그녀가 아이들을 데리고 소풍 나온 것을 우연히 보게 되었답니다. 아이들은 히드 숲 속에서 뛰어놀고 있었고, 그녀는 뜨개질하고 있었지요. 그때 그녀는 털실이 다 떨어져서 몹시 당황하고 있었답니다. 그래서 내가, '어때요, 내가 당신을 라임스톡까지 태워다 줄까요? 마침 나도 지팡이를 가지러 그곳에 가야 하거든요. 그것을 가지고 오는데 10분 이상은 걸리지 않을 겁니다. 그러고 나서 당신을 다시 이곳으로 데려다 주지요.'라고 말했지요. '누가 그들을 해치려고 하겠어요? 아이들을 데리고 가지 않는 것을 너무 염려하지 마세요.' 그렇게 해서 나는 그녀를 태우고 가서 털실 가게에 내려 주었죠. 그리고 잠시 뒤 다시 그녀를 태워서 그곳으로 데려다 주었지요. 그 일로 그녀는 나에게 상냥하게 미소를 지으면서 고맙다고 하더군요. 순전히 마음속에서 우러나오는 감사, 바로 그거였지요. 정말 훌륭한 아가씨랍니다."

나는 간신히 그에게서 빠져나올 수 있었다.

내가 그날 마플 양을 세 번째로 보게 된 것은 그와 헤어진 다음이었다. 그때 그녀는 막 경찰서를 나서고 있었다.

대체 공포는 어디에서 나오는 것일까? 그리고 그 공포는 어디에서 형성되는 것일까? 또한 외부로 그 모습을 드러내기 전에는 어디에 숨어 있는 것일까?

그것은 단지 한마디의 짧은 말에 불과했다. 처음에는 그냥 무심코 들어 넘겼지만 곰곰이 그 말의 의미를 되새겨 보면 볼수록 도저히 무시해버릴 수 없는 말이다.

"제발 나를 데려가 주세요! 이곳에 있다는 것은 너무도 끔찍해요. 정말 견딜 수가 없을 정도로 불안해요."

무엇 때문에 메건은 그런 말을 했을까? 도대체 무슨 이유로 그녀는 그토록 불안을 느끼고 있었던 걸까?

시밍턴 부인의 죽음이 메건을 그렇게 불안하게 만든 건 아닌 것 같다. 그녀를 슬프게 했다면 몰라도…….

어째서 그녀는 그토록 불안을 느꼈을까? 왜? 도대체 무슨 이유로?

그것은 그녀가 어떤 죄책감을 느꼈기 때문이었을까?

메건이? 그건 도저히 불가능한 일이다. 그런 추잡하고 더러운 편지들…….
도저히 있을 수 없는 일이다.

오웬 그리피스는 자기가 북쪽 지방에서 개업하고 있을 때 겪었던 한 사건을 알고 있노라고 했다. 어떤 여학생이……

그레이브스 경위가 무슨 말을 했었더라?

사춘기에 접어든 청소년의 마음에 대해 무슨 말을 했던 것 같기도 한데……

어떤 의사는, 수술대 위에 누운 순결한 중년의 부인네들이 그런 말을 알고 있으리라고 도저히 상상할 수가 없는, 그런 추잡한 말들을 지껄이곤 한다고 했었다. 조그만 꼬마 녀석들도 벽에다가 못돼먹은 말들을 낙서하곤 한다.

아니, 그건 말도 안 되는 소리다. 메건이 절대로 그랬을 리가 없다.

만일 메건이 한 짓이라면? 그건 유전 탓일까? 나쁜 형질을 이어받았기 때문일까? 자기 자신도 모르는 어떤 좋지 못한 비정상적인 유전 인자가 들어 있는 것은 아닐까? 그러한 불행은 그녀의 잘못이 아니라, 그녀의 조상이 좋지 못한 형질을 가졌기 때문에 그녀에게 부과된 일종의 저주였을까?

"나는 당신의 아내가 되기에는 적합한 여자가 못돼요. 나는 사랑스러운 존재이기보다는 오히려 증오의 대상이기 때문이에요."

오, 나의 메건, 나의 사랑하는 꼬마 아가씨. 절대로 그럴 리가 없어! 하지만 그렇지 않다면, 도대체 무엇이 잘못된 것이지? 그리고 그 노처녀가 줄곧 메건을 주시하는 것도 수상한 일이 아닐 수 없어. 그녀는 메건이 용기를 가졌다고 했었지. 도대체 무엇을 위한 용기지?

그런 생각들은 단지 일시적인 과대망상에 지나지 않았다. 그건 곧 잊혀졌다. 그렇긴 해도 나는 메건을 보고 싶었다. 너무도 그녀가 보고 싶어서 견딜 수가 없었다.

그날 저녁 9시 30분경, 나는 집을 나서서 마을로 내려가 시밍턴네 집으로 향했다. 오직 메건을 보고 싶다는 일념으로 어두운 밤거리를 홀로 쓸쓸히 걸어갔다. 메건에 대한 그리움 그리고 안갯속처럼 몽롱한 알 수 없는 불안감……

전혀 새로운 생각이 내 머릿속에 떠오른 것은 바로 그때였다. 누구도 의심했던 적이 없는 어떤 여인에 대한 생각이었다. 그야말로 정말 뜻밖의 일이었다.

‘혹시 내쉬 총경은 그녀를 의심했던 것은 아닐까?’

도무지 그럴 법하지 않은, 도저히 불가능하다고 여겨지는, 오늘까지만 해도 나 자신도 그건 불가능한 일이라고 여겼던 인물이다. 아니, 그럴 리가 없어. 하지만 절대로 불가능한 일만은 아니다.

나는 걸음을 재촉했다. 왜냐하면 이제는 빨리 메건을 만나봐야겠다는 생각이 더욱더 간절했기 때문이다. 걸음을 내디딜수록 그런 갈망은 점점 더 고조되어 갔다.

나는 시밍턴네 집 대문에 들어서서 건물 쪽으로 다가갔다. 하늘은 온통 구름으로 뒤덮여 별빛마저 보이지 않는 캄캄한 밤이었다. 가랑비가 조금씩 내리기 시작했다. 내 손바닥도 잘 보이지 않을 정도로 몹시 어두웠다.

창문 하나에서 불빛이 가느다랗게 흘러나오고 있었다. 저게 조그만 모닝 룸이었던가?

나는 잠시 망설이던 끝에, 현관으로 가지 않고 옆길로 돌아서서 몸을 낮게 숙이고는 커다란 관목을 피해서 그 창문을 향해 발뒤꿈치를 들고 살금살금 발소리를 죽이며 다가갔다.

그 불빛은 완전하게 쳐지지 않은 커튼의 틈새로 흘러나오고 있었다. 그 틈새로 방 안을 쉽게 들여다볼 수 있었다.

방 안의 광경은 이상하리만큼 평화롭고 가정적인 분위기였다. 시밍턴은 커다란 팔걸이의자에 앉아 있었고, 엘시 홀랜드는 머리를 숙이고 앉아서 아이들의 찢어진 셔츠를 부지런히 꿰매고 있었다.

창문 위쪽이 조금 열려 있었기 때문에 방 안을 엿볼 수 있는 것만큼이나 쉽게 그들의 대화도 엿들을 수가 있었다.

엘시 홀랜드가 이야기하고 있었다.

“하지만 저는 그렇게 생각해요, 시밍턴 씨. 아이들은 이제 기숙사에 보내도 될 만큼 충분히 자랐어요. 그렇다고 해서 제가 그 애들과 헤어지게 되는 것이 섭섭하지 않다는 것은 절대로 아니랍니다. 저는 그 애들을 모두 끔찍이 사랑하고 있거든요. 참으로 귀여운 아이들이에요.”

시밍턴이 말했다.

"나도 브라이언에 대해서만큼은 당신 생각이 옳을 거라고 생각하오, 홀랜드 양. 다음 학기가 시작되면 그윈헤이즈에 보내야겠다고 생각하고 있어요. 내가 옛날에 다녔던 예비 학교지요. 그렇지만 콜린은 아직 어려요. 집을 떠나 지내기에는 그 애는 한 1년쯤 더 기다리는 것이 좋을 거라고 생각해요."

"글쎄요, 물론 저도 선생님이 무슨 말씀을 하시는지 잘 알고 있어요. 그리고 또한 콜린은 자기 나이에 비해 좀 어린 편이기도 하고……."

아주 가정적인 대화이고 또한 가정적인 분위기가 물씬 풍기는 광경이었다. 그리고 금발의 가정교사는 다시 고개를 숙여 하고 있던 바느질을 계속했다.

그때 문이 열리면서 메건이 들어왔다.

그녀는 문간에 아주 꼿꼿한 자세로 서 있었는데 얼굴에는 팽팽한 긴장이 서려 있었다. 그녀의 얼굴은 긴장으로 몹시 굳고 일그러져 있었고, 눈은 단호한 결심을 담고 빛나고 있었다. 오늘 밤 그녀의 태도는 예전처럼 미숙하고 애들 같은 모습이 아니라 전혀 다른 모습이었다. 평상시의 모습은 전혀 찾아볼 수가 없었다.

그녀는 시밍턴에게 말을 걸었지만, 그에게 어떤 호칭도 붙이지 않았다. 그러자 갑자기 생각이 났는데, 전에도 그녀가 그를 부를 때 무슨 호칭을 붙였는지 전혀 들어 보지 못했던 것 같았다. 그녀는 그에게 아버지라고 불렀던가? 아니면 그저 딕이라고? 그것도 아니면 뭐라고 불렀지?

"당신에게 좀 말씀드릴 것이 있어요, 당신에게만. 잠깐 이야기 좀 나누었으면 싶어요."

시밍턴은 상당히 뜻밖이라는 표정을 지었다. 내 생각에는 그리 썩 유쾌한 기분만은 아닌 것 같았다. 그는 이마를 찌푸렸지만 메건은 전혀 개의치 않고 도무지 그녀답지 않은 태도로 완강하게 자신의 목적을 밀고 나갔다.

그녀는 엘시 홀랜드 쪽을 돌아보며 말했다.

"자리 좀 비켜 주겠어요, 엘시? 그래도 괜찮겠지요?"

"오, 물론이지."

엘시 홀랜드는 자리에서 벌떡 일어났다. 그녀는 아주 뜻밖이라는 듯이 다소 당황한 모습이었다.

그녀는 문쪽으로 걸어갔고, 메건은 더욱 안으로 들어왔기 때문에 둘은 스치듯 지나게 되었다.

엘시 홀랜드는 문 앞에서 아주 잠깐 어깨너머로 메건을 바라보며 꼼짝 않고 서 있었다. 그녀는 입술을 꼭 다문 채로 한 손을 쭉 뻗치고, 다른 한 손으로는 바느질감을 움켜쥔 채 아주 조용하게 서 있었다.

나는 사람을 질식시킬 듯한 그 아름다움에 갑자기 압도되어, 숨조차 제대로 쉴 수가 없었다.

그 당시 그녀를 생각할 때면 나는 언제나 그녀의 모습이 이렇게 떠오른다. 모든 동작이 정지된 그 무엇과도 비교할 수 없는 불멸의 고대 희랍 조각 같은 모습으로!

그러고 나서 그녀는 조용히 문을 닫고 나갔다.

시밍턴은 몹시 짜증스러운 목소리로 말했다.

"그래, 메건, 도대체 무슨 일이냐? 대체 네가 원하는 것이 무엇이냐? 이제 홀랜드 양도 나갔으니 무슨 일인지 어서 말해봐라."

메건은 곧장 테이블 쪽으로 다가갔다. 그녀는 시밍턴을 내려다보았다. 나는 다시 한 번 그녀의 얼굴에 떠오른 확고한 결심과 또 다른 그 무엇(내게는 전혀 생소한 것)을 읽을 수가 있었다.

이윽고 그녀는 입술을 열고 내 영혼마저도 놀라게 한 그야말로 전혀 예기치 못했던 이야기를 꺼냈다.

"나는 돈이 좀 필요해요."

그 요구는 시밍턴의 기분을 나아지게 하기는커녕 오히려 더욱 나빠지게 만들었다.

그가 날카로운 목소리로 말했다.

"그런 이야기라면 내일 아침까지 기다렸다가 할 수는 없겠니? 이게 도대체 무슨 일이냐? 그래, 문제는 결국 네 용돈이 부족하다고 생각하는 거냐, 메건?"

나는 시밍턴이 감정적으로 호소하는 면이 없지는 않았지만, 그래도 논리적으로 타당한 근거를 가진 공명정대한 사람이라고 생각했다.

메건이 말했다.

"용돈을 말하는 게 아니에요. 나는 많은 돈을 원해요."

시밍턴은 꼿꼿하게 자세를 고쳐 앉았다. 그러고 나서 그는 냉랭한 목소리로 말했다.

"너는 이제 몇 달만 지나면 성인이 된다. 그때가 되면 네 할머니가 네게 남겨준 유산이 공임 수탁자에 의해 너에게 넘어가게 될 게다."

메건이 말했다.

"당신은 내 말을 잘못 이해하셨어요. 나는 당신한테 돈을 요구하는 거예요."

그러고 나서 그녀는 더 빠른 어조로 말을 이었다.

"누구도 나에게 우리 아버지에 대한 이야기를 별로 해주지 않았어요. 내가 우리 아버지에 대해 알게 되는 걸 원치 않았기 때문일 거예요. 하지만 나는 아버지가 교도소에 갔다는 사실을 잘 알고, 또한 무엇 때문에 교도소에 갔는지도 알고 있어요. 공갈 협박죄 때문이었죠."

그녀는 잠시 말을 멈추었다.

"글쎄요, 뭐라고 하든 나는 그의 딸임이 분명해요. 그리고 아마도 나는 그분을 많이 닮았나 봐요. 그런 거야 어찌 되었든, 하여간 나는 당신에게 돈을 요구하는 거예요. 왜냐하면, 만일 당신이 내게 돈을 주지 않는다면……"

그녀는 말을 멈추었다가 다시 아주 느리고도 침착한 목소리로 계속 이었다.

"만일 당신이 내게 돈을 주지 않는다면……, 나는 말할 거예요. 당신이 그날 우리 어머니 방에서 어머니가 복용하던 캡슐 약에 무슨 짓을 했는지 내가 본대로 경찰에게 말해버릴 거예요. 아시겠지요? 내가 당신에게 돈을 요구하는 이유를?"

죽음과도 같은 침묵이 흘렀다. 시밍턴은 전혀 동요되지 않은, 완전히 무감각한 목소리로 말을 꺼냈다.

"도대체 무슨 소리를 하는 건지 통 모르겠구나."

메건이 말했다.

"잘 알고 있을 텐데요?"

그리고 그녀는 미소를 지었다. 그것은 그렇게 기분 좋은 미소는 아니었다.

어딘지 섬뜩한 미소였다.

시밍턴은 의자에서 일어났다. 그리고 책상 있는 곳으로 가서, 자기 주머니에서 수표책을 한 권 꺼내어 한 장을 뜯어서 액수를 기재했다. 그는 조심스럽게 그것을 압지로 누른 다음 자리로 돌아와서 메건에게 넘겨주었다.

"이젠 너도 다 자랐다. 네 나이쯤 되면 옷이라든가 그밖에 다른 것들을 사고 싶어 할 거라는 걸 나도 잘 알고 있단다. 하지만 네가 지금 무슨 이야기를 하고 있는지 나는 도무지 알 수가 없구나. 그런 일에 대해서는 전혀 신경 쓰지 않지만, 아무튼 여기 수표가 있다. 너의 그 유치한 협박 때문에 돈을 주는 것이라고는 생각하지 마라. 자, 이것으로 네 볼일은 끝났겠지."

메건은 그 수표를 들여다보고 나서 말했다.

"고맙습니다. 이 정도면 쓸 만할 거예요."

그리고 그녀는 돌아서서 방을 나갔다. 시밍턴은 그녀의 뒷모습을 지켜보다가 문이 닫히자 몸을 돌렸는데, 그 순간 나는 그의 얼굴을 똑똑히 볼 수 있었다. 그의 얼굴에 떠오른 표정은 나로 하여금 도저히 어쩔 도리가 없이 앞으로 나아가게 하였다.

그렇지만 내 행동은 그야말로 전혀 예기치 못한 원인으로 제지당하고 말았다. 그것은 벽 쪽에 바짝 붙어 있는 나무라고만 여겼던 커다란 관목이었다. 그속에서 내쉬 총경의 팔이 불쑥 나와서 나를 붙잡았던 것이다.

내쉬 총경은 내 귀에 입을 가까이 대고는 숨을 죽인 목소리로 속삭였다.

"제발 좀 가만히 있어요, 버튼 씨, 제발!"

그러고 나서 그는 나를 자기 쪽으로 끌어당기고는 극히 조심스럽게 천천히 그곳을 벗어났다.

이윽고 건물의 다른 쪽 모퉁이를 돌아 나오자 그는 몸을 바로 세우며 이마에 솟아난 땀을 훔치면서 조심스럽게 안도의 한숨을 내쉬었다.

"휴, 정말 아슬아슬했소. 물론, 당신이 이번에도 모든 일을 망쳐 놓을 뻔했던 거요!"

내가 긴박한 목소리로 다급하게 말했다.

"메건은 지금 안전치가 못해요. 위험한 지경에 놓인 거란 말입니다. 당신도 그의 표정을 보았죠? 이 집에서 그녀를 데리고 나와야만 합니다."

내쉬는 내 팔을 굳게 잡았다.

"자, 이봐요, 버튼 씨, 내 말 좀 들어 보시오."

아무튼 나는 그의 이야기를 들을 수밖에 없었다. 듣고 나서도 그리 마음에 들지는 않았지만 어쩔 수 없이 받아들이기로 했다.

하지만 나는 그곳에 있어야겠다고 계속 고집을 부리면서 대신 무슨 명령이든 절대적으로 지키겠노라고 맹세를 했다.

그렇게 해서 나는 내쉬 총경과 파킨스와 함께 미리 열어 놓은 뒷문을 통해 집 안으로 들어가게 되었던 것이다. 그러고는 창반침(벽에서 움푹 들어간 창문)을 가리려고 쳐놓은 벨벳 위의 층계참에서 내쉬 총경과 나는 그 집의 시계가 2시를 칠 때까지 숨을 죽인 채 조용히 기다리고 있었다.

바로 그때 시밍턴의 방문이 열리더니 그가 살며시 방을 빠져나와 층계참을 지나서 메건의 방으로 들어가는 것이 보였다.

나는 파킨스 순경이 열린 문에 몸을 감춘 채로 그녀의 방 안에 잠복하고 있다는 사실을 잘 알고 있었기 때문에 조금도 움직이지 않고 숨어 있었다. 파킨스는 훌륭한 경관으로서 자신의 업무를 잘 알고 있었고, 또한 나는 그처럼 소리없이 빠져나올 자신이 없었기 때문에 가만히 지켜보기만 했다.

두근거리는 가슴으로 기다리고 있다가, 나는 시밍턴이 메건을 안고 그 방에서 나오는 것을 보았다. 그가 그녀를 안고 아래층으로 내려가자, 내쉬와 나는 그와 일정한 간격을 두고 소리를 죽인 채 그의 뒤를 따라갔다.

그는 메건을 부엌으로 안고 가서는, 그녀의 머리를 가스 오븐 쪽으로 향하게 하여 편안한 자세로 누인 다음 가스 밸브를 열었다. 바로 그때, 내쉬 총경과 나는 재빨리 부엌문으로 해서 안으로 들어가 전등 스위치를 올렸다.

그렇게 해서 리처드 시밍턴은 자신의 막을 내리게 되었다. 그는 모든 것을 체념하고 자신의 패배를 받아들였다. 메건을 가스 오븐에서 끌어당기고 가스 밸브를 잠그는 동안 나는 리처드 시밍턴의 몰락을 보게 되었다. 그는 저항할 생각조차 하지 않았다. 시밍턴은 자신이 게임에서 진 것을 깨달았던 것이다.

위층에서 나는 메건의 곁에 앉아 그녀의 의식이 돌아오기를 기다리며 이따금 내쉬에게 악담을 퍼붓곤 했다.

"어떻게 당신은 메건이 절대로 안전할 거라고 장담할 수 있소? 이건 정말이지 너무나도 위험한 모험이었단 말입니다."

내쉬는 나를 진정시키느라고 무척 애를 쓰고 있었다.

"그녀가 항상 침대 곁에 두고 마시는 우유 속에 수면제를 약간 넣었을 뿐입니다. 그 이상은 아무것도 타지 않았어요. 이건 정말입니다. 안심하세요. 그가 메건 양을 독살시킬 모험을 하지 않을 거라고 믿었던 데는 그럴 만한 이유가 있었습니다. 여태까지 그는 그리피스 양이 체포됨으로써 모든 사건이 종결되었다고 생각하고 있었지요. 그는 더 이상 세인의 의심을 불러일으킬 살인을 감행할 생각이 없었을 겁니다. 폭행치사라든가 독살사건은 절대로 일어나서는 안 되었던 거지요. 그렇지만 한 불우한 처녀가 어머니의 자살로 깊은 시름에 잠기게 되었고, 결국에 가서는 가스 오븐에 머리를 처박고 자살을 했다고 한다면……, 글쎄요, 아마도 사람들은 이렇게 말하겠지요. '그녀는 결코 정상적인 애가 아니었어. 끝내는 어머니의 죽음으로 충격을 이기지 못하고 스스로 자기 목숨을 끊게 된 거야.'라고 말입니다."

나는 메건을 주의 깊게 지켜보며 말했다.

"정신이 돌아오는데 시간이 너무 오래 걸리는군요."

"당신은 그리피스 박사가 한 말을 듣지 못했습니까? 그는 메건 양의 심장과 맥박이 아주 정상이며, 단지 깊이 잠이 든 것뿐이라 한동안 자고 나면 자연스럽게 깨어날 거라고 말했지요. 그는 자기 환자에게 약을 줄 때 좀 후하게 주는 편이라고 하더군요."

메건이 몸을 움찔하고 움직였다. 그녀는 뭐라고 잘 알아들을 수 없는 소리를 중얼거렸다.

내쉬 총경은 조심스럽게 방을 빠져나갔다.

이윽고 메건이 천천히 눈을 뜨면서 내 이름을 불렀다.

"제리."

"안녕, 메기."

"그런데 내가 그 일을 잘해냈는지 모르겠군요."

"당신은 아마도 타고난 협박꾼인 것 같아! 아주 그럴듯하게 연기를 하더군. 정말이야. 기분은 좀 어때?"

메건은 다시 눈을 감았다. 그러고는 나지막한 목소리로 속삭였다.

"지난밤에, 나는 당신에게 편지를 썼어요. 만일 무슨 일이 잘못될 경우를 대비해서요. 그런데 너무나 졸려서 마저 다 쓸 수가 없었답니다. 그것은 저 위에 있어요."

나는 일어나서 책상 쪽으로 걸어갔다. 작고 초라한 압지 밑에서 나는 메건이 쓰다 만 편지를 발견했다.

'*사랑하는 제리.*'라는 말로 편지의 서두가 시작되고 있었다.

사랑하는 제리
학교에 다닐 때 읽은 셰익스피어의 소네트(10음절 14행의 단시형)에 다음과 같이 시작되는 것이 있었어요
'당신은 나의 사색에 있어서 생명의 양식이요, 마른 땅을 적셔 주는 단비입니다.'
결국은 나 역시 당신을 사랑하고 있다는 것을 알아요 왜냐하면 그 시가 바로 내 느낌을 대신 전해 주고 있기 때문이랍니다……

데인 캘드로프 부인이 자랑하듯 말했다.

"아시다시피, 전문가를 모셔와야겠다고 했던 내 말이 맞았던 거예요."

나는 영문을 몰라서 그녀를 쳐다보았다. 우리는 모두 목사관에 모여 있었다. 밖에서는 비가 쏟아지고 있었고, 방 안에는 장작불이 기분 좋은 소리를 내며 타오르고 있었다. 데인 캘드로프 부인은 이리저리 방 안을 거닐면서 소파의 쿠션을 두드려 보기도 하고, 자신만이 알 수 있는 이유로 그랜드 피아노의 가장 고음을 내는 부분을 눌러 소리를 내기도 했다.

"아니, 당신이 뭘 하셨다고요?"

나는 다소 의외라는 듯이 그녀에게 물었다.

"그 전문가가 누구였습니까? 그리고 그가 무슨 일을 했습니까?"

"그 사람은 '그'가 아니랍니다."

데인 캘드로프 부인이 의미심장한 어조로 말했다.

그러고 나서 그녀는 사람들을 압도시킬 듯한 동작으로 마플 양을 가리켰다. 그녀는 털실로 뜨개질하던 것을 마치고 크로세 바늘(크로세 뜨개질에 쓰는 갈고리바늘)과 무명실 뭉치를 챙기고 있었다.

"이분이 바로 내가 불러온 전문가랍니다."

데인 캘드로프 부인이 말했다.

"제인 마플 양. 여러분, 이분을 잘 보세요. 이제 말씀드리겠지만, 제인은 이제껏 내가 봐왔던 누구보다도 다양한 인간의 사악한 면에 대해 잘 아시는 여인이랍니다."

마플 양이 좀 멋쩍은 듯이 나지막한 목소리로 속삭였다.

"나는 당신이 그처럼 치켜세워 주리라고는 전혀 생각지도 못했어요, 부인."

"하지만 당신은 그 정도의 찬사를 받을 만한 충분한 자격이 있어요."

"누구든 한 마을에서 1년 내내 살다 보면 인간의 본성에 대해 많은 것을 알게 되는 법이랍니다."

마플 양은 평온한 목소리로 대답했다. 그러고 나서 당연히 자기의 이야기를 듣고 싶어 한다는 것을 느끼기라도 하듯이 크로세 바늘을 내려놓고 목청을 가다듬으며 신중한 어조로 살인사건에 대한 이야기를 들려주기 시작했다.

"이런 사건들에서 중요한 것은 바로 고정관념을 갖지 말라는 것입니다. 대부분의 범죄 사건들은, 아시다시피 알고 보면 자신도 놀랄 정도로 아주 간단한 법이에요. 이번 사건도 예외는 아니었답니다. 아주 정상적이고 간단한, 그리고 충분히 이해할 수 있는, 물론 그다지 유쾌하지 못한 방법으로 저질러진 사건이지요."

"유쾌하지 못한 정도가 아니라, 아주 불쾌한 방법이었지요!"

"사실은 아주 명백한 것이었답니다. 아시겠지만, 버튼 씨, 당신은 진작부터 그 사실을 알고 있었던 거예요."

"아니, 전혀 그렇지가 못했답니다. 나는 아무것도 몰랐어요."

"그렇지 않아요. 당신은 알고 있었어요. 당신은 나에게 모든 사실을 가르쳐 주었답니다. 당신은 각각의 사실 간에 존재하는 상관관계를 완전히 파악하고 있었던 거예요. 다만 그러한 당신의 느낌들이 무엇을 의미하는 것인지 알아보는 데 있어서 충분한 자신감이 모자랐던 것뿐이지요. 제일 먼저 살펴볼 것은 그 지긋지긋한 '아니 땐 굴뚝에서 연기가 날 리 없다'라는 문구예요. 그 말은 짜증이 날 정도로 당신 머릿속에서 맴돌았는데, 결국 당신은 그 정체가 무엇인지 아주 정확하게 꼬리표를 붙이게 되었던 겁니다. '연막'이라고 말이지요. 상대방이 다른 쪽에 신경 쓰도록 유도하는 '그릇된 방향 제시'라는 걸 알았던 거지요. 모두 엉뚱한 곳을 바라보고 있었던 거예요. 그 익명의 편지 쪽으로 말이죠. 하지만 중요한 점이 익명의 편지가 아니라는 사실입니다."

"그렇지만, 마플 양, 그런 일이 있었다는 것은 내가 보증할 수 있습니다. 나도 그런 편지를 한 통 받았던 적이 있거든요."

"오, 물론 그러시겠지요. 하지만 그 편지들은 전혀 진실을 담고 있지 않았어요. 여기 있는 모드(마틸다의 애칭)도 바로 그 점에 대해 생각이 미쳤던 적이 있었답니다. 비록 이처럼 평화스러운 라임스톡이라고 할지라도 스캔들은 많이 떠돌게 마련이고, 이런 곳에 사는 여인들은 누구라도 그런 스캔들에 대해 잘 알고 있으며 적어도 한 번 이상은 그런 스캔들을 겪어 보았을 거라는 점을 당신에게 보증할 수 있어요. 하지만 남자들이란 그따위 쓸데없는 소문에는 별로 관심이 없는 법이고 특히 시밍턴 씨 같은 초연한 변호사들에게는 구태여 말할 것도 없는 사실이지요. 만일에 그런 편지들을 보낸 사람이 정말로 여자였다면 그녀는 더욱더 편지에 그런 소문에 대해 깊게 썼을 거예요. 그렇지만 이번 편지들은 그렇지가 않았어요.

그러므로 만일 당신이 그 연기를 무시하고 당신이 서 있는 곳이 바로 불을 땐 곳이라는 것을 알았다면 그 사실을 깨달았을 거예요. 당신은 진실에 다가서고 있었던 거랍니다. 그 편지들을 무시하고 나면, 남은 것은 실제로 일어났던 사건은 오직 하나밖에 없는 거예요. 그것은 바로 시밍턴 부인이 죽었다는 사실이지요.

그렇다면 당연히 누구라도 그렇게 생각할 거예요. 과연 시밍턴 부인이 죽기

를 바라는 사람은 누구였을까? 그리고 물론 그럴 때 제일 먼저 고려해볼 사람
은 바로 그녀의 남편일 거라고 생각해요. 그렇다면 누구든지 자신에게 이렇게
물어보게 될 거예요. 그녀의 죽음을 원하는 이유는 무엇일까? 어떤 동기가 있
었을까? 예를 들자면, 어떤 다른 여인 때문이었을까? 하고 말이지요.

그런데 내가 제일 먼저 듣게 된 사실은 그 집에는 아주 매력적이고 젊은
가정교사가 있다는 것이었어요. 그렇다면 모든 것은 분명하지 않은가요? 시밍
턴 씨는 상당히 냉정하고 자기감정을 드러내지 않는 사람인데, 매사에 불평이
많고 신경질적인 아내에게 매여 있었습니다. 그때, 갑자기 이처럼 눈부시게 아
름다운 젊은 여성이 나타나게 된 것이지요.

당신도 아시겠지만, 그런 신사들도 그 나이에 사랑에 빠지게 되면, 거의 열
병이라도 앓게 된다는 거지요. 그것은 마치 일종의 광기 같은 것이지요. 그런데
시밍턴 씨는 내가 아는 한 결코 훌륭한 사람이라고 할 수가 없었어요. 이를테
면, 친절하다던가, 애정이 깊다던가, 동정심이 많다던가 하는 것과는 달랐죠. 즉,
그의 성격은 인간적인 측면에서 볼 때는 몹시 부정적이라고 할 수 있어요. 그
러니 그는 광기와 싸워서 이길 만한 힘이 없었던 거예요. 또한 이런 시골에서
는 아내의 죽음만이 그의 문제를 해결할 수 있었을 거예요. 그가 엘시란 아가
씨와 결혼하고 싶어 했다는 것을 여러분도 잘 알 거예요. 시밍턴 부인은 아주
품행이 단정했고, 그건 그도 마찬가지였지요. 아무튼 그는 아이들에게도 몹시
헌신적이었죠. 그래서 그는 아이들도 포기하고 싶지가 않았을 거예요. 그는 모
든 것을 원했어요. 가정과 아이들, 자신의 품위, 그리고 엘시, 그 모든 것을! 그
래서 그는 그 대가로 살인이라는 값을 치를 수밖에 없었던 거지요.

내가 생각하기로는, 그는 아주 현명한 방법을 택했던 거예요. 만일 아내가
갑자기 죽게 되면 곧 모든 혐의가 그녀의 남편에게 돌아가게 된다는 것을 그
는 풍부한 형사 사건들을 통해 잘 알고 있었어요. 특히, 독살은 더욱더 그 혐
의가 짙어질 가능성이 컸던 거지요. 그러므로 그는 자신에게 혐의가 돌아오지
않고 다만 우연한 죽음으로 여겨질 수 있는 그런 죽음을 창조해냈던 거예요.
즉, 전혀 존재하지도 않는 익명의 편지의 주인공을 만들어 냈던 거지요. 그가
현명했던 점은 바로 경찰이 어떤 여인에 대해 혐의를 두도록 했다는 점입니

다. 경찰이 그런 방면으로 수사를 벌였던 것도 그리 나무랄 수는 없는 일이지요. 편지들은 모두 여성의 필치로 쓴 것인데, 그는 지난해에 있었던 익명의 편지 사건과 그리피스 박사가 그에게 들려주었던 사건을 아주 교묘하게 이용해서 작성했던 거예요. 아니, 그가 그런 편지들을 그대로 베낄 정도로 어수룩하고 서툴렀다는 말은 아니에요. 그는 그 편지들에서 문구와 표현들을 빌려서 그것들을 재구성함으로써, 자기가 창조해낸 편지들로 어떤 여인의 정신 상태, 반쯤 미치고 억압된 심리 상태를 완벽하게 재현해내게 되었던 것이죠.

경찰이 사용하는 모든 수법, 즉 필적 감정, 타자기 검사 등등 모든 수법들을 그는 잘 알고 있었지요. 그는 한동안 자신의 범죄를 위한 준비를 해놓기로 했던 거예요. 사용할 편지 봉투들은 이미 그가 타자기를 여성협회에 기증하기 전에 쳐놓았던 것이죠. 그리고 아마 오래전 어느 날 리틀 퍼스 저택의 응접실에서 기다리고 있을 때, 편지 내용 작성에 사용할 페이지들을 뜯어냈을 겁니다. 사람들은 지루한 설교집 따위는 거의 들춰 보지 않는 법이니까요!

그리고 그가 꾸며낸 익명의 편지 사건이 기대했던 대로 잘 진행되어가자, 그는 드디어 자신의 진짜 목적을 무대에 올렸던 거지요. 어느 화창한 오후, 가정교사 엘시 홀랜드 양은 아이들을 데리고 산책하러 나갔고, 그의 의붓딸 메건도 밖에 나갔으며 하인들마저 정기 휴일로 외출하고 없을 때였습니다. 하지만 그가 전혀 예측하지 못했던 사실이 있었던 것이죠. 그것은 어린 하녀 아그네스가 남자친구와 말다툼을 하고 집으로 돌아온 것이에요."

조애너가 물었다.

"그래요. 그녀가 무엇인가를 본 게 아니었을까요? 당신은 그것을 아시나요?"

마플 양이 말했다.

"그건 나도 알 수 없는 일이에요. 다만 추측할 수는 있어요. 내 추측으론, 그녀는 아무것도 보지 못했다는 거예요."

조애너가 물었다.

"그렇다면 실은 아무것도 아닌 것이 대발견이었다는 말씀인가요?"

"아니, 그런 게 아니에요, 아가씨. 내 말이 무슨 뜻인가 하면 그녀는 식품 저장실 창문에서 밖을 내다보며 그 젊은이가 자기와 화해하러 찾아오기만 기다리며 오후 내내 그곳에 있었고, 그리고 음, 그러니까 결국 아무도 보지 못했다는 거지요. 다시 말하자면, 집에 찾아왔던 사람이 아무도 없었다는 거예요. 집배원이라든가 그밖에 누구도 찾아온 사람이 없었다는 말이지요.

그래서 그녀는 차츰 시간이 지날수록 정말 이상한 일이라는 사실을 깨닫기 시작했을 거예요. 찾아온 사람이 아무도 없었는데도 분명히 시밍턴 부인은 그날 익명의 편지를 받았기 때문이지요.”

나는 당황함을 금치 못하고 물었다.

“그렇다면 시밍턴 부인은 편지를 받지 않았다는 말씀인가요?”

“그거야 더 말할 나위도 없지요! 아까도 말했듯이 이번 사건은 아주 간단하답니다. 그날 오후 그는 시밍턴 부인이 점심 후면 발작하는 좌골신경통 때문에 복용하는 캡슐 약에다가 청산가리를 집어넣었던 거예요. 그다음에 시밍턴이 할 일이라곤 엘시 홀랜드가 집에 돌아올 시간에 맞춰서 또는 그보다 조금 일찍 돌아와 아내를 부르는 것이죠. 그리고는 아내에게서 아무런 대답이 없으면 그녀의 방으로 올라가, 아내가 캡슐을 복용할 때 사용하는 유리컵에 청산가리를 약간 타고는 구겨진 익명의 편지 한 통을 창살 틈에 슬쩍 끼워 넣고, 그녀의 손 옆에 ‘나는(더 이상 살아) 갈 수가 없어……’라고 쓰인 종이쪽지를 떨어뜨려 놓는 거지요.”

마플 양은 나에게 시선을 던지며 계속 말을 이어갔다.

“그 점에 대해서도 당신은 아주 올바르게 파악하고 있었던 거랍니다, 버튼 씨. ‘종이쪽지’라는 것은 도대체 말도 안 되는 소리예요. 자살하는 사람들은 결코 아무렇게나 찢어낸 종이쪽지에 유서를 남기지 않는 법이거든요. 대개는 깨끗한 종이와 봉투까지 갖춰진 유서를 남긴답니다. 맞아요, 보잘것없는 종이쪽지라는 것은 도무지 어울리지 않는 것이고 그것 또한 당신은 잘 알고 있었던 거예요.”

“나를 지나치게 추켜올리시는군요. 사실 나는 아무것도 아는 것이 없었는걸요.”

“사실은 그렇지가 않아요. 당신은 진실을 알고 있었던 거예요, 버튼 씨. 그렇지 않았다면 어째서 당신 여동생이 전화기 받침대 위에 남겨 놓았던 메모

쪽지를 보고 그토록 강한 인상을 받았겠어요?”

나는 조애너가 남겨 두었던 메모를 천천히 되풀이해보았다.

“‘나는 금요일에 갈 수가 없다고 말해줘요.’ 아, 그렇군요! 이제 알았습니다. ‘나는(더 이상 살아) 갈 수가 없다’라는 말을!”

마플 양은 나를 따스한 눈길로 바라보았다.

“맞았어요. 바로 그거였어요. 시밍턴 씨는 우연히 그런 메모를 발견하고는 그 가치를 인식했던 것이지요. 자신의 범행에 유용하게 쓰일 수도 있다는 가능성을 말이에요. 때가 되면 사용할 부분(자기 아내의 필적으로 쓰일 그 부분)만을 남기고 찢어 버렸던 거죠.”

나는 조금 겸연쩍어하며 마플 양에게 물어보았다.

“내가 했던 일 중에서 무슨 특별히 뛰어난 점이 있었나요?”

마플 양은 나에게 한쪽 눈을 찡긋해 보였다.

“당신도 알다시피, 당신은 나에게 사건을 올바르게 추리할 방향을 제시해주었던 거예요. 나를 위해 그러한 사실들을 적당히 순간적으로 조합해두었던 거죠. 게다가 덧붙여서 가장 중요한, 그 어느 것보다도 가장 중요한 사실을 나에게 알려 주었던 거예요. 바로 엘시 홀랜드가 그런 익명의 편지들을 한 통도 받아 본 적이 없었다는 사실이에요.”

내가 물었다.

“당신은 내가 어젯밤에 그녀가 바로 편지를 보낸 장본인이어서 그런 편지를 전혀 받지 않았던 거라고 생각했던 사실을 알고 계십니까?”

“오, 저런, 그게 아니에요. 익명의 편지들을 보내는 사람은 사실 언제나 자기 자신에게도 편지를 보내는 법이랍니다. 그 점이, 글쎄, 뭐라고나 할까……, 나를 흥분시켰던 사실이었다고나 할까요? 아니, 아니에요. 그 사실은 전혀 다른 이유로 나에게 관심이 쏠리도록 만들었답니다. 당신도 아시다시피, 그것은 바로 시밍턴 씨의 약점이었던 거예요. 그는 자기가 사랑하는 여성에게 그처럼 추잡한 편지는 도저히 보낼 수가 없었을 테니까요. 그것은 인간의 본성에서 대단히 흥미 있는 측면이랍니다. 한편으로는 자신의 명예를 지키고자 했던 것이지만, 결과적으로는 스스로 자신의 정체를 드러내게 된 셈이지요.”

조애너가 알 수 없다는 표정으로 물었다.

"그는 어째서 아그네스를 살해한 거죠? 내가 보기에는 전혀 그럴 필요가 없었던 것 같은데요. 그렇지 않은가요?"

"아마 그럴 수도 있었겠죠. 하지만 당신이 깨닫지 못하는 것은, 아가씨, 누군가가 살해당하지 않았다고 한다면 그것은 가면 갈수록 당신의 판단력을 흐리게 만들어서 급기야는 모든 것이 뒤죽박죽 된 것처럼 보이게 했을 거라는 사실이에요. 아그네스란 하녀가 패트리지에게 전화로, 시밍턴 부인이 돌아가신 후로 자기는 알 수 없는 걱정에 사로잡혀 있는데 그 이유가 자신으로서는 도저히 이해할 수 없는 어떤 사실 때문이라고 말하는 것을 그가 들었으리라는 것은 의심할 바가 없어요. 그는 그녀에게 기회를 줄 수가 없었겠지요. 이 멍청한 하녀가 자신이 이상하게 여기고 있던 것이 무엇인지를 깨닫게 될 기회를 말이에요. 그것이 바로 그녀가 살해당했던 이유랍니다."

"하지만 그는 그날 오후 내내 자신의 사무실에 있었던 것이 분명하지 않습니까?"

"내 생각에는, 그가 집을 나서기 전에 이미 그녀를 살해했던 것 같아요. 홀랜드 양은 식당이나 부엌에 있었겠지요. 그때 그는 홀을 지나서 마치 밖으로 나간 것처럼 보이려고 현관문을 소리 내어 닫고는 살짝 손님용 옷 보관실로 숨어들었던 거예요.

이윽고 아그네스 혼자만이 집에 남아 있게 되었을 때, 그는 아마도 현관 벨을 누르고는 다시 옷 보관실에 들어가 숨어 있다가 그녀의 뒤쪽으로 나와서 그녀가 현관문을 여는 순간 머리를 뒤에서 후려친 다음, 시체를 벽장 속에 처넣고 서둘러 사무실로 돌아갔을 겁니다. 평소보다 좀 늦게 도착했지만, 거의 느끼지 못할 정도밖에는 지체되지 않았기 때문에 설사 누군가가 그것을 주목하게 되었다고 하더라도, 아마 그다지 염두에 두지 않았을 겁니다. 당신도 아시다시피 사건의 범인이 남자일 거라고 의심한 사람은 아무도 없었으니까요."

데인 캘드로프 부인이 떨리는 목소리로 말했다.

"정말이지 너무나도 끔찍한 일이에요. 그건 짐승만도 못한 잔인한 살인이었어요."

"당신은 그에게 동정심을 느끼지 않으십니까, 부인?" 내가 물었다.

"조금도, 그에게는 일말의 동정심도 느끼지 않아요. 그런데 왜 그런 걸 묻죠?"

"그런 말씀을 듣게 되어서 안심이로군요. 이유는 그뿐이랍니다."

조애너가 말했다.

"그렇다면 에이미 그리피스는 어떻게 된 거예요? 내가 알기로는, 경찰이 오웬의 조제실에서 분실된 약제용 절굿공이를 발견했다고 하던데요. 그리고 부엌칼도 역시 발견되었다고 하더군요. 부엌 찬장에서 꺼내 갔던 물건들을 다시 제자리에 돌려놓는다는 것은 남자들에게 있어서 그리 쉬운 일이 아닐 거라고 생각되는데요. 그렇다면 그것들은 어디에 있었을 것 같아요? 방금 이곳으로 오는 도중에 내쉬 총경을 만났는데, 그가 그렇게 말해줬답니다. 그 흉기들은 그의 사무실에 있는 낡은 곰팡내가 나는 서류상자 속에 들어 있었다고 하더군요. 고(故) 재스퍼 해링톤 웨스트 경의 재산에 대한 서류가 보관되어 있던 상자래요."

데인 캘드로프 부인이 수심에 찬 목소리로 말했다.

"가엾은 재스퍼. 그분은 나하고는 사촌 간이었답니다. 그토록 사리에 밝고 정직한 노인이었는데, 만일에 그분이 그 사실을 안다면 하늘나라에서도 노발대발할 거예요!"

내가 물었다.

"그것을 감추어 둔 방법을 보면 제정신이 아니었다고 할 수도 없지 않을까요?"

데인 캘드로프 부인이 신중하게 말했다.

"미친 사람이었다면 아무렇게나 내버려두었을 테니까요."

"시밍턴에 대해 의심을 품었던 사람은 아무도 없었어요."

조애너가 말했다.

"그는 절굿공이로 그녀의 머리를 때린 것이 아니에요. 거기에는 머리카락과 피가 묻은 무거운 시계가 들어 있었답니다. 에이미 그리피스가 체포되던 날, 그는 그 절굿공이를 훔쳐냈던 거예요. 또 책의 찢어진 페이지들도 그녀의 집에 감추어 놓은 것이라고 경찰은 생각하고 있어요. 그건 그렇다고 치고, 내가 앞에서 말했던 질문으로 다시 돌아가기로 해요. 대체 에이미 그리피스는 어떻게 된 일이죠? 경찰은 실제로 그녀가 엘시 홀랜드에게 보냈던 편지를 타이프 치는 현장을 목격했다고 하던데요.”

마플 양이 말했다.

“물론, 그건 사실이에요. 그녀가 실제로 그 편지를 썼답니다.”

조애너가 도무지 이해가 가지 않는다는 듯이 물었다.

“하지만 도대체 무엇 때문에 그런 짓을 했을까요?”

마플 양이 의외라는 듯이 되물었다.

“이런, 조애너 양, 당신은 그리피스 양이 지금까지 시밍턴을 사랑해왔다는 사실을 전혀 깨닫지 못하고 있었나 보군요?”

“가엾은 사람!”

데인 캘드로프 부인이 기계적으로 말했다.

“그들은 언제나 좋은 친구 사이였지만, 시밍턴 부인이 죽자 그녀는 아마도 어느 날부터인가, 글쎄요, 뭐라고 할까, 자신이 그 자리를 차지하게 되지 않을까 은근히 기대하고 있었는데.”

마플 양은 이야기를 중단하고 상당한 의미를 내포하는 미묘한 헛기침을 했다. 그러고 나서 다시 말을 이었다.

“그런데 뜻밖에도 엘시 홀랜드에 대한 소문이 퍼져 나가기 시작했던 것이고, 그 때문에 그녀는 극심한 낭패감을 느끼게 되었던 것이라고 생각해요. 그녀는 엘시 홀랜드란 아가씨가 시밍턴의 애정을 얻으려고 온갖 비열한 방법들을 동원해서 의도적으로 그에게 접근했던 것이라고 생각했던 거지요. 그런 생각에 사로잡히게 되자 그만 그녀는 못된 유혹을 뿌리칠 수가 없었던 거죠. 자기도 익명의 편지를 보내지 말라는 법은 없고, 익명의 편지로 그녀를 협박해서 그곳으로부터 쫓아내지 못할 이유도 없지 않을까 생각했던 거지요. 그것은 그녀에게 아주 안전한 방법처럼 생각되었고, 또한 그녀는 자기 딴에는 온갖 주의를 기울였기 때문에 발각될 염려가 없을 거라고 생각했던 거예요.”

조애너가 말했다.

"그런가요? 아무튼 이제는 그 이야기도 끝날 때가 된 것 같군요. 나머지도 어서 들려주세요."

"나는 이렇게 생각한답니다."

마플 양은 서두를 꺼낸 다음 천천히 이야기를 이어갔다.

"홀랜드 양이 그 편지를 시밍턴에게 보여 주자 그는 즉시 누가 그것을 보냈는지 알아보았고, 그것을 잘 이용할 수만 있다면 사건을 종결시킴은 물론 자신도 안전해질 절호의 기회라는 것을 깨달았던 거예요. 그다지 바람직하지 못한, 아니 아주 비열한 방법이었지만, 아시다시피 그도 궁지에 몰려 있었기 때문에 어쩔 수가 없었지요. 경찰은 익명의 편지의 범인을 잡을 때까지는 그 사건에 대해 만족해하지 않을 테니까 말이에요. 그는 그 편지를 경찰에 제출했을 때, 경찰이 에이미가 그 편지를 작성하는 현장을 실제로 목격했다는 것을 알고는 모든 것을 완벽하게 마무리 지을 수 있는 절호의 기회를 잡았다고 느꼈던 거지요.

그래서 그날 오후 그리피스 집에서 가족과 함께 차를 마시기로 하고, 그는 사무실에서 나올 때 서류 가방을 들고 나왔던 거예요. 그 가방 속에 문제의 '뜯어낸 페이지들'을 넣어 가지고 와서 그것을 계단 밑에 있는 벽장 속에 숨겨 둔 거죠. 그것을 계단 밑에 감추는 것은 정말 교묘한 솜씨였어요. 아그네스의 시체를 처리했던 일과 비슷해서 그와 유사한 상황을 실제로 경험해본 적이 있었기 때문에 그에게는 아주 손쉬운 일이었죠. 에이미와 경찰을 따라 응접실을 나가면서 홀을 통과하는 1~2분 동안이면 충분했을 거예요."

내가 말했다.

"아무래도, 나로서는 당신을 용서할 수 없는 일이 하나 있습니다, 마플 양. 메건을 그런 위험한 일에 가담시켰던 것 말입니다."

마플 양은 다시 뜨개질을 시작하려던 것을 멈추고 크로세 바늘을 내려놓았다. 그러고는 안경 너머로 나를 바라보았는데, 그녀의 눈초리는 엄격한 빛을 띠고 있었다.

"이봐요, 젊은 양반, 거기에는 피치 못할 사정이 있었던 거예요. 무슨 일인가를 해야만 했던 거예요. 그 악랄하고도 교활하기 짝이 없는 자에 대해서는 죄를 추궁할 만한 아무런 증거도 없었어요. 나에게는 용기 있고 우수한 두뇌를 지닌 누군가의 도움이 필요했지요. 그리고 바로 내가 필요로 했던 사람을 발견했던 거예요, 메건 양을 말이에요."

내가 다시 말했다.

"하지만 그녀에게는 정말 위험한 일이었습니다."

"맞아요, 위험한 일이었어요. 하지만, 버튼 씨, 우리는 무고한 사람의 생명이 위태로운 지경에 처해 있는데도 자신의 안전만을 위해 그런 위험을 회피하며 이 세상을 살아갈 수는 없는 거예요. 내 말을 이해할 수 있겠어요?"

아무렴, 나는 이해할 수 있었다.

어느 날 아침 번화가에서 있었던 일이었다.

나는 에밀리 양이 쇼핑 가방을 들고 식료품점에서 나오는 것을 보았다. 그녀의 뺨은 핑크빛으로 물들어 있었고, 눈은 어떤 흥분으로 빛나고 있었다.

"오, 버튼 씨, 나는 지금 말할 수 없는 흥분 때문에 주체할 수가 없을 지경이랍니다. 드디어 내가 정말로 여행을 떠나게 되었다니, 아, 그 일을 생각만 해도!"

"즐거운 여행이 되시길 빌겠습니다." 내가 말했다.

"오, 나도 그렇게 될 거라고 확신한답니다. 사실이지 내가 여행을 하게 되리라고는 감히 생각지도 못했거든요. 이렇게 된 것도 모두 신의 섭리에 의한 것 같아요. 너무도 생활에 쪼들리고 있었기 때문에 오래전부터 어쩔 수 없이 리틀 퍼스 저택과 이별해야 할 거라고 느끼고 있었지만, 낯선 사람들이 그곳을 차지하게 될 거라는 생각을 하게 되면 정말 견딜 수가 없었답니다.

하지만 이제 당신이 그 집을 사서 메건과 함께 지낼 거라고 하니 그건 문제가 전혀 다른 거죠. 그리고 에이미는 자신도 대체 무슨 영문인지 전혀 모른 채 그 끔찍한 시련을 겪고 나서 자기 동생이 결혼하게 되자(당신 남매가 이곳에서 가정을 갖게 되었다는 것은 참으로 반가운 일이라고 생각해요!), 나와 함께 여행하기로 했답니다. 우리는 가능하면 오랫동안 함께 여행할 생각이에요. 가능하다면……."

에밀리 양은 목소리를 낮추었다.

"세계 일주라도 할 거예요! 사실 말이지, 에이미는 경험도 풍부하고 아는 것도 많거든요. 나는 그렇게 생각해요 당신은 안 그런가요? 모든 일이 더 이상 바랄 수 없는 가장 좋은 상태로 해결되었다고 말이에요."

그 순간 나는 잠시 교회 묘지에 묻혀 있는 시밍턴 부인과 아그네스 웨들을 생각하고 과연 그들도 에밀리 양의 생각에 동의할지 궁금했다. 그리고 아그네스의 남자친구는 그녀를 별로 좋아하지 않았고, 시밍턴 부인은 메건에게 그리 잘 대해 주지 않았다는 사실이 생각났다. 도대체 그들은 무엇 때문에 그랬던 것일까? 인간은 모두 언젠가는 죽음을 맞이하게 되는데! 하지만 모든 일이 바랄 수 있는 최상의 상태로 되었다고 여기는 에밀리 양의 생각에 나도 기꺼이 동의할 수밖에 없었다.

번화가를 따라 올라가서 시밍턴네 집 대문에 이르렀을 때 메건이 나를 마중 나왔다.

그건 그다지 낭만적인 만남은 아니었는데, 왜냐하면 엄청나게 덩치가 큰 늙은 양치기 개가 메건과 함께 나와서 나를 거의 덮칠 듯이 자신의 용맹을 과시하고 있었기 때문이었다.

메건이 말했다.

"어때요, 이놈 정말 근사하죠?"

"좀 겁이 나는걸. 그런데 이 녀석도 우리 식구인가?"

"물론이죠. 이 녀석은 조애너가 결혼 선물로 보내준 것이랍니다. 참으로 훌륭한 결혼 선물을 받게 된 거예요. 그렇게 생각하지 않으세요? 마플 양께서는 푹신푹신한 털실을 잔뜩 보내 주셨고, 파이 씨는 멋진 크라운 더비 찻잔 세트를 보내 주셨고, 그리고 엘시는 토스트 꽂는 걸 보내 주었고……."

"정말 그녀로서는 딱 어울리는 선물이로군!"

나는 그녀의 말에 끼어들며 감탄사를 터뜨렸다.

"그녀는 치과에서 새 일자리를 얻어서 만족하게 지낸답니다. 그런데 내가 어디까지 이야기했죠?"

"결혼 선물들에 대해 늘어놓고 있었지. 갑자기 당신 마음이 변해 그것들을 모두 되돌려 보낼 수도 있다는 것을 잊지 말아요.”

“내 마음은 바뀌지 않을 거예요. 그리고 그밖에 무엇을 또 받았더라? 음……, 오, 맞아요. 데인 캘드로프 부인이 이집트 갑충석을 보내 줬어요.”

“정말 특이한 부인이야.”

“오! 가장 훌륭한 선물을 잊고 있었어요. 실은 패트리지도 내게 선물을 보내 주었답니다. 그건 당신이 이제껏 본 것 중에서 가장 끔찍한 차 테이블보일 거예요. 하지만 그게 중요한 것이 아니에요. 이제 그녀는 나를 좋아하는 것 같아요. 왜냐하면 패트리지가 자기의 모든 솜씨를 총동원해서 수를 놓은 것이라고 말했거든요.”

“뭐, 신 포도와 엉겅퀴 따위를 수놓은 것이겠지.”

“아니에요. 사랑의 매듭으로 장식된 거랍니다.”

“어이쿠, 저런! 저기 패트리지가 오고 있군.”

내가 황급히 말했다.

메건은 나를 끌고 집 안으로 들어갔다. 그녀는 알 수 없다는 표정을 지으며 말했다.

“내가 도무지 이해할 수 없는 것이 꼭 한 가지 있어요. 뭐냐 하면, 개한테 목걸이와 줄이 있는데도 조애너는 따로 목걸이와 줄을 하나씩 더 보냈거든요. 그것이 어디에 필요한 건지 아세요?”

“그건 말이지…….”

내가 고소를 금치 못하며 말했다.

“조애너의 조그만 장난에 불과한 거야.”

<끝>

《움직이는 손가락(The Moving Finger, 1943)》은 애거서 크리스티(Agatha Christie, 영국 1890~1976) 여사의 43번째 추리소설이며 33번째 장편소설이다. 마플 양이 탐정으로 나오는 장편으로서는 《서재의 시체》를 잇는 세 번째 작품이다.

이 소설의 배경은 라임스톡이라는 아름답고 조용한 마을이다. 폭격기 조종사 제리 버튼은 격추당했을 때, 입은 부상을 요양하려고 누이동생 조애너를 데리고 조용한 마을 라임스톡으로 온다.

버튼 오누이는 마을에 도착하자마자 이상한 편지를 받는다. 그들은 경찰에 이 편지를 보내지만 괴상한 편지는 마을을 온통 휩쓸고 있었다.

그러던 어느 날 시밍턴 부인이 자살한 채로 발견된다. 부인의 시체가 있는 침대 옆 테이블 위에는 괴상한 편지가 놓여 있다. 또 이 비극이 있은 지 오래지 않아 시밍턴 부인의 하녀가 살해된다. 캘드로프 목사 부인은 범인을 잡으려고 범죄 전문가인 제인 마플 양을 불러온다. 그녀는 온갖 연막을 꿰뚫고 사건의 진상을 밝혀낸다.

비평가들은 이 소설이 인물의 성격 묘사가 뛰어나다고 말한다. 시밍턴 씨의 의붓딸 메건 헌터가 잊을 수 없는 젊은 아가씨의 역으로, 버튼 오누이의 시중을 드는 패트리지라는 하녀가 희극적인 인물로서 등장하는 것이다.

해설자로 등장하는 제리 버튼의 섬세한 사건 묘사와 제리와 메건, 조애너와 그리피스의 로맨틱한 연애들이 크리스티 여사가 교묘하게 엮은 플롯에 한층 재미를 더해준다. 크리스티의 즐기는 듯한 경쾌한 필치가 잘 살아 있는 이 작품은 크리스티 자신이 스스로 선정한 베스트 10편 속에 포함돼 있다.